Astrid Martini

Eisrose

Erotischer Roman

Plaisir d'Amour Verlag

Astrid Martini
EISROSE
Erotischer Roman

© 2014 Plaisir d'Amour Verlag, Lautertal
Plaisir d'Amour Verlag
Postfach 11 68
D-64684 Lautertal
www.plaisirdamourbooks.com
info@plaisirdamourbooks.com
© Umschlaggestaltung: Andrea Gunschera (www.magi-digitalis.de)
© Frontcoverfoto: Sabine Schönberger (www.sabine-schoenberger.de)
ISBN Taschenbuch: 978-3-86495-068-1
ISBN eBook: 978-3-86495-069-8

Sämtliche Personen in diesem Roman sind frei erfunden.

Prolog

Sie war da! In ihrem Zimmer brannte Licht.

Auf halbem Weg zum Nordflügel der Villa blieb die dunkel gekleidete Gestalt stehen, blickte sich um..Der Erker des Zimmers von Cathérine ragte direkt über dem heimlichen Beobachter auf. Die Fensterflügel waren weit geöffnet in dieser ungewöhnlich warmen Nacht. Der Mond war voll und erhellte die prächtige Villa.

Die Minuten vergingen, dann endlich wurde das Licht gelöscht. Sie war zu Bett gegangen. Noch eine halbe Stunde Geduld – so lange dauerte es in der Regel, bis sie einschlief – dann war es so weit.

Mit tastenden Händen suchte die Gestalt in einer Spalte zwischen den Steinen Halt, hob ein Bein und setzte den Fuß auf einen schmalen Absatz im unregelmäßigen Mauerwerk. Ein Blick über die Schulter zeigte, dass die Luft rein war. Verlassen lag der Garten im Mondlicht, der Duft von Jasmin und wilden Rosen hing in der Luft.

Immer höher zog sich die Gestalt mit den Armen nach oben, zog die Beine nach und erklomm so einige Meter Mauerwerk. Wie gut, dass die Fassade so üppig verziert war, so gab es genügend Auskragungen, um vorwärts zu kommen.

Nur noch ein kleines Stück, dann bekam die Gestalt den Steinträger zu fassen, kletterte auf den Erkervorsprung und schob sich nach oben durch das Fenster ins Zimmer. Geschafft!

Der Eindringling unterdrückte ein Fluchen. Seit ein paar Tagen verriegelte Cathérine ihre Zimmertür, ohne diesen Umstand wäre diese verflixte Kletterei nicht nötig.

Auf einem mit Samt gepolsterten Fensterkissen lauschte der nächtliche Gast noch ein paar Minuten in die Stille und auf Cathérines gleichmäßigen Atem. Es galt vorsichtig zu sein, denn sie sollte nicht vorzeitig geweckt werden.

Der Geruch ihres wohlvertrauten, schweren Parfüms lag in der Luft.

Schemenhaft konnte man erkennen, dass sie die Bettvorhänge des Himmelbettes zurückgebunden hatte. Sie enthüllten eine blonde Schönheit, die in weichen Kissen lag und unter dem um die Hüfte geschlungenen Laken nackt war. Auf dem Nachttisch stand ein Ventilator, ein glitzerndes Schminkkästchen funkelte im hereinfallenden Mondlicht.

Es ist Zeit.

Mit zusammengekniffenen Augen beobachtete der Eindringling das Heben und Senken von Cathérines nackten Brüsten, setzte leise einen Fuß vor den anderen, näherte sich dem Bett Stück um Stück. Wie vertraut ihre

Nacktheit war. Ihre Brüste glänzten, was sicherlich von dem Jasminöl her-rührte, mit dem sie sich abends stets einrieb.

Cathérine hatte sich die ganze Zeit nicht im Schlaf bewegt. Sie lag noch immer auf dem Rücken, Mondstrahlen beleuchteten ihren schönen Körper und das anmutige Gesicht. Kein Wunder, dass jedermann so fasziniert von dieser Frau war. Selbst im Schlaf erinnerte sie an eine Göttin.

Mit raubtierhafter Geschmeidigkeit war schließlich auch die letzte Distanz bis zur Schlafenden zurückgelegt. Der Eindringling setzte sich aufs Bett. Lange hatte er darauf hingearbeitet, den Plan in die Tat umzusetzen. Hatte sich damit beschäftigt, ihn von allen Seiten beleuchtet und versucht, sein Vorgehen vor dem inneren Auge zu visualisieren. Nun war es so weit. Es war an alles gedacht; es konnte beginnen, musste nicht länger ein Hirnge-spinst bleiben, sondern wurde zu einem Teil, der drängend Realität werden wollte. Es war herrlich, sich mit diesen Gedanken zu beschäftigen. Das Für und Wider abzuwägen und dem Ziel näher und näher zu kommen.

Cathérine wurde unsanft aus dem Schlaf gerissen, als eine Hand sich fest auf ihren Mund legte. Panisch schlug sie ihre Augen auf, keuchte, zappelte, strampelte mit den Füßen. Die Hand drückte feste zu, noch fester, raubte ihr mehr und mehr die notwendige Atemluft. Und als der Griff sich endlich löste, blieb ihr keine Möglichkeit, die Lungen mit frischer Luft zu füllen, denn ein Tuch wurde ihr aufs Gesicht gedrückt. Beißender Geruch bene-belte ihre Sinne. Mit flatternden Lidern blickte sie der Gestalt nach, die durch die geöffnete Tür ins Badezimmer verschwand. Das Letzte, was sie vernahm, war das Rauschen von Wasser, das in die Wanne lief. Dann fiel sie in ein schwarzes Nichts.

Der Eindringling hatte sich Latexhandschuhe übergestreift, die Wasserhäh-ne weit aufgedreht, den Abfluss verschlossen. Langsam füllte sich die Ba-dewanne mit Wasser. In einem Schränkchen stand Badeöl, eine großzügige Portion davon landete im Strahl des einlaufenden Wassers. Um die Warte-zeit zu verkürzen, wanderte die Gestalt zurück zum Bett, beugte sich lä-chelnd über die sanft schlummernde Frau, die flach atmete.

Dann ein Griff zu Cathérines Laptop, der leise surrend hochfuhr, das Schreibprogramm öffnen und *„Ich kann und will so nicht weiterleben. Es tut mir leid. Cathérine“* per Tastatur auf den Monitor bannen. Alles lief perfekt nach Plan.

Als die Wanne bis zum Rand mit Wasser gefüllt war, legte der nächtliche Besucher einen Arm um Cathérines Nacken, zog sie ein Stückchen hoch und hievte sie schließlich ganz aus dem Bett, was ohne Probleme gelang, denn sie war zierlich und leicht, obwohl ihr Körper kraftlos und schlaff herunterhing.

Vorsichtig, ganz vorsichtig wurde sie ins Badewasser gelegt – sie durfte keine blauen Flecke davontragen.

Schließlich wurde ihr Körper losgelassen, halb sitzend im Wasser positioniert, was kein Problem war, denn die Wanne war nicht besonders groß und die Füße stießen am unteren Beckenrand an.

Eventuelle Reste des Chloroforms noch rasch aus dem Gesicht wischen, dann der Griff nach dem Rasiermesser - als finaler Akt. Es wurde in Cathérines schlaffe Hand gedrückt und öffnete erst die linke, dann die rechte Pulsader – scharf wie ein Skalpell glitt die Klinge senkrecht den Unterarm hinauf.

Die Gestalt beugte sich nah über Cathérine, wollte zusehen, wie sie tiefer und tiefer wegdämmerte. Wie sich das Wasser rot zu färben begann. Schade, dass die Augen der ins Totenreich gleitenden Frau geschlossen waren. Zu schön wäre es gewesen, pures Entsetzen und Todesangst in den Tiefen ihres Blickes zu entdecken. Zu beobachten, wie sich der endgültige Schleier des Todes über die hellblaue Iris legte, sich der langsam verstehende Blick verdunkelte, immer mehr im Nichts versank, bis alles Leben daraus verschwunden war und nichts übrig blieb als eine starre Leere. Ein perfektes Motiv für ein Foto. Ein nicht alltäglicher Augenblick - für die Ewigkeit festgehalten. Die langen Haare wogten im Wasser, Arme und Beine ein wenig gespreizt, der Mund sanft geöffnet.

„Ruhe friedlich, schöne Cathérine."

Und dann verschwand die Gestalt auf dem Weg, den sie gekommen war, eifrig bemüht, sämtliche Spuren, die eventuell entstanden waren, zu beseitigen.

Kapitel 1

*L*eah blickte sich um. Sie stand an der Brüstung der Galerie, deren Stufen hinab in den Saal führten, dem Herz des Clubs. Wie immer war es voll, fast jeder Platz war besetzt. Wo man auch hinschaute, überall war das Surren der Erregung deutlich spürbar.

In der Mitte des Saales bewegten sich Besucher an provisorisch errichteten Trennwänden vorbei und betrachteten die Fotografien, die dort angebracht waren. Nahaufnahmen von Brüsten, durchstochen mit feinen Silberringen. Fotos von Männern in Leder, Ketten und Masken. Frauen in devoten Positionen, bekleidet mit einem Hauch von Nichts.

Leah fuhr mit den Fingern über das kühle Metall der Brüstung, leerte ihren Weinkelch. Eine sinnliche Energie lag in der Luft, eine Magie, die im Verlauf des Abends anstieg. Der Club war ihr zweites Zuhause, ihr Sein, ihre Berufung. Als Mitbegründerin hatte sie von Beginn an ihr Herz hinein gelegt, Inventar und Ausstattung mit ausgesucht und entworfen. In letzter Zeit jedoch verspürte sie eine immer wiederkehrende innere Leere, ein dunkles Loch, das sie zu verschlingen drohte.

An einer der beiden Bars stand ein attraktiver Mann, der sie schon seit geraumer Zeit nicht aus den Augen ließ. Er trug Jeans und T-Shirt, hatte eine sogenannte Surfer-Frisur und strahlend blaue Augen. Normalerweise wäre sie zu ihm gegangen, um mit ihm zu spielen – ihr ureigenes Spiel. Doch sie hatte keine Lust; war viel zu nervös und fahrig. Es gab nichts, was sie auch nur annähernd reizte.

Das ging nun schon seit Wochen so, und sie schob es auf die Tatsache, dass ihr Vater den Club mit Fehlspekulationen nahe an den finanziellen Ruin getrieben hatte. Nur das konnte Ursache für ihre innere Leere und Rastlosigkeit sein.

Von der Bar lächelte ihr der gut aussehende Mann nach wie vor lockend unterwürfig zu, doch sie reagierte nicht auf ihn.

Stattdessen ließ sie ihre Blicke schweifen. Sie spürte sofort, welcher der anwesenden Gäste dominant oder aber devot war.

Besonders schnell erkannte sie dominante Männer. Wie Götter wirkten sie, wenn sie den Club betraten und den Raum mit einer Aura hochkarätiger Sinnlichkeit ausfüllten. Hochgewachsene Männer in Designeranzügen oder abgewetzten Jeans – egal was sie auch trugen, Leah erkannte Doms innerhalb kürzester Zeit. Die Art und Weise, wie sie die Anwesenden begutachteten, sie förmlich mit ihren Augen auszogen und mental unauffällig auf Sklaventauglichkeit überprüften. Blicke, die sich ungeniert auf pralle Brüste und Hinterteile legten, die den jeweiligen Hüftschwung taxierten und sich in die zarte Halsbeuge anmutiger Frauen bohrten.

Aber auch devote Gäste erkannte Leah sehr schnell. An ihrer Haltung, an der Art ihres Augenaufschlages, an ihrer Mimik und Gestik. Ein guter Sklave war nicht nur bereit, jeden Wunsch seines Herren oder seiner Herrin zu erfüllen, er tat dies zudem voller Hingabe – bedingungslos. Unterwerfung ohne destruktiven Zwang, nichts geschah ohne Einverständnis während des bittersüßen Kampfes zwischen jenem Teil, der sofort bereit war, und dem, der erst noch unterworfen werden wollte.

Eine tranceartige Musik ertönte, kündigte den offiziellen Beginn des Abends an. Leah schritt die Treppe hinab – eine Frau mit honigblondem, streng am Hinterkopf aufgestecktem Haar, einer stolzen Haltung und einem sehr eleganten Aussehen. Ihr vorn geschnürtes schwarzes Mieder lag eng um Brüste und Taille, bot jedoch keinerlei Einblicke. Dazu trug sie einen schmal geschnittenen, schwarzen Rock, der ihre Waden umspielte, und Stiefeletten mit hohen Bleistiftabsätzen.

Ihre üppigen Lippen hatten einen fordernden Ausdruck und waren von einer weichen Lüsternheit und Fülle, die so manchem Mann den Atem raubte. Jedoch waren es die graublauen Augen, die ihr Porzellanteint-Gesicht dominierten. Sie verliehen ihr etwas Rätselhaftes und Geheimnisvolles.

Sie lächelte links, grüßte rechts und mischte sich unter die zahlreichen Besucher, die mit Sektgläsern vor den Fotografien standen. Interessiert glitt sie durch die Menge, blieb vor einem Bild stehen, das sich von den anderen abhob. Ihr Blick saugte sich an dem Foto fest. Es stand auf einer Staffelei und zeigte eine nackte Frau auf Knien, den Oberkörper nach hinten gebogen, das Becken weit nach vorn geschoben. Das Foto war frontal aufgenommen worden, sodass der Betrachter der Frau genau zwischen die Schenkel schauen konnte. Das Gesicht war nicht zu sehen, denn der gestreckte Körper endete an der sanft gebogenen Kehle, der Kopf lag weit nach hinten hinabgebeugt hinter ihren Schultern versteckt. Das einzige Foto ohne Gesicht, es stach Leah eindringlich ins Auge. Wie ein schwarzes Schaf inmitten unzähliger weißer hing es hier und schien nicht so recht dazuzugehören.

Und dennoch hatte es auf deutliche Weise seine Daseinsberechtigung, denn es bestand kein Zweifel, dass der Künstler sich etwas dabei gedacht hatte.

Die Fotos waren allesamt von DomW, einem Meister seines Faches, dem es mit seinen Arbeiten gelungen war, die Abgründe von Sexualität, Fetisch,

Leidenschaft und Sinnlichkeit einzufangen, ohne dabei in billige Klischees abzurutschen. Edel-erotisch waren seine Bilder, teilweise dramatisch-düster, in jedem Fall jedoch äußerst freizügig und S/M-lastig. In Sepia-Optik, in Schwarz-Weiß oder in allen Facetten der Graustufen gehalten. Groß, klein, quadratisch, rechteckig und sogar rund. Leah spürte der besonderen Stimmung nach, die von diesen Fotos ausging, bewunderte, wie schon am Abend zuvor, als die Galerie aufgebaut wurde, die Lebendigkeit, die ihnen innelag.

Sie blieb vor der Aufnahme einer nackten Frau stehen, die sich nach hinten auf ihre Arme zurücklehnte, mit vollen Brüsten und deutlich hervorstehenden Brustwarzen, welche durch eine Kette und Brustklemmen miteinander verbunden waren. An der Kette zog eine kräftige männliche Hand. Man konnte förmlich nachspüren, wie sich der Druck der Brustklemmen dadurch verstärkte.

Ihren Kopf hielt die Frau leicht in den Nacken gelegt, die Lippen wie zum stummen Schrei geöffnet. Ihr Blick schien sich in den des Betrachters zu bohren, mit einer Mischung aus purer Lust und Qual.

Der Fokus aller Aufnahmen lag auf den jeweiligen Gesichtsausdrücken, die beim Spiel mit dem Lustschmerz entstanden waren. Und auch dann, wenn es sich nicht um Nahaufnahmen handelte, wurde der Blick eines jeden Betrachters augenblicklich *dorthin* gezogen, egal wie freizügig, erotisch, verrucht, interessant und dramatisch der Rest der jeweiligen Bilder war. Die Sprache der Gesichter in höchster Ekstase und Qual – darum ging es in erster Linie.

Wie immer lagen die Räumlichkeiten des Clubs in gedämpftem Licht, lediglich die Fotografien wurden direkt angestrahlt.

Leah trat über den glänzenden Dielenboden die Bilderreihen entlang, lächelte und nickte denen zu, die sie kannte, begrüßte jene, die zum ersten Mal den Club besuchten, ohne dabei ihren Fokus von den Bildern fortzulenken. Das Bild einer Frau mit langem Haar, lediglich bekleidet mit einem weißen, kurzen Lederrock, der ihr Gesäß gerade so verdeckte, gefiel ihr besonders gut. Sie lag bäuchlings auf einer Strafbank, das Gesicht frontal dem Betrachter zugewandt. Über ihr schwebte der Schweif einer langen Peitsche ins Bild. Ihr mit Striemen übersätes Gesäß streckte sie empor, den Kopf hielt sie angehoben, bog ihren Körper somit zum Hohlkreuz. Im Hintergrund war ein Bett mit ledernen Handschellen zu sehen, Fesselvorrichtungen zierten den Raum. Das Besondere jedoch war auch bei diesem Bild der Ausdruck der Augen. Dieser Blick, in dem sämtlicher Lustschmerz der Welt zu liegen schien. Eine fantastische Aufnahme. Leah konnte ihren Blick kaum lösen.

Für einen Moment wurde ihre Aufmerksamkeit fortgelenkt, in eine der Nischen. Interessiert beobachtete sie einen Dom in hellgrauem Designeranzug, der seine Sklavin zu Boden drückte. Sie blieb mit gesenktem Kopf knien und rührte sich nicht. Der Mann stand vor ihr, betrachtete sie von oben herab und schlug dabei den Griff einer Ledergerte in seine offene Hand. Die Devote trug enge weiße Samthandschuhe, ein weißes Halsband mit Strass-Steinchen und ein durchsichtiges helles Spitzenkleid. Der Mann schritt um sie herum, tippte mit der Spitze der Gerte immer wieder auf ihr Gesäß, ganz so, als wollte er dessen Festigkeit und Qualität erproben.

Leah war froh darüber, als Domina tätig zu sein. Sie war diejenige, die sich ihre Partner aussuchte, die spielte, dominierte. Dieser andere Weg käme für sie nicht infrage. Nicht mehr, seit damals.

Sie wandte ihren Blick ab, drängte die aufkeimenden Erinnerungen tief in ihr Innerstes, lenkte die Aufmerksamkeit erneut auf die Fotografien. Mit Nervosität dachte sie daran, wie wichtig der heutige Abend für den Club war.

Schon seit Wochen stand ihr Vater in Kontakt mit DomW, der nicht nur als Szenefotograf tätig, sondern auch Inhaber von einigen gut laufenden Clubs war. Von Hause aus steinreich, hatte er sein Vermögen gut investiert, und ihr Vater erhoffte sich durch diesen Kontakt finanzielle Rehabilitation des eigenen Clubs, durch eine Finanzspritze in Form eines zinslosen Kredits.

Ein Lufthauch ließ sie aufblicken. Lächelnd legte ihr Vater den Arm um sie.

„Anmutig bist du. Jeder Mann, den du ansiehst, verliert den Verstand. Es wird nachher ein leichtes Spiel für dich sein, unseren Meisterfotografen um den Finger zu wickeln. Mit ein bisschen Charme und Koketterie ist er sicherlich leichter zu ködern als mit nüchterner Taktik. Ich bin sicher, dir wird das Passende einfallen."

„Er wird tatsächlich persönlich erscheinen? Wo er doch dafür bekannt ist, genügend Lakaien zu haben, die sämtliche Geschäfte in seinem Sinne für ihn tätigen."

„Er wird nicht nur, sondern er ist schon da."

Leah folgte dem Blick ihres Vaters in Richtung Bar. Dort stand ein hochgewachsener, eleganter Mann, der seinen Blick über die Menge schweifen ließ.

Leahs Herz setzte für einen Moment aus.

Diesen Mann hätte sie unter Tausenden von Männern wiedererkannt. Er also steckte hinter dem großen DomW, dessen Name in der Szene zwar ein Begriff, aber dessen Gesicht noch lange nicht jedem bekannt war. Dominik Winter, Starfotograf der Reichen und Schönen. Eiskalter Geschäftsmann, dem sein Ruf vorauseilte und der für seine Arroganz und Unnachgiebigkeit bekannt war. Unter Pseudonym fertigte er also Fotos von einem ganz anderen Kaliber.

„Reiße ihm die Maske der Überheblichkeit vom Gesicht", drangen die Worte ihres Vaters an ihr Ohr, „und entlocke ihm ein Lächeln."

Diesem Mann ein Lächeln entlocken? Leah lachte innerlich auf.

Ein Ding der Unmöglichkeit. Dieser Mann besaß ein steinernes Antlitz und war von jeglichen Gefühlsregungen in Bezug auf weiblichen Charme meilenweit entfernt.

„Wieso hast du mir nicht gesagt, wer hinter DomW steckt?"

„Wärst du dann jetzt hier? Ich habe all die Jahre mitbekommen, wie abscheulich und arrogant du ihn findest. Und ich habe nicht vergessen, wie aufgewühlt du damals warst, nachdem du ihm auf einer Party über den Weg gelaufen bist. Leah, ich brauche dich heute Abend. Der Termin mit ihm ist von großer Bedeutung für die Zukunft. Für unseren Club."

Leah war Dominik vor Jahren begegnet, als dieser am Anfang seiner Karriere gestanden hatte. Bereits zu dieser Zeit war seine arrogante Unnahbarkeit zu spüren gewesen. Leah, damals ein junges Ding, hatte dies auf beschämende Weise am eigenen Leib erfahren.

„Du bist eine umwerfend schöne und auch intelligente Frau, die genau weiß, wie sie bekommt, was sie bekommen möchte", fuhr ihr Vater fort. „Fordere ihn heraus. Mach ihn weich. Du kannst das, Leah. Zaubere ihm ein Funkeln in die Augen, sorge dafür, dass seine Atemzüge sich beschleunigen und sein Gesichtsausdruck beweist, dass auch er nur ein Mann ist, auch wenn er sich für Gott hält. Ich wäre für den Anfang sogar mit einem überraschten Stirnrunzeln von ihm zufrieden, selbst die kleinste Regung wäre ein Schritt in die richtige Richtung. Alles, nur nicht diese über alle erhabene Gleichgültigkeit."

„Du weißt selbst, als wie eiskalt und berechnend er gilt. Er wird sich sicherlich nicht durch Sentimentalitäten leiten lassen."

„Bitte lass mich nicht im Stich!"

Tiefe Liebe durchströmte Leah, als sie den flehentlichen Blick ihres Vaters auffing. Immer, wenn sie ihn gebraucht hatte, war er für sie da gewesen, nicht nur als Vater, sondern auch als Freund. Okay, da war auch Ärger in ihr, denn die Fehlspekulationen, mit denen er den Club in die roten Zahlen gebracht hatte, waren nicht abgesprochen gewesen und hatten ihr zunächst den Boden unter den Füßen weggezogen. Aber nun galt es, den Karren gemeinsam wieder aus dem Dreck zu ziehen. Nach vorne schauen, statt mit dem Schicksal zu hadern.

„Ich werde mein Bestes geben, Vater", sagte sie leise und blickte ihm traurig nach, als er mit hängenden Schultern davonschritt, während ihre Gedanken viele Jahre zurückwanderten …

Kapitel 2

Sie hatte nie ein Wort mit ihm gesprochen, doch seinen Namen kannte sie. Ein Name, der auf jeder Party allgegenwärtig war. Ein Name, der sich einprägte, dessen Buchstaben sich in ihrem Kopf zu einem Bild fügten. Zu dem Bild eines Menschen – charmant, unnachgiebig, erfolgreich, distanziert, wahnsinnig attraktiv.

Jeder Gedanke an ihn ließ Neugier, jedoch auch so etwas wie Wut in ihr aufflammen, denn in all der Zeit, in der sie sich wieder und wieder auf diversen Veranstaltungen begegnet waren, hatte er sie nie angesprochen, ihr nie auch nur einen Funken an Beachtung geschenkt. Leah war eine solche Ignoranz nicht gewohnt. Sie war es gewohnt, dass die Männer sich um sie scharten, ihr jeden Wunsch von den Lippen ablasen und um jedes Lächeln von ihr konkurrierten. Ihr, der aufstrebenden Galeristin - vom wachsenden Erfolg und von den Männern gleichermaßen verwöhnt.

Auch dieses Mal drang seine tiefe Stimme quer durch den Raum an ihr Ohr. Sie wandte sich langsam in seine Richtung, wollte unbefangen und sogar ein wenig gleichgültig wirken. Unauffällig musterte sie sein gut geschnittenes Gesicht. Seine Lippen waren sinnlich geschwungen. Er sah elegant aus, war schlank und hochgewachsen. Dichtes blondes Haar, graue Augen, in denen das gewisse Etwas lag. Edel gezeichnete Gesichtszüge, die dennoch markant waren. Er wirkte sehr beherrscht, fast würdevoll.

Versonnen studierte sie die Einzelheiten, blütenweißes Hemd, ein anziehendes Lächeln, vielleicht eine Spur zu ironisch.

Inmitten einer Ansammlung von Menschen schob sie sich langsam näher an ihn heran, lächelte nach links und rechts, schüttelte diverse Hände und nahm mit liebreizendem Lächeln das Champagnerglas entgegen, das ihr gereicht wurde. Das Lächeln vertiefend blickte sie zu ihm hinauf.

Leah nahm auf einem Barhocker Platz, der in unmittelbarer Nähe zu ihm stand. Herausfordernd schlug sie die Beine übereinander, sodass man für einen kurzen Moment ihren winzigen lachsfarbenen Slip sehen konnte. Ihr Timing war perfekt, denn just in diesem Moment lenkte er seinen Blick in ihre Richtung. Sie kokettierte, lächelte, schenkte ihm einen Augenaufschlag, von dem sie wusste, wie er auf Männer wirkte. Einen Augenaufschlag, der sagte: Nimm mich!

Er erwiderte ihr Lächeln nicht. Und die kühle Gleichgültigkeit, mit der sein Blick über sie hinwegglitt, hatte in ihren Augen fast schon etwas Beleidigendes. Unerhört, wie blasiert sich seine Aufmerksamkeit nun gänzlich von ihr verabschiedeten. Trotzig hob sie ihr Kinn, es gelang ihr jedoch nicht, sich ebenfalls abzuwenden. Widerwillig starrte sie ihn an, und während sie so da saß, mit stetig wachsender Wut im Bauch, hatte sie plötzlich nur noch ein Ziel: Sie würde diesen Mann erobern. Komme, was wolle.

Sie beobachtete sein Mienenspiel, das markante Profil und die gerade Haltung. Stellte sich dabei vor, wie seine Hände ihr Gesicht liebkosten, weiterwanderten über ihren Hals, *ihre Schultern. Hände, die genau wussten, was sie zu tun hatten, die ihren Körper forsch und dennoch zart erkundeten. Allein diese Gedanken ließen sie von einer übermächtigen Welle erfassen, von einem Gefühl, als kribbelten Scharen von Ameisen in ihrem Inneren und auf ihrer Haut.*

Doch es schien, als wäre sie Luft für ihn. Auf erneute Flirtversuche ihrerseits reagiert er kühl, regelrecht ablehnend und spöttisch. Zum ersten Mal in ihrem Leben erfuhr Leah, wie es sich anfühlte, abgelehnt zu werden. Ein Mann, der sie nicht mit gierigen Blicken taxierte und hofierte? Wut, verletzte Eitelkeit und Trotz – das waren nur einige Gefühlswirren, die Leah durch diese Erfahrung durchlebte.

Kampfeslust stieg in ihr auf.

Jeden könnte sie an diesem Abend haben. Und es gab eine Menge schöner, anziehender Männer. Doch sie begehrte nur diesen einen. Wollte ihn haben, um jeden Preis. Und sie würde ihn erobern.

Das Atelier, in dem die Party stattfand, war elegant. Ein langer Raum mit glänzend schwarzem Granitboden und schneeweißen Wänden, geschmückt mit allerhand Kunstwerken und Gold gerahmten Spiegeln. Geschmeidig schob sie sich vom Hocker und betrachtete sich in einem der Spiegel.

Das cremefarbene Kleid umschmeichelte ihre Knie, betonte vorteilhaft jede ihrer Rundungen. Das honigfarbene Haar trug sie hochgesteckt, ihr Nacken bog sich anmutig in einem zarten Bogen, ihre Lippen leuchteten tiefrot. Sie stellte ihr Glas ab und schlängelte sich zwischen den anderen Gästen hindurch näher an Dominik heran. Sehr nah. Bis sie seinen Atem fast spüren konnte.

Es entsprach keineswegs ihrem Naturell, Männern hinterherzulaufen, mochten sie auch noch so attraktiv sein. Im Gegenteil. Sie hatte es ganz und gar nicht nötig, sich irgendwem aufzudrängen.

Sie, die bisher jeden Mann, der auch nur den Anschein erweckte, an mehr als einem amourösen Abenteuer interessiert zu sein, von sich gestoßen hatte. Deren Sehnsucht nach Fremdheit stets stärker gewesen war als tiefe Gefühle und Vertrautheit.

Fremdheit hatte sie schon immer gereizt, ihr stets das Gefühl von prickelnder Lebendigkeit und betörendem Rausch gegeben. Vertrautheit hatte sie hingegen stets gelangweilt, hatte ihre Emotionen abstumpfen, ja sogar absterben lassen.

Fremd macht scharf, Nicht-Fremd macht nicht scharf, so lautete das Gesetz. Ihr Gesetz! So einfach war das gewesen.

Länger als ein paar Monate hatte sie keinen Mann an ihrer Seite geduldet. Sie hatte Männer stets als so etwas wie Nahrung betrachtet – war sie dann endlich satt und hatte ausreichend von deren Haut und Lippen gekostet, verloren sie ihren Reiz. Zu viel Nähe bedeutete Stillstand. Und Stillstand war so öde wie jeden Tag Regenwetter.

Stattdessen wollte Leah frei sein, wollte spielen. Amourös spielen. Ohne sich dabei binden zu müssen.

Dass dieser Mann ihr Interesse so stark weckte, hätte sie eigentlich warnen müssen. Für dafür zuständige Warnsignale jedoch war sie zu dem Zeitpunkt blind und taub. Mit jeder Faser ihres Körpers saugte sie seine Nähe auf. Ihre Spannung stieg.

Lasziv lächelnd hob sie eine Hand, um sie auf seine Schulter zu legen, wie sie es immer tat, wenn sie zu spielen begann, als er sich plötzlich zu ihr beugte.

„Ich denke nicht im Traum daran, mich in die Reihe deiner Verehrer einzureihen." Seine Stimme klang kalt, abweisend.

Leah wusste nicht, wie viel Zeit verging, ohne dass etwas geschah. Dann lächelte sie kurz, straffte ihre Schultern und erwiderte: „Ich will nicht, dass du dich irgendwo einreihst, sondern dass du mich fickst, wie ich noch nie zuvor gefickt wurde. Traust du dir das zu? – Nicht? – Okay, dann habe ich mich wohl geirrt."

Noch ehe sie sich von ihm abwenden konnte, packte er sie am Arm. Seine überwältigende Nähe hing greifbar im Raum und trieb ein quälendes Prickeln in ihren Schoß. Die gefühlte Dominanz jagte tausend kleine Schauer über ihren Rücken. Endlich mal ein Mann, der sich ihr nicht winselnd vor die Füße warf.

Sie stellte sich auf die Zehenspitzen, wisperte in sein Ohr: „Es gibt drei triftige Gründe, warum wir ES auf der Stelle tun sollten."

„So?"

Beim tiefen Blick in seine unergründlichen Augen verzog sie ebenfalls keine Miene.

„Ich höre."

„Erstens: Mein Mund ist wie gemacht für den deinen. Zweitens: Würde ich zu gerne wissen, wie eben dieser schmeckt. Und drittens: Sehne ich mich nach Leidenschaft, die mir vollkommen den Verstand raubt. Das ist bisher noch keinem gelungen." In ihren Augen blitzte es schelmisch auf. „Und?"

„Nein."

„Schade."

„Ja." Mit diesem einen emotionslos dahingeworfenen Wort drehte er sich um und verschwand …

Leah tauchte aus ihren Erinnerungen auf. In den ersten Jahren danach hatte sie gierig jeden Artikel über ihn verschlungen, hatte seine Interviews mit Interesse verfolgt, einer Obsession gleich hatte sie alles inhaliert, was sie über ihn in Erfahrung bringen konnte. Nach und nach hatte ihr Interesse an seiner Person schließlich nachgelassen, verschwand jedoch nie ganz. Und seine Fotos faszinierten sie bis heute. Als Tochter eines Galeristen wurde sie schon als Kind mit Kunst konfrontiert, studierte die Abgründe der menschlichen Psyche, trat jedoch beizeiten in die Fußstapfen ihres Vaters. Aus ihrer gemeinsamen Vorliebe für erotische Kunst und die unterschiedlichen Facetten sexueller Lust wuchs mit den Jahren schließlich der Wunsch, diesen Club zu gründen. Für Leah auch so etwas wie eine Art Rehabilitation ihre eigene Sexualität betreffend. Vor Jahren hatte sie sich dominieren lassen und seelisch einen hohen Preis dafür gezahlt.

Ihr Vater war ihr schon in jungen Jahren stets der beste Freund gewesen. Und nachdem sich ihre Eltern getrennt hatten und ihre Mutter ausgewandert war, um eine Beautyfarm auf Ibiza zu leiten, hatte sich die Beziehung zwischen Vater und Tochter noch intensiviert. Gemeinsame Interessen, nicht nur in beruflicher Hinsicht, hatten sie zusammengeschweißt, und so war es auch selbstverständlich, sich über ihre jeweilige Vorliebe für Dominanz und Unterwerfung auszutauschen.

Für beide stand fest, dass sie den dominanten Part als ihren Weg gefunden hatten. Mit einem eigenen Club als Background die perfekte Symbiose. Sie hatten das imposante Gebäude, in dem der Club lag, vor Jahren zu einem günstigen Preis erstanden. Es war von üppigen Sträuchern und bunt blühenden Rosenspalieren umgeben und geschmückt. Neben dem großen Hauptsaal bot der Club verschiedene Szeneräume, eine riesige Saunalandschaft, Zimmer, die jedermann mieten konnte, und unterschiedliche Kellerverliese mit allem, was das Szeneherz höherschlagen ließ.

Leah liebte den Club und würde alles dafür tun, um ihn zu halten. Aus den Augenwinkeln sah sie eine Gruppe devoter Frauen in einem Hauch von Nichts, mit Lederhalsband – ein Zeichen für ihren Status. Sie warteten deutlich erkennbar darauf, von einem Dom ausgewählt zu werden. Und erneut war Leah dankbar für den für sie bestimmten Weg als Domina.

Darauf zu warten, ausgesucht zu werden, Kontrollverlust, Hingabe, Unterwerfung. Einmal und nie wieder. Sie genoss die Macht, die sie über Männer hatte. Sie bestimmte, hielt die Zügel in der Hand, gab den Weg und das Tempo vor. Perfekt. Und wenn der von ihrem Vater in die Wege geleitete Deal mit DomW, alias Dominik Winter, endlich in Sack und Tüten war, würde auch sie sich endlich wieder vollkommen gut fühlen.

Doch dafür galt es, Überzeugungsarbeit zu leisten. Ihr Vater hatte den Grundstein gelegt und hoffte nun auf das charmante Geschick seiner Tochter. Sie würde es versuchen, würde ihr Bestes geben. Schließlich steckte jede Faser ihres Herzens in diesem Club. Und bevor sie zusah, wie dieser auf den langsamen, aber sicheren Ruin zusteuerte, würde sie kämpfen wie eine Löwin.

In den letzten Jahren hatte sie sich von einem verzogenen jungen Ding zu einer reifen Frau entwickelt. Sie war nicht mehr das unbeschwerte Mädchen von damals, hatte ihre Erfahrungen machen müssen. Erfahrungen, die sie geprägt hatten. Und auch ihre Methoden, um gesteckte Ziele zu erreichen, hatten einen Wandel vollzogen. Was die Arbeit betraf, so gab sie einhundert Prozent. Sie arbeitete hart. Und war gut. Sogar sehr gut! Sie steckte ihre ganze Liebe hinein, während sie sämtliche ihrer sozialen Beziehungen eher auf einem oberflächlichen Level hielt.

Sie würde souverän und geschäftstüchtig vorgehen, ihm gar eine Teilhaberschaft anbieten. Schließlich hatte er in allem, was er bisher getan hatte, Hände aus Gold gehabt. Und was war schon dabei, einen stillen Teilhaber im Boot sitzen zu haben, der mit den eigenen Projekten so viel zu tun hatte, dass man ihn mit Sicherheit kaum zu Gesicht bekam.

Ein Blick auf ihre Armbanduhr zeigte, dass noch ein paar Stunden Zeit blieben bis zu diesem einen wichtigen Gespräch. Um genau 0.00 Uhr wollte er ihr Büro aufsuchen, das im Dachgeschoss des Clubgebäudes lag.

Bis dahin würde sie dafür sorgen, dass es ihm gut ging. Die notwendigen Mittel dazu fanden sich hier zur Genüge.

Sie blickte sich um, suchte und fand, wonach sie suchte. Zielstrebig ging sie auf eine junge Frau mit schwarzem, langen Haar und blauen Augen zu, die gerade damit beschäftigt war, den anwesenden Gästen Appetithäppchen zu servieren. Sie tat es, indem sie den Holzspieß, auf dem die Leckereien steckten, zwischen ihre rot geschminkten Lippen steckte und ihrem Gegenüber anbot, sodass man sie lediglich mit den eigenen Lippen vom Spieß ziehen musste.

Leah winkte sie zu sich, flüsterte ihr etwas ins Ohr, und ihrer beiden Augen legten sich auf Dominik Winter, der sich gerade einen weiteren Drink bestellte. Seine Mundpartie wirkte hart. Leah spürte deutlich, dass er daran gewöhnt war, Befehle zu erteilen. Ein schlanker, muskulöser Körper zeichnete sich unter seinem eleganten, maßgeschneiderten Anzug ab.

In diesem Augenblick begann auch er, seinen Blick schweifen zu lassen, kreuzte den ihren, und Leah hatte das Gefühl, dass er sie länger als geplant ansah.

Ein leichter Schauer durchfuhr ihren Körper, ihr Magen zog sich zusammen. Wieso hatte dieser Mann immer noch so eine Wirkung auf sie? Seinen Blick spürte sie bis auf die Knochen, dennoch hielt sie ihm stand.

Seiner Ausstrahlung wohnte etwas Besonderes inne. Sie ertappte sich dabei, wie sie jede seiner Bewegungen in sich aufsog, beobachtete sein Mienenspiel, starrte ihn dabei förmlich an, das edle Profil und die gerade Haltung.

Er war dominant. Also nichts für sie.

Doch wie würde es sein, ihn dabei zu beobachten, wenn er eine Frau dominierte? Sie hatte die Chance, es herauszufinden.

„Gib dein bestes, Isa", flüsterte sie der Frau neben sich zu, die sich daraufhin geschmeidig wie eine Katze auf ihn zubewegte.

In ihrem engen Korsett, dem kurzen Rock, den Strumpfhaltern und Nylonstrümpfen kam die sinnliche Üppigkeit ihres Körpers voll zur Geltung.

Sie baute sich auf Zehenspitzen vor Dominik auf, ihrem Körper, weiblich und erregend, entströmte Leidenschaft pur.

Dominik, die Arme lässig verschränkt, verzog keine Miene. Seine edlen, wie gemeißelten Gesichtszüge verrieten weder, ob ihm nach spielen war, noch, ob Isa, die beste Sklavin des Clubs, ihm gefiel.

Leah schaffte es nicht, ihren Blick abzuwenden. In atemloser Spannung verfolgte sie Isas Versuche ihn zu bezirzen, beobachtete sein nicht vorhandenes Mienenspiel, in der Hoffnung, nur einen Funken von Leben darin zu entdecken.

Und dann schaute er sie direkt an, bohrte seinen Blick in den ihren, hielt ihn fest. Leahs Magen zog sich schmerzhaft zusammen. Und der Funken Ironie, der in seinem Blick tanzte, der sich schon bald um seine Mundwinkel legte und bis zu ihr herüberschwappte, machte das Ganze nicht besser.

Wie gebannt tauchte sie in die Tiefen seiner spöttisch blitzenden Augen – das Mieder wurde ihr zu eng.

Ohne den Blick von Leah abzuwenden, hob Dominik seine Hand und zeigte mit einer herrischen Bewegung auf den Boden.

Leahs Herz setzte für einen Moment aus. Meinte er etwa *sie*?

Als sie sah, wie Isa gehorsam vor ihm auf die Knie ging, war die Schrecksekunde vorbei. Dieser wortlose Befehl war an die Stelle gerichtet, wo er hingehörte. An eine Devote, nicht an sie. Jeder hier wusste, dass sie dominant war. Und wer es nicht wusste, spürte es vom ersten Augenblick an.

Dominik raunte der Sklavin etwas zu, woraufhin diese die Stirn tief zu Boden neigte, beinahe seine Schuhspitzen berührte.

Ein eiskaltes Lächeln umspielte seine Lippen, als er seinen Blick von Leah abwandte und zu der Frau zu seinen Füßen hinabsah.

Dann beugte er sich zu ihr, packte ihre Haare und zog unerbittlich ihren Kopf in den Nacken.

Leah entspannte sich. Isa schien ihm zu gefallen, und er war offensichtlich in Spiellaune. Er würde also zufrieden sein, wenn sie sich später im Büro den geschäftlichen Dingen zuwandten.

Sie jedenfalls brauchte auf der Stelle etwas frische Luft.

Langsam zur Ruhe kommend schritt sie kurze Zeit später durch die gewundenen Wege des Clubgartens. Die Wolken hatten den Mond verschluckt, ihre Brust hob und senkte sich im Rhythmus der lauwarmen Sommernacht. In Gedanken versunken stieg sie ein paar Stufen zu einem Pavillon hinauf, die sich zwischen Rosenbüschen hindurch wanden.

Ein betörender Duft von Rosen und Flieder lag in der Luft. Antike Laternen warfen ein warmes Licht in den Garten. Und plötzlich spürte sie seine Anwesenheit ganz deutlich. Noch ehe sie sich umdrehte, wusste sie, dass Dominik ihr gefolgt war.

Er sah sie an. Sie konnte seinen Blick förmlich spüren, aber Dominik kam nicht näher. Stattdessen nahm er ein paar schwarze Lederhandschuhe aus seiner Hosentasche und zog sie an.

Leah lief ein paar Schritte weiter, bis sie den Pavillon erreicht hatte. Doch egal wie weit sie sich von ihm entfernte, sie konnte ihn nicht ignorieren, seiner Aura nicht entkommen. Im Gegenteil, es war ein ungeheuer erregendes Gefühl, dass er Isa zurückgelassen hatte, um ihr zu folgen. Verrückt, aber wahr. Jedoch war er nichts für sie.

Er ist dominant, dominant, dominant.

Wie ein Mantra wiederholte sie diesen Satz auf geistiger Ebene. Jedoch strahlte dieser Mann eine Magie aus, der sie sich nur schwer entziehen konnte.

Dominik kam näher, ließ sie nicht aus den Augen.

Erneut wurde sie unruhig. Aber als er bedrohlich nahe vor ihr stand, fragte sie so kühl wie nur möglich: „Was wollen Sie?"

Seine Mundwinkel verzogen sich spöttisch.

Ein Adrenalinstoß durchzuckte sie, als er sie am Arm packte, sie zu sich heranzog und sein Atem heiß ihr Ohr streifte. Sie wusste, sie durfte bei diesem verbotenen Spiel nicht mitmachen, aber für den Augenblick besaß sie nicht die Kraft, ihn zu stoppen.

Als er ihr den Arm auf den Rücken drehte, sich ihre Hüften somit gegen die seinen pressten und ihr Schoß gefährlich zu pochen begann, mobilisierte sie schließlich doch ihre gesamte Energie und stieß ihn von sich.

„Niemand wagt es, mich ungefragt anzufassen", spie sie ihm wütend entgegen.

Seine Augenbraue zuckte empor. „Das ist aber mehr als halbherzig. Du erwartest doch wohl hoffentlich nicht, dass ich ehrfürchtig *Herrin* raune und vor dir auf die Knie gehe?"

Wie zwei Gegner standen sie sich gegenüber.

Dominik hatte dieses verwöhnte Frauenzimmer auch nach all den Jahren wiedererkannt. Erinnerte sich daran, wie selbstverständlich sie sich damals jedes männliche Wesen genommen und dann von sich gestoßen hatte. Und nun hatte er den Abend über beobachten können, wie stolz und erhaben sie durch den Club stolzierte, wie ehrfürchtig man sich ihr gegenüber verhielt. Königlich, kühl, herrisch – so gab sie sich. Schön und edel wie eine Rose; eine Eisrose. Jedoch hatte er sofort gespürt, dass sie zwar Herrin spielte, dies allerdings nicht ihr Kern war.

Damals hatte er Verachtung für das junge, verzogene Ding verspürt. Sie hatte ihn gelangweilt, ihre flatterhafte Natur hatte nur ein müdes Gähnen in ihm hervorgerufen. An seiner Grundeinstellung hatte sich nicht viel geändert, jedoch reizte es ihn heute, ihre stolzen Federn zu stutzen und ihr zu zeigen, dass sie nicht der Nabel der Welt war. Begründet lag dies sicherlich in der öden Langeweile, die sein perfektes Leben durchzog. Ihm fehlte die Inspiration; seit Langem war da kaum etwas, was ihn fesseln konnte. Alles langweilte ihn. Besonders die Frauen. Mit ihnen zu schlafen bedeutete ihm schon eine halbe Ewigkeit nichts mehr. Das Einzige, das ihm wirklich noch etwas bedeutete, war die Arbeit unter seinem Pseudonym. Es erfüllte ihn, die Fotos nach einer Session zu sortieren, zu analysieren, zu bearbeiten und letztendlich für Ausstellungen zusammenzustellen. Der Ausdruck in den jeweiligen Gesichtern und Augen, während sie dominiert, gequält und bis über die eigenen Grenzen hinausgeführt wurden – darin lag für ihn das gewisse Etwas. Und befriedigte die Ader des Hobbypsychologen, die in ihm schlummerte. Kunst und Psychologie vereint in Aufnahmen, die die Betrachter faszinierten und schockierten zugleich. Das damit verbundene und erforderliche Dominieren und Unterwerfen von Frauen hatte jedoch schon lange seinen Glanz für ihn verloren.

Noch immer standen sie sich gegenüber, ihre Blicke schienen einen Kampf auszufechten. Eine geraume Zeit lang waren sie ebenbürtige Gegner, dann jedoch wurde Leahs Willenskraft erneut geschwächt, nämlich genau in dem Moment, als er ihr zuraunte: „Glaub mir, ich weiß genau, was du brauchst."

Unzählige Schauer durchliefen ihren Körper, Stromschlägen gleich. Eine nicht abzuwendende Macht brachte ihren Schoß zum Pochen, ihr wurde heiß und kalt zugleich.

Verdammt!

Sie musste dagegen ankämpfen. Auf der Stelle. Durfte nicht zulassen, was hier gerade geschah.

Es gelang ihr, diesen inneren Kampf vor ihm zu verbergen, ihr Blick blieb unberührt, als sie laut auflachte, seinem Blick stolz und herablassend begegnete. „So? Sie also wissen, was ich brauche? Ich gebe Ihnen einen wohlgemeinten Ratschlag: Verlassen Sie sich nicht allzu sehr auf ihr Gefühl und ihre selbstgerechte Arroganz. Das könnte nämlich ganz schnell nach hinten losgehen." Klirrende Kälte legte sie in ihre Worte und in ihren Blick eine Strenge und Unnahbarkeit, die die Männer, mit denen sie sich normalerweise umgab, zu willenlosen Wesen mutieren ließ. Dabei hätte sie ihm am liebsten hitzköpfig sämtliche Schimpfwörter an den Kopf geworfen, die ihr im Laufe ihres Lebens begegnet waren.

Auch jetzt war seine Miene ohne Regung. Er stand einfach nur da und schaute sie an. Seine Augen fixierten sie so intensiv, dass sie das Gefühl hatte, von ihnen festgehalten zu werden. Wie zur Salzsäure erstarrt verharrte sie regungslos, spürte ihren Körper auf besonders intensive Weise, das

Heben und Senken ihrer Brust beim Atmen, das Pochen ihres Herzens, sämtliche Nervenbahnen, die ihren Körper durchliefen.

Und bevor sie recht wusste, wie ihr geschah, packte er sie erneut an den Armen, drehte sie um, schob sie nach vorn, bis ihr Oberkörper an den Pfahl einer der Laternen gedrückt wurde. Sie schnappte nach Luft, als seine Hüften sich gegen ihr Gesäß pressten.

Sein Mund flüsterte an ihrem Ohr, heiß und eindringlich: „Ich könnte dich jetzt nehmen. Auf der Stelle. Wie ich es will."

In ihren Ohren begann es zu rauschen. Hingegeben hätte sie sich ihm in diesem Moment am liebsten, ihn angefleht, mit ihr zu tun, was er wollte, doch das durfte nicht sein.

So schnell, wie er sie gepackt hatte, ließ er sie wieder los, höhnte: „Aber ich will nicht."

Leah rang um Fassung, wirbelte herum und gab ihm eine schallende Ohrfeige. In ihren Augen lagen pure Wut und der Wunsch, ihn auf der Stelle umzubringen. Sein kaltes Auflachen schürte ihren Zorn. Was fiel diesem ungehobelten Kerl ein? Einen Vorteil jedoch hatte diese abstruse Situation … sie begann sich endlich wieder zu spüren, war wieder bei sich, dieser verfluchte sinnliche Bann hatte sich in Luft aufgelöst.

Ohne ihn eines weiteren Blickes zu würdigen, ließ sie ihn stehen.

Eine Hand lässig auf die Hüfte gelegt, blickte er ihr nach, mit kaltem Ausdruck in den Augen und einem gelangweilt-ironischen Zug um den Mund. Diese Frau konnte noch so sehr Domina spielen, er roch förmlich ihren Wunsch, sich zu unterwerfen. Egal wie hochmütig und königlich sie durch den Club stolzierte und harmlosen Männern Befehle erteilte. Diesem verwöhnten Frauenzimmer musste einmal jemand gehörig das überhebliche Haupt stutzen. Noch immer schien sie zu glauben, sie sei ein Geschenk Gottes für die Männerwelt.

Er schüttelte verächtlich den Kopf.

Langsam ging er zurück zum Club. Er würde sich die Sklavin von vorhin schnappen, mit ihr seine Spielchen spielen und dabei seine Kamera zum Einsatz kommen lassen. Die Zeit bis zum nächtlichen Gespräch mit dem Besitzer würde er sich schon zu vertreiben wissen.

Kapitel 3

Die Ketten schabten mit klirrendem Geräusch über die Backstein-
wand des Kellergewölbes, als Isa ihre Arme streckte.

Dominik hatte sie nackt ausgezogen und an einem Wandhaken
festgekettet, nachdem er ihr mit der flachen Hand den Hintern versohlt
hatte. Nicht weit von ihr entfernt hatte er eine Kamera positioniert, deren
Selbstauslöser er per Fernbedienung jederzeit betätigen konnte. Es würde
ihm später ein Vergnügen sein, die besten Fotos auszuwählen und zu bearbeiten. Isas Gesichtsausdruck genau in dem Moment, wenn der Schmerz
sie durchzuckte, war inspirierend und würde weiterhin für brauchbare Aufnahmen sorgen. Schließlich hatte er erst mit ihr begonnen, war noch lange
nicht fertig. Und schon jetzt waren Bilder dabei, die perfekt waren.

Leah, die ihnen heimlich ins Clubverlies gefolgt war, beobachtete aus ihrem Versteck neben der Treppe fasziniert, wie die lange Peitsche in seiner
Hand schwang. Diesen Raum hatte ihr Vater an diesem Abend speziell für
Dominik reserviert, und sie konnte nicht anders, sie wollte wissen, wie er
mit einer Sklavin umging. Welche Spielarten bevorzugte er? War er im Spiel
gefühlvoll oder ebenso eiskalt, wie sie ihn bisher kannte? Ein Schauer jagte
durch ihren Körper und entflammte etwas in ihr, das über bloße Neugier
hinausging.

Dominik stand in der Mitte des Raumes, holte in hohem Bogen aus und
ließ die einschwänzige Peitsche in der Luft knallen. Mit einem wütenden
Zischen landete sie genau neben der angeketteten Isa, deren beide Arme so
über ihrem Kopf zusammengebunden waren, dass sie nur auf Zehenspitzen
stehen konnte. Die Schultern hielt sie eingezogen, während sich ihre
Bauchmuskeln verkrampften.

Isa hielt die Luft an, als Dominik die Peitsche erneut knallen und sie dabei
dichter neben ihren Schultern aufkommen ließ. Sie begann zu schwanken,
ihre Füße waren darum bemüht, die Bodenhaftung nicht zu verlieren.

Dominik hielt einen Augenblick inne, ließ dann die Peitsche auf Isa niedersausen. Den kostbaren Moment, als die Spitze ihr Schulterblatt traf, sich
ihr Mund zu einem tonlosen O formte und ihre Augen sich in lustvollem
Entsetzen öffneten, fror er ein, indem er die Fernbedienung der Kamera
mehrere Male drückte. Schnelle, vergängliche, bittersüße Momente – für die
Ewigkeit festgehalten.

Erneut zischte die Peitsche auf sie nieder. Isa krümmte sich lustvoll gegen
die Wand, mühsames Atmen folgte ihrem spitzen Aufschrei, der ihre hem-
mungslose Hingabe kunstvoll unterstrich.

Rote Striemen zierten ihre Haut. In Erwartung weiterer Züchtigungen warf sie ihm glühende Blicke zu. Ein Augenblick, den Dominik genüsslich in die Länge zog. Aufrecht stand er da, fixierte Isa, lachte dabei leise in sich hinein, denn er hatte längst entdeckt, wer in der Nische neben der Kellertreppe hockte und ihnen da heimlich zusah.

Spielerisch klopfte er den Knauf der Peitsche in seine linke Handfläche, dann eine blitzschnelle, gezielte Bewegung – und er schlug erneut zu. Ein weiterer Striemen zeichnete sich auf Isas Haut ab, dicht neben den anderen beiden. Mit bewusster Präzision ließ er die Peitsche mehrmals dicht nebeneinander aufknallen und näherte sich quer über ihrem Brustkorb der anderen Schulter. Gebannt beobachtete er dabei ihr Mienenspiel, vergaß in keinem dieser Momente, den Selbstauslöser der Kamera an passender Stelle zu betätigen. Schweißperlen rannen Isas Haut hinab. Ihre zweite Schulter bekam nun ein ähnliches Muster.

Dominik ließ die Peitsche sinken, trat an Isa heran, legte den Peitschenriemen um ihren Nacken, zog ihren Kopf zu sich heran und flüsterte ihr etwas ins Ohr. In dem Augenblick, als diese den Blick hob und in Leahs Richtung schaute, wirbelte er blitzschnell herum und ließ das Peitschenende genau vor Leahs Füße knallen.

Erschrocken zuckte diese zusammen, hatte sein schallendes Lachen selbst dann noch in ihren Ohren, als sie die Treppe hinaufgeeilt und die Tür hinter sich geschlossen hatte.

Kaum hatte sie sich wieder unter die anwesenden Gäste und ins Getümmel geschoben, trat einer der devoten Männer, mit denen sie oft und gerne spielte, lächelnd auf sie zu, kniete vor ihr nieder und reichte ihr ein Glas perlenden Champagner. Er war einer ihrer Lieblinge, mit weichen blonden Locken und einem Gesicht wie ein Engel.

Zart, aber bestimmt strich sie mit ihrem Zeigefinger über seine Schulter, wies ihn an, ihr zu folgen. Vorbei an Grüppchen, die an der Bar standen, sich auf Sofas tummelten, die Galerie bestaunten oder sich auf den ausladenden Spielwiesen vergnügten, lotste sie ihn in ein Separee mit Prügelbank. Sie musste sich wieder erden, abreagieren und Energie tanken, denn der Geschäftstermin mit DomW rückte immer näher und schien wie ein drohendes Damoklesschwert über ihr zu schweben.

Dominiks Augen blitzten für den Bruchteil einer Sekunde überrascht auf, als er sah, wer ihn neben Joachim Bendt in den Geschäftsräumen erwartete. Dann erstarrte seine Miene zur gewohnten Maske.

Er trat auf den Leiter des Clubs zu, ohne Leah zu beachten. Dieser streckte ihm die Arme entgegen. „Ich freue mich, dass Sie sich die Zeit nehmen. Ein Drink? Verzeihen Sie, dass wir Sie erst jetzt offiziell begrüßen, aber wir dachten, ein paar entspannte Stunden in unserem Club würden Ihnen gefallen."

Dominik winkte ab. Er verzog keine Miene, seine Augen funkelten kalt. Die Arme trug er verschränkt, und seine Stimme war scharf, als er antwortete. „Lassen wir das unnötige Süßholzgeraspel, kommen wir zum Geschäftlichen."

Joachim Bendt wurde merklich nervös, als er Leah vorschob. „Das wird meine Geschäftspartnerin für mich erledigen. Ich habe einen wichtigen Termin und bin sicher, Leah wird mich würdig vertreten."

Dominiks Lippen kräuselten sich spöttisch. So so. Dieser Kerl führte ihm also ein Opferlamm zu. Wollte ihn bestechen, seiner brenzligen Situation auf diesem Wege ein Stück weit entkommen.

Am liebsten hätte er angewidert vor Joachim Bendt ausgespuckt, ihn am Kragen gepackt und in die Schranken gewiesen, er behielt jedoch die Kontrolle und entschied sich, das Spiel mitzuspielen – für eine bestimmte Weile. Schaden würde es ihm nicht, höchstens ein wenig Amüsement und Abwechslung in sein durch und durch kontrolliertes Leben bringen.

„Einverstanden", erwiderte Dominik kurz angebunden und sah dem anderen zu, wie er sich unterwürfig wie ein Wurm mehrmals kurz vor ihm verbeugte und den Raum so schnell wie möglich verließ. Mit eisigem Blick streifte er kurz darauf Leahs anmutige Gestalt.

Ein kaltes Lächeln umspielte seinen Mund, als er ihr zuraunte: „Hast du immer noch nicht genug von mir, du Unersättliche? Also gut, werden wir zu Ende bringen, was so prickelnd begonnen hat."

Blitzschnell eilte er zu ihr, packte sie, drehte sie herum, presste sie mit dem Oberkörper gegen den Schreibtisch und drückte seinen Unterleib an ihr Hinterteil.

„Ich glaube, an dieser Stelle waren wir vorhin im Garten stehen geblieben, stimmts?" Nah, ganz nah waren seine Lippen an ihrem Ohr, als er ihr diese Worte zuraunte.

Mit beiden Händen versuchte sie sich von der Schreibtischkante wegzustemmen, sich aus der Enge zu lösen. „Lassen Sie mich los, Sie Scheusal."

„Na, na, Lady. Als Domina versagst du in diesem Moment aber gründlich. Wo bleibt der Nachdruck in deiner Stimme … in deiner Körpersprache?" Er lachte leise. „Es sei denn, du willst gar nicht dominieren, sondern vielmehr unterworfen werden? Nichts leichter als das. Lass uns also so schnell wie möglich zum Hauptteil übergehen."

Er packte ihr Haar und zwang sie mit festem Griff bäuchlings zu Boden.

Leah verfluchte sich für die wohlige Hitzewelle, die ihren Körper durchströmte.

Nein. Das durfte nicht sein. Nie wieder.

Im nächsten Moment hatte Dominik auch schon nach den Handschellen gegriffen, die achtlos auf dem Schreibtisch herumgelegen hatten. Er legte sie um ihre Handgelenke, ließ sie zuschnappen und befestigte sie am anderen Ende jeweils an den schweren Füßen des Tisches. Hilflos lag sie da. Ihre Arme über dem Kopf weit auseinandergehalten. Er kniete über ihr, hielt ihr den Mund zu, als sie einen Schwall an Schimpfwörtern in seine Richtung zu werfen begann, stemmte sein Knie energisch auf ihre Oberschenkel, als ihr Körper sich wild wandte.

Seine folgenden Worte umzüngelten ihre Ohren wie Peitschenhiebe. „Das ganze Szenario hier soll purer Bestechung dienen, habe ich recht? Nun gut, dann zeig mir, ob es sich für mich auch lohnt."

Leah versuchte seinem stahlharten Griff zu entkommen, sich aufzubäumen, gab sich jedoch bald geschlagen, denn sein Griff wurde mit jedem ihrer Versuche unerbittlicher.

Kalter Hohn lag in seiner Stimme, als er ihr zuflüsterte: „Du wehrst dich? Dabei spüre ich deutlich, wie sehr du nach mir verlangst, wie du an nichts anderes denken kannst, als von mir genommen zu werden. An Ort und Stelle könnte ich mit dir machen, was ich will, wenn *ich* es will."

Sie wünschte ihn innerlich zum Teufel, zu ihrem Leidwesen jedoch genoss sie jedes einzelne Wort, jeden einzelnen Augenblick. Einem Stromschlag gleich reizten seine Worte ihre Sinne. Sie zuckte lustvoll zusammen, als seine Hand sich unter sie schob und ihre Brust zu kneten begann.

Doch sie bemühte sich um Selbstbeherrschung. Lieber würde sie zugrunde gehen, als ihm ihre Lust zu zeigen. Dabei spielten ihre Sinne ihr einen Streich nach dem anderen, ersehnten einen kurzen, vielleicht auch etwas länger anhaltenden Schmerz, gefolgt von weichen Händen, die den Schmerz zärtlich linderten. Ersehnten seine gierigen Lippen auf ihrer heißen Haut, die Hand in ihrem Genick, geflüsterte Obszönitäten. Ein Schauer nach dem anderen durchflutete ihren Körper, machte sie gierig, hungrig und neugierig auf mehr.

Doch all dies versteckte sie unter gespielter Empörung und einer Körpersprache, die ihm signalisieren sollte, wie angewidert sie von ihm war.

Seine Hand schob sich unter ihren Rock, drückte ihr Gesäß zu Boden, als sie sich erneut wild zu winden begann, während die andere Hand nach wie vor ihren Mund verschlossen hielt. Zielsicher wanderten seine Finger von hinten zwischen ihre Schenkel, liebkosten die Schamlippen, spielten mit ihrer Klitoris. Unwillkürlich rieb sie sich an seiner Hand. Verteufelte sich dafür und blieb fortan stocksteif liegen, egal was er auch anstellte.

Es kostete sie alle Kraft, sich nicht lustvoll an seiner Hand zu winden, ihre Lust nicht in jeder einzelnen Zelle ihres Körpers tanzen zu lassen.

Steif wie ein Brett lag sie da, kniff die Augen zusammen und betete, dass ihr Körper sie nicht im Stich lassen würde. Seine Finger klopften sich leicht an den Innenseiten ihrer Schenkel hinab, strichen an den Außenseiten wieder empor, vergruben sich in ihrem Schoß. Seine Berührungen brachten sie an den Rand ihrer Selbstbeherrschung. Dennoch gelang es ihr, eine Teilnahmslosigkeit und Kälte in ihre Körpersprache zu legen, die auch ihm nicht verborgen blieben.

Als er ihren Mund freigab, war es diesmal sie, die kalt auflachte. „Und? Haben Sie gefunden, wonach sie zwischen meinen Schenkeln gesucht haben?" Sie drehte ihr Gesicht in seine Richtung, ihr Blick eisig, um ihre Mundwinkel ein kalter Zug. Glühende Wut machte sich dort breit, wo zuvor noch der Wunsch nach Hingabe gelodert hatte. Sie hatte nicht übel Lust, ihn auf eine Prügelbank spannen zu lassen und ihre Sammlung an Peitschen und Schlagwerkzeugen an ihm auszuprobieren. Ihm seine verdammte Arroganz und Selbstgefälligkeit aus dem Leib zu prügeln, ihm so gehörig den Arsch zu versohlen, bis dieser glühend heiß und wund war und sie sich an seinen Schmerzensschreien ergötzen konnte.

„Ich muss nicht suchen, ich erkenne auf Anhieb, was ich zu wissen begehre." Sein Ton glich dem eines nachsichtigen Lehrers zu einem unwissenden Schüler. „Und dass dein Mentor dich vorgeschoben hat, weil er glaubt, du könntest mich mit einem besonderen Zauber dazu bewegen, gewisse Dinge in seinem Sinn zu regeln, war peinlich offensichtlich."

„Was fällt Ihnen ein? Er ist weder mein Mentor noch hat er mich vorgeschoben. Mein Vater hat wichtige Dinge zu erledigen und mich schlicht und einfach gebeten, dieses Gespräch allein zu führen."

„Dein Vater?" Er lachte lauthals auf. „Das wird ja immer besser. Ein Vater, der seine Tochter verhökert."

Er löste die Handschellen, erhob sich.

Kurze Zeit später war auch sie wieder auf den Beinen, Kampfeslust in den funkelnden Augen, gerade, stolze Haltung, das Kinn vorgestreckt.

Die Zentimeter zwischen ihnen glühten. Die brennende Sehnsucht und der Wunsch, seine Befehle zu empfangen, hatten sich in ihr Innerstes zurückgezogen, machten ihrer gewohnten Stärke und Beherrschung Platz. Sie glich nun eher einem Kühlschrank als einem Vulkan kurz vor dem Ausbruch.

Dieses dämliche Arschloch konnte ihr mal gehörig den Buckel runterrutschen – nachdem sie den angestrebten Deal in der Tasche hatte. Seine affektierte Ausstrahlung kotzte sie an, und auch wenn er ein Mann war, bei dem man sich in Acht nehmen musste, an ihr würde sein Dominanzgehabe scheitern. Und einmal abgesehen davon, gab es momentan Wichtigeres. Es galt, den Club aus den roten Zahlen zu hieven, sich auf das Geschäftliche zu konzentrieren.

Dominik nahm ihre Wandlung unbeeindruckt wahr. Er hatte ihren inneren Kampf längst durchschaut. So, wie er alle Frauen durchschaute. Nur hatte sich bisher keine als dominant aufgespielt, obwohl ihre devote Ader förmlich aus jeder einzelnen Pore zu sprühen schien. Und auf dumme, durchschaubare Bestechungsversuche reagierte er von Natur aus allergisch.

Diese von sich überzeugte Frau hatte sicherlich noch nie einen richtigen Mann gehabt, hatte womöglich Probleme, einen Orgasmus zu bekommen, und kompensierte diese Defizite mit lächerlichem Machtgehabe willigen Männern gegenüber. Dabei schlummerte tief in ihrem Innern das Verlangen, auf allen vieren herumzukriechen, einem wahrhaften Dom zu Diensten zu sein, den Arsch gehörig bearbeitet zu bekommen und endlich einmal ordentlich genommen zu werden.

Widerstrebend blickte sie ihm in die Augen. Die Luft schien aufgeladen. Ihr Blick jedoch war frostig, während seine Lippen sich kurz ironisch nach oben zogen. Dann strafften sie sich wieder, herrisch und befehlsgewohnt.

Seine Augen taxierten ihr Gesicht, ihr Dekolleté, ihre Figur, die schlanken Beine. Wie viele Männer sie wohl schon verführt und anschließend verstoßen hatte? Ihr fehlte eindeutig ein Mann mit starker Hand, der ihr nichts durchgehen ließ. Dann würde sie möglicherweise eine unterhaltsame, wenngleich anstrengende Geliebte sein. Mit der nötigen Energie ließe sie sich womöglich sogar zähmen.

Seine Wangenmuskeln arbeiteten, während sein kalter Blick sie maß.

Frauen wie sie waren nur auf ihren Vorteil bedacht und benötigten eine extrem feste Hand und eine gehörige Portion an vernünftiger Erziehung. Es würde unter Umständen sogar äußerst interessant und abwechslungsreich sein, einer Möchtegern-Domina das stolze Haupt geradezurücken.

„Wie geht es nun weiter?", spottete er. „Welche Taktik ist vorgesehen, um mich weichzuklopfen?"

Leah, mit einem Mal durch und durch kühle Geschäftsfrau, nahm hinter dem Schreibtisch Platz. Sie und ihr Vater hatten ein Ziel. Es galt, den Club zu retten, ihn vor der drohenden Hypothek zu bewahren. Nichts anderes zählte in diesem Augenblick – sie durfte ihren Vater nicht enttäuschen.

„Halten wir uns nicht mit unnötigen Spielchen auf. Es geht hier weder um Taktik noch um Bestechung. Wir erhoffen uns lediglich einen zinslosen Kredit. Mein Vater hat Ihnen ja alles schon ausführlich schriftlich zukommen lassen."

Dominik stützte sich mit den Händen auf den Schreibtisch auf, beugte sich quer über den Tisch, weit in ihre Richtung, lächelte sie an.

Eiskristalle bildeten sich in ihrem Herzen und in ihrem Blick. Mochten alle Frauen, denen er begegnete, bei diesem Lächeln auch dahinschmelzen, sie war fortan gewappnet. Sicherlich führte er wieder etwas im Schilde, denn wieso sonst verschwendete er seine ihm angeborene Arroganz an dieses verflixte Lächeln?

„So? Darum geht es also?" Er strich sich mit Daumen und Zeigefinger übers Kinn.

„Die Ausstellung Ihrer Fotos in unserem Club kostet Sie nichts. Wird Sie auch in Zukunft nichts kosten. Unsere Räumlichkeiten stehen Ihnen jederzeit zur Verfügung, und zusätzlich kann ich Ihnen eine Teilhaberschaft an unserem Club anbieten. Er läuft gut. Einzig die Fehlspekulationen meines Vaters bilden einen Stolperstein, der mithilfe des Kredits beiseitegeschafft werden kann."

Dominik verzog keine Miene, tief tauchte sein Blick in den ihren, gab jedoch nichts darüber preis, was in ihm vorging. Dabei überschlugen sich seine Gedanken geradezu.

Was ging hier vor sich?

Hatte er sich gerade verhört?

Ein Kredit? Zinslos?

Welches Spiel spielte der Hausherr? Und welche Rolle übernahm dabei seine aufsässige Tochter? Nun, er würde es herausfinden. Was Psychospielchen betraf, machte ihm so schnell niemand etwas vor.

„Ich verlange fünfzig Prozent der Anteile, und als Zugabe wirst du nackt vor mir auf dem Boden herumkriechen und mir zu Diensten sein, sobald ich es verlange."

Leah schnappte nach Luft, unterdrückte den Wunsch, ihn zu schlagen, zu beleidigen, ihn anzubrüllen. „Es war wohl vermessen von mir zu glauben, es ließe sich vernünftig mit Ihnen reden." Ihre Augenbraue schoss in die Höhe. Triefend vor Sarkasmus fuhr sie fort: „Es tut mir leid, wenn ich Ihre kostbare Zeit vergeudet habe. Und nun tun Sie mir bitte einen Gefallen, vergeuden Sie nicht die meine." Ihr ausgestreckter Zeigefinger wies zur Tür.

Überheblicher Spott sprang Dominik aus jeder Körperzelle, als er gespielt geknickt zur Tür ging, sich dann aber auf dem Absatz herumdrehte. „Vielleicht finde ich das alles ja doch interessant genug, um meine Entscheidung zu überdenken."

Leahs Herz fing vor Überraschung an zu rasen. Seine Stimme ließ sie eine aufrechte Haltung in ihrem Stuhl annehmen. „Sie gehen also auf unseren Vorschlag ein?"

„Unter einer Bedingung."

„Und die wäre?"

„Du arbeitest für ein paar Wochen als Domina in meinem Club in Nizza. Der Zulauf der Sklaven ist dort enorm angestiegen und flaut nicht ab. Wir können jede gute Kraft gebrauchen, und es ist nicht leicht, eine Domina zu finden, die mit Leib und Seele dominieren möchte, ihr Handwerk perfekt versteht und sich dennoch als Angestellte – statt eigener Herrin – sehen kann."

„Und wo ist der Haken?"

„Such ihn."

„Mir ist nicht nach Spielen."

In seinen Augen blitzte etwas auf, das sie nicht einzuordnen wusste.

„Dabei befinden wir uns bereits mittendrin." Mit hinter dem Rücken verschränkten Händen schritt er vor ihrem Schreibtisch langsam auf und ab, wie ein Raubtier, das seine Beute im Visier hielt, zum Sprung bereit.

Leah zwang sich, seine geschmeidigen Bewegungen als nicht allzu betörend zu empfinden. Dieser Mann machte es ihr verdammt noch mal nicht leicht. In keiner Beziehung!

„Herr Winter, wir sind hier, um ins Geschäft zu kommen. Ihre Zeit ist mit Sicherheit ebenso kostbar wie die meine, sprechen Sie also bitte nicht in Rätseln."

„Ich habe meine Bedingung genannt. Hinzu kommen fünfzig Prozent der Clubanteile. Das ist mein letztes Wort."

Leah hatte an fünfundzwanzig Prozent gedacht, da sie jedoch wusste, wie wenig Alternativen sie hatten, blieb ihr nichts anderes übrig, als zuzustimmen. „Also gut."

Er nickte ihr kühl zu. „Du sprichst französisch?"

Leah nickte.

„Perfekt. Das wird deiner Arbeit bei uns im Club dienlich sein. Ich erwarte dich also in drei Wochen. Dein Vater kennt die Adresse."

Ohne sie eines weiteren Blickes zu würdigen, war er verschwunden.

Kapitel 4

Die Sonne schob sich als glutroter Ball aufwärts, verdrängte die Dämmerung und legte einen warmen Schimmer über den beginnenden Tag. Leah rieb sich die Augen, gähnte herzhaft. Endlich hatte sie Frankreich erreicht und begann nun, sich Richtung Süden zu orientieren. Der hübschen französischen Orte wegen hatte sie beschlossen, statt der Autobahn die kleinen, gut ausgebauten Straßen zu nutzen, die zwar wesentlich zeitaufwendiger zum Ziel führten, dies jedoch durch den betörenden Charme der Gegend wettmachten. Schon lange war es ein Traum von ihr, Südfrankreich einmal mit dem Auto zu erkunden. Aus diesem Grund hatte sie auf eine Reise per Flieger verzichtet. So bekam sie auf dem Weg nach Nizza einiges von der Gegend mit, war auch vor Ort mobil und konnte außerhalb ihrer Arbeitszeit im Club dieses herrliche Fleckchen Erde erkunden.

Die Sonne schien gnadenlos vom wolkenlosen Himmel, was ihr wegen des offenen Verdecks einen mächtigen Sonnenbrand auf den Armen bescherte. Ein lautes Konzert von Grillen und anderen Tieren mischte sich von den Straßenrändern aus in die stimmungsvolle Sommermusik, die der Radiosender zum Besten gab.

Sie war auf dem Weg zur Perle der Côte d'Azur, wo das Wasser azurblau schimmerte und auf den romantischen Boulevards der Altstadt Straßenkünstler vor den zahlreichen Cafés musizierten. Auch wenn die Fahrt dorthin keinem persönlichen Vergnügen entsprang, so nahm sie sich vor, das Beste aus ihrer Situation zu machen. Langsam, aber sicher begann sie sich auf das Eintauchen in das viel gerühmte Flair dieser Gegend zu freuen. Leah hatte viel über die kleinen Gassen der wunderschönen Altstadt gehört, von den bunten Märkten, Kunst, Kultur und Nachtleben. Sie beschloss, davon ebenso zu kosten wie von langen Spaziergängen am Strand und Baden im unendlichen Blau des Mittelmeeres. Schließlich würde sie an keinen 24-Stunden-Job gebunden sein.

Nizza … beeindruckend, laut, sexy und abwechslungsreich. Sowohl Nachtschwärmer als auch Ruhe suchende Individualisten kamen an diesem Ort auf ihre Kosten, erlagen der Liebenswürdigkeit und dem Charme dieser Stadt.

Und nun war sie auf dem Weg dorthin.

Immer wieder hielt sie an, berauschte sich an der schönen Landschaft, den urigen Ortschaften, den blühenden Lavendelfeldern.

In Sisteron, einem Städtchen, das im Tal der Durance lag und von fast senkrechten Felsen umsäumt war, suchte sie sich ein Quartier, und am nächsten Morgen ging es südöstlich weiter bis nach Saint-Tropez. Die Aussicht auf die satten Blautöne, in denen das Meer schimmerte, raubte ihr für den Moment den Atem. Der Anblick wirkte wie gemalt und so frisch, dass Leah meinte, den Duft der Gegend auf der Zunge zu schmecken. Die Luft flirrte. Sie kniff die Augen zusammen, nahm jedes Detail in sich auf. Die intensiven Farben prägten sich in ihr Bewusstsein.

Sie fuhr an der Küste entlang nach Saint-Raphaël, weiter östlich über Cannes. Schließlich erreichte sie Nizza, die „Hauptstadt Südfrankreichs", die einerseits vom Meer umsäumt wurde, sich andererseits bis hin zu den nahe gelegenen Bergen zog.

Herzklopfend brachte sie die letzten Kilometer hinter sich, erreichte die Spitze eines Zickzackkurses und fuhr auf einem schmal gewundenen Weg den bewaldeten Hügel steil bergauf. Die Straße wurde von ausladenden Steineichen und Olivenbäumen gesäumt, die das gleißende Sonnenlicht ausschlossen.

Dann plötzlich öffnete sich das satte Laubwerk, die Straße wurde schmaler und mündete in einer sonnigen Auffahrt. Leah fuhr weiter, auf ein geschwungenes Gittertor zu. Jenseits des Tores war ein parkähnlicher Platz zu sehen, in dessen Mitte eine riesige Palme ihre fächerartigen Zweige ausbreitete. Eine Baumreihe verhinderte jeden weiteren Ausblick nach hinten.

Sie hielt am Tor an und drückte auf den Knopf der Sprechanlage, die mit Videoüberwachung ausgestattet war. Das Gittertor ging auf, und als sie hindurchfuhr, ergriff sie urplötzlich der Wunsch umzudrehen und weit weg zu fahren. Zu fliehen, so schnell sie nur konnte. Unbehagen breitete sich in ihr aus.

Augen zu und durch!

Surrend schloss sich das Tor hinter ihr. Jetzt gab es kein Zurück mehr, kein Kneifen in letzter Minute, keine Fluchtmöglichkeit. Vor ihr lag nicht nur die herausforderndste Zeit ihres Daseins, sondern auch die Gewissheit, dass es in ihren Händen lag, wie es mit ihrem Club weitergehen würde. Und dass ausgerechnet Dominik Winter dabei eine Rolle spielte, beunruhigte und belebte sie zu gleichen Teilen.

Herzklopfend fuhr sie weiter. Ein sanft geschwungener Weg, der durch eine anmutige Gartenanlage führte, brachte sie dem Anwesen, das ihr in der kommenden Zeit Arbeitsplatz und Unterkunft zugleich sein würde, näher. Ein steinerner Brunnen, aus dessen Mitte eine kleine Fontäne emporstieg, war bevölkert von verschiedenen Vögeln. Mehrere Nebengebäude und ein Teil des Gartens erstreckten sich über die Klippen eines Felsvorsprungs, welcher weit über das Meer hinausragte. Ein winziger, steiler Privatpfad schlängelte sich von dieser Klippe hinab zu einer kleinen einsamen Bucht, wo die sanften Wellen des auslaufenden Meeres zwischen den Felsen züngelten und sich wiegten. Es musste herrlich sein, dort hinunterzulaufen, dem azurblauen Meer entgegen, das aus dieser Anhöhe besonders intensiv leuchtete. Leah hielt für einen Moment die Luft an. Die Schönheit dieses Anwesens war beeindruckend.

Sie musste nicht lange nach einem Stellplatz für ihr Auto suchen, denn eine Reihe von Luxuslimousinen standen in Reih und Glied auf einem schattigen Platz, der von Rosenbüschen umringt war. Sie parkte ihren Wagen, stieg aus, reckte sich und fühlte sich seltsam befangen, als sie den Weg zum Haupthaus lief und die flachen Stufen bis hin zur Eingangspforte passierte.

Ihr Finger ruhte sekundenlang über dem Klingelknopf, doch bevor sie ihn drücken konnte, wurde sie von hinten gepackt. Ein beißender Geruch stieg ihr in die Nase. Benommen nahm sie eine dunkle Gestalt in einem bodenlangen schwarzen Kapuzenmantel wahr, dann sank sie in eine düstere Benommenheit.

Als Leah später wieder zu sich kam, spürte sie zunächst ihren Körper nicht. Ihr war übel. Schwindel erfasste sie. Was war mit ihr los? Was war passiert? Sie blinzelte, als Licht durch ihre Augenlider drang, und versuchte, die Hand darüberzulegen, um sich gegen die Helligkeit abzuschirmen. Doch sie konnte ihre Hände nicht bewegen. Irgendetwas hielt sie fest.

In Panik riss sie die Augen auf, drehte den Kopf, obwohl das den Schwindel und die Übelkeit verstärkte. Und dann erkannte sie, weshalb sie ihre Hände nicht bewegen konnte. Um ihre Handgelenke lagen Lederschnallen. Und diese waren mit Karabinerhaken an Ketten befestigt, die von der Decke hingen. Folglich waren ihre Arme – weit gespreizt – fest nach oben gezogen fixiert. Sie blickte an sich hinab. Auch ihre Füße waren mit Schnallen an Bodenösen befestigt. Man hatte sie regelrecht aufgespannt, wie ein X – inmitten des Gewölbes auf einem Podest. Völlig nackt und ebenso hilflos.

Sie wollte losbrüllen. Um Hilfe rufen. Aus Angst und Panik. Aber auch aus Zorn. Doch ihre trockene Kehle blieb stumm. Panisch blickte sie sich um. Die Übelkeit schwand langsam, auch der Schwindel. Sie befand sich in einem Kellergewölbe, erleuchtet durch einen Spot, der genau auf sie zeigte. Kalte Mauersteine blitzten ihr entgegen, eine gewaltige Holztür war zu sehen. Außer einem Stuhl und dem Konstrukt, an dem sie hing, war der Raum leer.

Ihr Gehirn begann zu arbeiten. Sie erinnerte sich bruchstückhaft. Eine Gestalt, dunkel und bedrohlich, hatte sie betäubt.

Sie zuckte zusammen, als die Tür aufgestoßen wurde, starrte auf den Mann, der hereinkam. Schwarzer Mantel, Kapuze, Maske, schwarze Stiefel. Das war er, der Typ, der sie betäubt hatte.

Der Unbekannte kam auf sie zu. Langsam und bedrohlich.

Er ging gemächlich vor ihr auf und ab, in der Hand eine lange Peitsche, die in regelmäßigen Abständen zischend auf den Steinboden knallte.

Leah stieß einen leisen Laut aus. Und sosehr sie die unverhoffte Situation auch ängstigte, ihr tief vergraben geglaubtes Sub-Herz begann höherzuschlagen. Ungewissheit und Dominanz - welch köstliche Mixtur. Unbekannte Gefahr gepaart mit süßer Lust und absoluter Hingabe hatte sie vor Jahren einmal mehr gereizt als alles andere. Längst vergessen geglaubte Empfindungen stiegen quälend köstlich in ihr empor.

Erneut knallte das Leder auf den Boden.

Er trat näher an sie heran. Dicht, ganz dicht, sodass sie seinen Atem auf ihren Brüsten spüren konnte. Sacht berührte der Knauf der Peitsche ihre linke Brustwarze, dann die rechte. Ein tiefes Kribbeln durchfuhr ihren Leib. Sie blinzelte, schloss die Augen für einen Moment und spürte dem süßen Beben nach, das sie durchfloss.

Verflucht! Sie wollte etwas Derartiges nicht genießen. Nie wieder.

Die Peitsche knallte abermals, küsste diesmal jedoch nicht nur den kalten Stein, sondern auch ihren Oberschenkel. Wie von züngelnden Flammen liebkost, begann ihre Haut köstlich zu brennen. Sie fühlte sich eingehüllt in einen Mantel aus grenzenloser Gier nach mehr.

Als er mit einem Ruck den Mantel abwarf, konnte sie ihren Blick nicht abwenden. Dieser Körper sah verdammt noch mal gut aus.

Der Mann bewegte sich mit einer Geschmeidigkeit, die unglaublich war. Die Muskeln, die sich dabei unter der glänzenden schwarzen Latexhose abzeichneten, weckten ihre sündigsten Gedanken. Und die Maske, die nur Augen, Nase und Mund freigab, unterstrich das Prickeln der Atmosphäre.

Aus den Schlitzen funkelnde Augen betrachteten sie eingehend, schienen sich förmlich in sie zu bohren. Und dann erahnte … erkannte sie, wer da vor ihr stand.

Sekundenlang hielt sie die Luft an. Dann jedoch loderte grenzenlose Wut in ihr auf. Allerdings nicht ausschließlich auf ihren Peiniger, sondern auch auf sich selbst. Wie konnte es angehen, dass sie unter derartigen Umständen lustvoll reagierte?

Wie um sich selbst etwas zu beweisen, spuckte sie vor ihm auf den Boden, brüllte: „Du mieses Schwein. Elender Teufel! Mach mich auf der Stelle los."

Tief sog sie den Atem in ihre Lungen, ihr Körper begann zu zittern.

Gewaltsam packte der Vermummte ihr Kinn, drückte schmerzhaft zu. Ein tiefes Knurren kroch aus seiner Kehle. „Wage es nicht, noch ein einziges Mal vor mir auszuspucken, Sklavin."

Mit einer ruckenden Kopfbewegung entzog sie ihm ihr Kinn, spuckte erneut, diesmal mitten in sein maskiertes Gesicht.

Eine unnachgiebe Hand legte sich um ihre Kehle, verjagte ihren aufkeimenden Triumph, nahm ihr die Luft. Und erneut ein tiefes Knurren, das aus den dunkelsten Ecken seiner Seele zu kommen schien. „Du tust gut daran, dich mir nicht zu widersetzen."

Der Griff um ihre Kehle nahm an Intensität zu. Schwindel kroch unerbittlich in ihr hoch, ließ ihre Sinne in unbarmherzigem Nebel versinken. Drohende Worte hallten wie ein Echo in ihrem Kopf wider, grausam und animalisch. Der Griff um ihre Kehle wurde gelockert, sie röchelte, hustete, röchelte erneut. Und kaum hatte sie neue Atemluft inhaliert und einen Schub Energie mobilisiert, begann sie erneut aufzubegehren, indem sie an ihren Fesseln riss und lauthals zu fluchen begann.

„Du perverser, ekelhafter Widerling! Was fällt dir ein … ich …" Weiter kam sie nicht, denn das Geräusch der zischenden Peitsche ließ jeden weiteren Laut im Keim ersticken.

„Schweig! Ich dulde es nicht, dass du ungefragt den Mund öffnest. Solltest du diese Lektion nicht so schnell wie möglich lernen, werde ich noch ganz andere Saiten aufziehen müssen."

Brennender Trotz stieg in Leah auf. „Andere Saiten?", höhnte sie. „Du perverser Arsch hast mich hereingelegt. Hast mich unter einem Vorwand hierher gelockt, um mir deine kranken Machtspielchen aufzuzwingen." Ihre Stimme überschlug sich förmlich. „Wir hatten einen Deal. Einen verdammten Deal!"

„Bedanke dich dafür bei deinem Vater. Mit ihm hatte ich auch einen Deal."

Ihre Blicke fochten miteinander.

„Ich weiß nicht, was du meinst."

„Eine Hand wäscht die andere. Dein Vater hat mich hereingelegt, im Gegenzug halte ich mich nun ebenfalls nicht an Absprachen."

„Mein Vater hat was?" Leah glaubte sich verhört zu haben.

„Du hast schon richtig gehört." Zorniges Funkeln loderte ihr aus den Augenschlitzen entgegen, beeindruckte sie jedoch keineswegs, viel zu empört war sie.

„Du lügst!"

Er warf den Kopf in den Nacken, lachte boshaft. „Glaub mir, ich habe Besseres zu tun, als mir abstruse Geschichten über uninteressante Leute auszudenken und mich obendrein noch mit einem verzogenen Frauenzimmer abgeben zu müssen. Aber was tut man nicht alles, um für Vergeltung zu sorgen."

„Vergeltung? Ich verstehe nicht? Wofür?" Leah spürte in diesem Augenblick instinktiv, dass er die Wahrheit sagte. Was hatte ihr Vater sich zuschulden kommen lassen? Was war passiert?

Das erschreckende Erkennen stand ihr ins Gesicht geschrieben, und Dominik konnte darin lesen wie in einem offenen Buch. Diese aufsässige Person konnte einem fast leidtun - vom eigenen Vater genarrt und vor den Karren gespannt. Welch tiefer Fall für ein hochmütiges Geschöpf, wie sie es war.

Er hatte kein Mitgefühl, gestand ihr aber zähneknirschend zu, dass sie ein Recht hatte zu erfahren, was genau seinen Zorn und seine Rachegelüste entfacht hatte. Danach würde er ihre Schmerzensschreie erst zum Verstummen bringen, wenn ihr Körper über und über mit roten Striemen versehen war. Und das würde erst der Anfang sein. Der Anfang von etwas, das ihm hoffentlich Genugtuung verschaffen würde.

„Okay, Möchtegern-Domina, ich will mal nicht so sein und dir einen Einblick in die seelischen Abgründe deines Vaters geben." Er spuckte verächtlich vor ihr auf den Boden aus. „Um ihm ein Stück weit aus seiner Misere zu helfen, gab ich ihm den exklusiven Auftrag, die besten meiner Bilder zu verkaufen – mit Aussicht auf eine äußerst großzügige Provision. Doch statt sich wie ein Ehrenmann zu verhalten, begann er mich zu betrügen. Eiskalt und hinterlistig. Meine Werke sind nicht billig, aber als erfahrener Galerist gelang es ihm, nach und nach für alle einen Käufer zu finden. Eine mehr als großzügige Provision hätte er sich damit auf ehrliche Weise verdient, aber was tat der werte Herr Galerist? Er verschwieg mir seine Verkaufserfolge – es war ja auch ganz einfach, denn schließlich jettete ich für aktuelle Aufnahmen gerade um die Welt. Er steckte sich den jeweiligen Erlös in die eigene Tasche, begann erneut zu spekulieren, verzockte sich abermals und ist mir das Geld bis heute schuldig. Wenn ich nicht zufälligerweise vor gut einem Monat vor Ort gewesen wäre, um ein paar der Bilder durch aktuellere Aufnahmen zu ersetzen, hätte ich bis heute nichts davon erfahren."

Leah stockte der Atem. Ihr Vater ein Betrüger? Okay, er hatte eigene Firmengelder in den Sand gesetzt, ihr damit ebenfalls geschadet, aber jemand anderen willkürlich betrügen? War er zu so etwas imstande? Scheinbar ja. Und nun? Was würde geschehen? Würde Dominik sie zur Strafe nun als Geisel gefangen halten, bis ihr Vater das Geld wieder aufgetrieben hatte?

„Was hast du vor?", presste sie mühsam hervor.

„Das wirst du schon sehen! Früher, als dir lieb sein wird."

Trotzig hob Leah ihr Kinn. Okay. Sie musste den Tatsachen ins Auge sehen. Er wollte sich rächen, sie wimmernd und jammernd am Boden sehen.

Wollte seine krankhafte Ader an ihr auslassen, ersehnte Vergeltung. Sie war intelligent genug, um zu spüren, dass nichts, aber auch rein gar nichts, sein Vorhaben ändern würde. Um sich selbst den letzten Rest von Würde zu bewahren, beschloss sie deshalb, alles kühl und regungslos über sich ergehen zu lassen. Ihm würde alles vergehen, wenn er bemerkte, dass er eine Salzsäule vor sich hatte, einen Eisberg, dessen Spitze er nicht einmal ansatzweise würde ankratzen können.

Und sie konnte stur sein! Verdammt stur!

Nun war es an ihr, kalt zu lächeln. Sie würde es ihm zeigen, ihm deutlich signalisieren, dass er sich an ihr die Zähne ausbeißen würde.

Ganz so, als hätte er ihre Gedankengänge erraten, und wie um ihr das Gegenteil zu beweisen, begann er erneut, die Peitsche tanzen zu lassen. Dieses Mal kam auch seine Kamera zum Einsatz. Die Fernbedienung klickte, die Peitsche traf ihr Gesäß und Leah zuckte lautlos, mit starrem Gesichtsausdruck, zusammengepressten Lippen und angespannten Bauchmuskeln.

Sie wusste, dass dies nur der Anfang war, und rollte die Schultern so gut sie konnte nach vorn, rundete ihren Rücken für die Schläge, die noch kommen sollten. Bei jedem der folgenden Peitschenhiebe gelang es ihr hervorragend, die nötige Contenance zu wahren. Innerlich applaudierte sie sich dafür.

Allmählich wurden die Peitschenhiebe härter. Kreuzweise zogen sie Striemen über ihren Rücken, ihre Schultern und ihr Gesäß, doch sie bewahrte nach wie vor reglose Haltung, erwiderte seinen glühenden Blick mit eisiger Kälte.

Als Dominik die Intensität der Peitschenküsse erneut steigerte, begann ihre Fassade ein wenig zu bröckeln, sie atmete tief durch, öffnete den Mund zu einem stummen Schrei, fand jedoch augenblicklich zurück in ihre reglose Haltung.

Ihr krampfhaftes Bemühen, sämtliche Empfindungen zu unterdrücken, amüsierte Dominik. Hochmütig schaute sie ihm entgegen. In den nächsten Schlag legte Dominik eine Kraft, die Leahs Selbstbeherrschung überstieg. Sie kniff die Augen zusammen, krümmte und wand sich, und als ein weiterer Peitschenhieb ihre Haut wie eine brennende Flamme überzog, konnte sie nur mit Mühe einen spitzen Schmerzensschrei unterdrücken.

Erneut schlug er zu, begutachtete das Muster, das sich so herrlich rot von ihrer blassen Haut abhob.

Die Dominanz, die er dabei ausstrahlte, war Leah zuwider, zog sie jedoch gleichzeitig wie magisch an. Dieser Zwiespalt ängstigte sie, denn er hatte die Macht, ihr die notwendige Selbstkontrolle zu rauben – wirkte bedrohlicher als die Situation, in der sie sich befand. Das, was hier vor sich ging, barg gefährliche Faszination, ließ alte Sehnsüchte hochkriechen und weckte ihre sündigsten Gedanken. Während sie sich bemühte, unbeteiligt zu wirken, ersehnte sie mehr - viel mehr -, genoss das Prickeln der Gefahr, die von dieser ausweglosen Lage ausging.

Ihr Herz raste. Sie wollte das Gesamtpaket an Qual von ihm empfangen, fieberte seiner harten, unnachgiebigen Dominanz entgegen und wusste doch, es durfte nicht sein. Sie atmete tief durch, verspürte den Wunsch, sich in den Schmerz fallen zu lassen, den Mund zu einem stummen Lustschrei zu öffnen. Doch sie biss sich auf die Lippen, blieb äußerlich unbeteiligt.

Leah wollte ihn und die Situation hassen, verachten, verabscheuen.

Verzweifelt versuchte sie, diese verflixte Lust auszuschalten – zu ignorieren. Ohne Erfolg. Ihr Innerstes ersehnte jeden einzelnen Hieb und reagierte mit Wonne, wenn er sie fest und gezielt traf.

Ganz egal, wie oft sie sich in Erinnerung rief, dass dieses Ekelpaket sie eiskalt in eine Falle gelockt hatte, so brachte all das dennoch sämtliche Saiten in ihr zum Klingen.

Ihren gesamten Rest an Widerstand mobilisierend, versuchte sie weiterhin, das brennende Verlangen hinter einer gleichgültigen Maske zu verbergen, gab erneut vor, ein Eisklotz zu sein, an dem jeder einzelne Hieb klirrend erfror und abprallte. Doch das laute Auflachen von Dominik zeigte ihr, sie war nicht besonders erfolgreich.

„Du willst mir beweisen, dass dich das alles nicht berührt?" Er griff ihr unters Kinn, erzwang ihren Blick.

Leah kniff trotzig die Augen zusammen. Sie unterdrückte den Impuls, lustvoll zu erbeben, als seine andere Hand den Griff der Peitsche zart wie eine Feder über ihre Brüste führte.

„Ich werde dir zeigen, dass du tief im Innern eine kleine Sklavin bist, die das alles mehr als genießt."

„Bin ich nicht!"

Er stand vor ihr, eine Hand an der Hüfte, während die andere die Peitsche hielt. Der Peitschengriff folgte den Linien ihrer Schultern, ihrer Wirbelsäule hinab, bis zu ihrem Gesäß. Dann wieder zurück, wo er ihre Nippel mit dem Ledergriff zu stimulieren begann, die pochend nach härterer Reizung verlangten. Sie schloss ergeben die Augen, riss sie wieder auf, als ein stechender Schmerz ihre rechte Brustwarze durchzuckte, ein Schmerz, der sie leise aufschreien ließ. Dominik versah ihre Nippel mit Brustklemmen.

„Ich werde deine Knospen nun so lange mit Klemmen versehen und mit der Peitsche wieder abschlagen, bis du dir eingestehst, dass du es sehr wohl bist."

„Niemals."

„Du wirst!"

Leah zog hörbar die Luft ein, als er in hohem Bogen ausholte. Sämtliche ihrer Muskeln verkrampften. Mit Präzision ließ Dominik die Peitsche mehrmals dicht neben ihr niederschnellen, zielte schließlich und traf ihre Brüste. Ein dicker roter Striemen zeichnete sich quer ab. Die empfindsamen Brustwarzen, gepeinigt von dem stechenden Druckschmerz der Klemmen, blieben jedoch verschont.

Der Schmerz des darauffolgenden Schlages jedoch traf ihre Nippel und war so intensiv, dass sie gellend aufschrie. Eine der Klemmen flog quer durch den Raum davon, während die andere hartnäckig stecken blieb und dem Beben der Brust folgte. Dominik holte aus, allein diese Bewegung entlockte Leah einen weiteren Schrei.

Auch der nächste Hieb saß – die Klemme löste sich. Unermüdlich wiederholte Dominik das Spiel, setzte die Klemmen auf, peitschte sie von ihren Nippeln. Leah zuckte jedes Mal zusammen, wenn der dünne Lederriemen ihre Brustwarzen traf. Dies lag nicht nur im Schmerz begründet, sondern gleichermaßen in schwindelerregender Lust. Sie schloss für einen Moment die Augen, öffnete sie und blickte ihn fest und scheinbar teilnahmslos an.

Bauch, Brüste, Schenkel, Rücken und Gesäß, alles stand in Flammen … brennend, stechend – Lustflammen. Ihr Körper schmerzte, doch es war alles andere als schlimm – im Gegenteil, ihr Schoß reagierte mit süßer Sehnsucht und verlangender Lust. Es erfüllte sie mit Genugtuung, dass es ihr dennoch gelang, sich ihre Gefühle nicht anmerken zu lassen. Sie würde diesem überheblichen, ignoranten Scheusal beweisen, dass es durchaus Frauen gab, die ihm das Wasser reichen konnten – in jeder Beziehung!

„Sag, was ich hören möchte."

„Nein."

Er lächelte grausam. „Du hast zwei Möglichkeiten: Entweder du tust, was ich dir sage, oder du wirst auch die nächsten Stunden in genau dieser Position verbringen."

„Bist du verrückt? Was soll das?!"

„Du bist weiß Gott nicht in der Position, Fragen zu stellen. Weißt du was? Ich denke, ein Plug wird deine sture Aufsässigkeit im Keim ersticken."

„Hör mir bitte zu …"

„Nein. Ich höre dir nicht zu. Nicht jetzt und auch nicht in den nächsten Stunden. So lange hast du nämlich Zeit nachzudenken, ob es sinnvoll ist, dich mir zu widersetzen."

„Leck mich!"

Blitzschnell bewegte er sich auf sie zu, griff ihr schmerzhaft ins Haar. „Diese unfeine Ausdrucksweise lasse ich nicht durchgehen. Ich werde dich lehren, dass ich durchaus meine, was ich sage."

Er hob seine Hand an ihr Kinn und zwang sie unerbittlich, ihm in die Augen zu sehen. Sein Blick vereinnahmte sie völlig, er wollte, dass sie sich ihm ganz ergab. Leah versuchte erneut, den Eindruck von Gleichgültigkeit und Teilnahmslosigkeit zu erwecken, und obwohl das unter diesen Umständen kaum möglich war, gelang es ihr erstaunlich gut.

Als sie sah, dass Dominik sich umwandte, fortging und beim Zurückkommen einen Gegenstand in den Händen hielt, fiel ihr die Maske der Unnahbarkeit jedoch unsagbar schwer.

Am liebsten hätte sie: „Nein, ich will das nicht!" geschrien, doch ihr Mund blieb stumm, als er sich hinter sie hockte und den Plug an ihren Anus setzte.

Mit großer Mühe kämpfte sie den Impuls nieder, schnell zu sagen, was er hören wollte – um ihn zu besänftigen. Doch diesen Triumph wollte sie ihm nicht gönnen. Unzähligen Sklaven hatte sie als Strafe einen Plug gesetzt, es wäre doch gelacht, wenn sie nicht die Stärke besäße, dies ebenfalls über sich ergehen zu lassen.

Trotzig reckte sie ihr Kinn.

Der Plug fühlte sich kühl an. Wenigstens hatte dieser Schuft ihn vorher mit einem Gel eingerieben. Leah stieß gedanklich sämtliche Verwünschungen gegen Dominik aus und schwor sich, dass sie ihn zur Hölle fahren lassen würde, sollte sie die Möglichkeit dazu haben.

Es schmerzte dumpf – und beschämte sie. Sie fühlte sich gestopft und verletzlich geöffnet, konnte nicht verhindern, dass ihr Tränen in die Augen schossen.

Wie gut, dass sich dieser Mistkerl hinter ihr befand und diesen Moment der Schwäche verpasste. Er würde sich sicherlich genüsslich die Hände reiben und lauthals triumphieren, wenn er ihre Tränen sähe. Hastig schluckte sie sie hinunter, räusperte sich kurz und fand zur stolzen Haltung zurück, obwohl dieser demütigende Dehnungsschmerz von unten durch sie hindurchjagte.

Der Stöpsel schien sich in ihr auszuweiten, immer größer zu werden.

Schon damals, als sie ihre devote Ader noch nicht verdrängt hatte, hatte sie Analplugs verabscheut. Und später, als Domina, nie nachvollziehen können, dass ihre Sklaven diesen Stöpsel als lustvoll empfanden.

Ihre Brust hob und senkte sich, ihr Atem ging stoßweise, sosehr sie sich auch bemühte, ihn ruhig zu halten.

Dominik trat wieder vor sie. „So, und nun lasse ich dich ein paar Stunden allein. Wenn ich wiederkomme, hast du Gelegenheit, deine Aufsässigkeit gutzumachen. Du willst, dass ich deinen Vater verschone? Nun, dafür kann ich mehr erwarten als das, was du bisher leistest. Ich rate dir eindringlich, gut zu überlegen, ob du dich mir weiterhin widersetzt. Es liegt allein an dir, ob ich deinen Vater der Polizei ausliefere und was fortan mit eurem Club geschieht."

Sie blickte stur an ihm vorbei.

Als er fort war, überkam sie eine tiefe Traurigkeit.

Kapitel 5

*V*alérie schüttelte ihre rote lange Mähne und strich sich eine Strähne aus den Augen. „Unser nächster Drink wird vom Barchef höchstpersönlich serviert. Vielleicht hat er ja Zeit, sich ein wenig zu uns zu setzen. Sag mal, hast du bemerkt, wie gierig er mich angesehen hat? Mit Blicken hat er mir die Kleider bereits vom Leib gerissen. Glaub mir, ich hätte nichts dagegen, wenn er genau das heute Nacht in die Tat umsetzt."

Dominik lehnte sich auf dem Stuhl zurück, beobachtete das kokettierende Mienenspiel seiner Schwester. „Und was würde dein Lover dazu sagen?" Triefende Ironie begleitete seine Worte, denn er wusste, dass Valérie kein Kind von Traurigkeit war.

Sie lachte hell auf. „Sebastian? Ja glaubst du denn, ein Mann reicht mir? Ich liebe die Abwechslung, ebenso wie du. Cheers."

Sie hob das halb volle Glas, trank es in einem Zug leer. Dann gab sie dem Barkeeper ein Zeichen, dass er sich beeilen möge, provozierte ihn dabei mit flirtendem Augenaufschlag, schob den dünnen Stoff ihres Rockes wie zufällig ein Stück höher und gewährte ihm einen Einblick zwischen ihre Schenkel. Sie trug halterlose Strümpfe und kein Höschen.

Gelangweilt verfolgte Dominik das Flirtspiel seiner Schwester, stellte dabei abermals fest, wie attraktiv sie doch war. Der feurige Glanz ihrer langen Locken bildete einen herrlichen Kontrast zu ihrer zarten Haut und den seegrünen Augen. Ihr sinnlicher Mund erinnerte an reife Früchte. Sie trug einen gefährlichen Zauber inne, eine Mischung aus Wildheit und Eleganz, und er beneidete keinen der Männer, die in ihr Spinnennetz gerieten. Denn sie alle waren hoffnungslos verloren. Einerseits, weil sie ihr gnadenlos verfielen, andererseits, weil Valérie niemanden aus ihren Fängen ließ, solange sie nicht fertig mit ihm war.

Sie trug heute eine weiße, leicht transparente Bluse mit tiefem Ausschnitt. Der Spitzenstoff ihres BHs zeichnete sich darunter ab. Dazu trug sie einen schwarzen Rock, hauchdünne halterlose Strümpfe und High Heels. Die filigran gemusterte Abschlussborte ihrer Strümpfe lugte ein kleines Stück unter ihrem viel zu kurzen Rock hervor, und Dominik beobachtete, dass sowohl Barkeeper als auch Kellner und männliche Gäste nervös immer wieder auf Valéries Schenkel blickten. Valérie war sich der Blicke bewusst, und prompt rutschte der Rocksaum in dem Moment, als sie sich wie zufällig leicht auf dem Stuhl bewegte, noch ein kleines Stück höher. Dominik kannte diese raffinierten Tricks seiner Schwester. Ihr reichte die Aufmerksamkeit, die sie hatte, sobald sie einen Raum betrat, nie, sondern tat alles, um diese auf geschickte, unauffällige Weise zu steigern. Der Barkeeper hatte die Drinks fertig, brachte sie höchstpersönlich an den Tisch, und aus dem Augenwinkel sah Dominik, wie Valérie ihn verführerisch anlächelte, in ihre Handtasche griff und ihm ihre Visitenkarte zusteckte. Mit einem selbstbewussten, fast arroganten Blick sah sie dem Barmann nach, als er zu seinem Platz zurückging. Wieder eine zappelnde Fliege in ihrem Netz.

Valérie wandte sich ihrem Bruder zu. „Erzähl mir, warst du erfolgreich? Hast du dein Geld bekommen? Wenn du mich fragst, gehört dieser Gauner hinter Schloss und Riegel."

„Ich habe mein Geld nicht bekommen. Woher auch? Er hat nichts. Hinter Gittern bringt er mir rein gar nichts. Aber ich habe eine Möglichkeit gefunden, um zumindest ein Stück weit zu meinem Recht zu kommen."

„Und die wäre?"

Dominik begann zu berichten, übersah dabei bewusst den missbilligenden Blick seiner Schwester, prostete ihr lässig zu, als er zu Ende erzählt hatte.

„Das ist nicht dein Ernst!"

„Doch. Dieser Club ist eine wahre Goldgrube. Ich konnte mich vor Ort davon überzeugen. Als Teilhaber werde ich über die Jahre meine Verluste wettgemacht haben. Und die Tochter des Mannes, der mich so übers Ohr gehauen hat, bietet mir die Möglichkeit, es ihm auf ähnliche Weise heimzuzahlen. Hinzu kommt, dass dieser Frau endlich einmal die Federn gestutzt werden müssen. Sie ist aufmüpfig, hält sich für eine Domina. Dabei kriecht ihr die devote Ader durch jede einzelne Pore nach außen."

„Und du willst nun ihr Lehrmeister sein?"

„So, wie du es betonst, klingt es nach einer müßigen Pflicht. Ich jedoch sehe es als vergnügliches Spiel und Herausforderung."

„Du findest sie anziehend?"

„Du weißt, dass ich diesbezüglich keinerlei Ambitionen in mir trage. Sie ist eine Frau wie jede andere. Jedoch weiß sie noch nicht, wo ihr Platz ist. Genau diesen werde ich ihr zeigen."

„Aber sie ist schon attraktiv, oder?"

„So wie tausend andere Frauen auch."

Valérie lachte glockenhell auf. „Wir sind uns so ähnlich."

„Was Gefühlsduseleien betrifft, auf jeden Fall."

„Ich habe es dir nie erzählt, aber es gibt da einen Mann, den ich über alles liebe. Jedoch ist er unerreichbar. Er hat nie von meinen Gefühlen erfahren, denn er hat mich unwissentlich und auf indirekte Weise mehr als einmal zurückgewiesen. Es vergingen Jahre, aber meine Gefühle sind geblieben. Seitdem fühle ich mich innerlich wie ausgelöscht. Viele Verehrer und auch sehr viele Liebhaber kreuzten meinen Weg, aber ich sah nie wieder die bunten Farben der Liebe, hatte nie wieder diese Schmetterlinge im Bauch. Mein Herz hörte einfach auf zu tanzen, Männer wurden für mich zum Spielzeug, und Gefühle sind mir fremd geworden. Dieser Mensch wird nie erfahren, wie sehr er mich verletzt hat. Denn Gefühle sind Zeichen von Schwäche, Zerbrechlichkeit, Sanftheit und Zärtlichkeit. Und das sind Dinge, die mich vor langer Zeit bereits zerbrochen haben."

„Gefühle sind pure Zeitverschwendung."

„Aber Cathérine hast du doch geliebt."

Dominiks Gesichtsausdruck verdunkelte sich, seine geballte Faust landete deutlich hörbar auf dem Tisch.

„Hatte ich mich beim letzten Mal nicht klar und deutlich ausgedrückt?"

„Doch. Hast du", erwiderte sie trotzig. „Du willst nicht darüber reden."

Eiseskälte glomm in seinen Augen auf, wie ein Pistolenknall schoss seine Stimme durch das Lokal. „Und wieso tust du es?"

Valérie zuckte zusammen. Sie war nicht leicht zu beeindrucken und ließ sich von niemandem etwas sagen, schon gar nicht den Mund verbieten. Vor Dominiks stechender Wut und Kälte jedoch hatte sie einen Höllenrespekt. Gehörte Warmherzigkeit nicht unbedingt zu seinen Tugenden, so konnte sein Zorn – war er einmal entfacht – grenzenlos, unbarmherzig und grausam sein.

In all den Jahren hatte sie ein Gespür dafür bekommen, wann Dominik kurz vor einem Wutausbruch stand. In diesem Moment war es wieder einmal so weit. Sie musste versuchen, das Thema zu wechseln. Am besten schnell.

Doch dazu kam es nicht, denn Dominik warf einen Geldschein auf den Tisch und verschwand mit finsterem Gesichtsausdruck, ohne sie auch nur eines weiteren Blickes zu würdigen.

In Dunkelheit gehüllt durchschritt er kurz darauf durch die Gassen der Altstadt. Einem Pulverfass gleich, welches kurz vor der Explosion stand. Musste seine Schwester dieses verfluchte Thema immer und immer wieder anschneiden? Seine Hände zu Fäusten geballt eilte er voran, ohne nach rechts und nach links zu blicken. Die Fingernägel gruben sich in seine Handflächen.

Verdammt noch mal, er wollte nie wieder an diese Frau und an das, was in jener Nacht geschehen war, erinnert werden. Cathérine hatte ihn enttäuscht. Sie war eitel und selbstgefällig, hatte nicht gewusst, was sich gehörte. Dass er sich von ihrem egozentrischen Wesen und ihren unverschämten Eskapaden hatte befreien wollen, hatte sie in jener Nacht – die ihre letzte gewesen war – wohl endgültig begriffen.

Nie wieder würde er sich von einer Frau an die Kette legen lassen.

Bitter lachte er auf. Wieso konnte seine Schwester dieses Thema nicht endlich ruhen lassen? Immer wieder brachte sie Cathérine ins Spiel, eine Tatsache, die ihn wahnsinnig machte. Andererseits konnte er Valérie nie lange böse sein, denn sie war – bis auf wenige entfernte Verwandte – seine einzige Familie.

Seine Mutter war irgendwann – da war er sieben – mit einem anderen Mann nach Sizilien ausgewandert. Er selbst lebte fortan mit seinem Vater, dessen neuer Partnerin und Valérie im Elternhaus. Zu seinem Vater hatte Dominik nie ein gutes Verhältnis gehabt, denn dieser vertrat die Ansicht, für die Charakterbildung der eigenen Sprösslinge sei unabdingbare Strenge und Kontrolle notwendig. Er war Psychologe – ein Scheitern der eigenen Erziehung kam für ihn nicht infrage.

Und wenn Dominik etwas gewollt oder getan hatte, das seinem Vater nicht passte, dann war genau das für ihn ein Scheitern seiner eigenen Erziehung. Einen Fehler, den er korrigieren musste. Wenn Reden nichts half, ignorierte er seinen Sohn komplett, bestrafte ihn mit Eiseskälte. Für ein Kind, das zudem auch noch seine Mutter vermisste, eine Tragödie. Valérie hingegen behandelte er stets wie eine Prinzessin. Sie war schon damals sehr schön und wusste sehr genau, wie man andere an der Nase herumführte.

Als Dominik siebzehn war, verunglückten sein Vater und seine zweite Frau mit dem Auto. Er musste schon früh selbst Verantwortung übernehmen, und gemeinsam mit Valérie überstand er so manche Hürde. Von seiner Mutter hörte er nur selten etwas. Ab und an erreichte ihn eine Ansichtskarte aus fernen, exotischen Orten, wo sie mal wieder eine neue Liebe fürs Leben gefunden hatte. Daran hatte sich bis heute nichts geändert, und so blieb ihm von Seiten der Familie nichts weiter als Valérie, die, so exzentrisch sie auch war, wenigstens so etwas wie einen Fixpunkt in seinem Leben darstellte.

Er atmete tief aus, versuchte seine Gedanken in eine andere Richtung zu lenken. Ihm war nach einer warmen Dusche. Und dann würde er sich mit Vergnügen um diese herrlich aufsässige Möchtegern-Domina kümmern. Seine Motivation lag nicht mehr allein in Rache und Genugtuung begründet. Diese Person begann ihn zu faszinieren.

Kapitel 6

*L*eahs Körper zitterte. Die Überheblichkeit und die Macht, mit der Dominik sie wie selbstverständlich in diesen Zustand manövriert hatte, klebte an ihr wie triefender Spott.

Wie konnte er es wagen, sie hier hängen zu lassen? Sie befand sich in einem dämmrigen Schwebezustand zwischen Anspannung, Trauer und Wut. Aber auch Lust, entfacht durch die eindringliche Demütigung, die er ihr entgegengebracht hatte.

Genau das war es, was ihren Zorn besonders entfachte. Sie hasste ihren Körper für diesen Verrat. Für diese Schwäche. Für den Wunsch nach Hingabe und Unterwerfung.

Als sie sah, wie die Tür aufgeschlossen wurde, legte sie diesen gebündelten Zorn in ihren Blick. Dominik stand dicht vor ihr. Das weiße Hemd war nur halb zugeknöpft, sein Haar noch feucht vom Duschen, und Leah fand seinen Anblick abscheulich umwerfend. Ihre Nippel reagierten, indem sie lustvoll pochten.

Verdammt! Sie musste dagegen ankämpfen.

Sie musste ihre Atmung kontrollieren, die aufkommende Lust im Keim ersticken. Niemals sollte dieser Schuft auch nur einen Hauch dieser schwelenden Emotionen erahnen. Am besten verwandelte sie sich in einen gefühlslosen Stein.

Während ihr diese Gedanken durch den Kopf schossen, kämpfte sie verzweifelt gegen die süße Erregung, welche sie überfiel. Der Plan, sich ihm emotionslos zu präsentieren, drohte zu scheitern. Sie wusste, sie glich vielmehr einem lüsternen Kätzchen, das von der Milch genascht hatte und nun nicht genug bekam. Für einen Moment schloss sie die Augen, verspürte den Wunsch, dass er sie packte und sündige Dinge mit ihr tat. Dinge, die ihr Kopf ablehnte, ihr Herz jedoch schmerzlich ersehnte.

Er kam näher, hob ihr Kinn an, strich mit dem Daumen über ihre Unterlippe. Leahs Körper begann ein Eigenleben zu führen. Entgegen ihrem Willen schmiegte sich ihr Gesicht seiner Hand entgegen.

Ihm gefiel es sehr, wie sensibel sie auf kleinste Berührungen von ihm reagierte. Doch wie sollte er einschüchternd und teuflisch vorgehen, wenn ihn ihr süßes Anschmiegen aus dem Konzept brachte? Er unterdrückte ein Seufzen, mobilisierte seine sadistische Dominanz und schaffte es, diese Anwandlungen tief in sich zu vergraben.

Streng blickte er sie an. Funkelnde Augen, die sie zu verschlingen drohten. „Wirst du mir nun gehorchen? Wirst du sagen, was ich hören möchte?"

„Ich lasse mir keine Worte in den Mund legen. Schon gar nicht, wenn sie von einem feigen Kidnapper stammen."

Er hatte Mühe ein Lachen zu unterdrücken. Es gelang ihm dennoch, sie mit einem Gesichtsausdruck anzuschauen, der sie hätte zurückweichen lassen, wenn sie denn gekonnt hätte. Ein Blick, der nicht nur ihre Erscheinung erfasste, sondern in tief vergrabene Schichten ihres Seins drängte.

„Du bist ziemlich vorlaut, und deine Manieren sind überaus schlecht! Sag, was ich hören möchte, oder ich lasse dich hier hängen, bis du schwarz wirst!"

Sie hasste es, wenn ihr jemand befahl, was sie zu sagen hatte, oder ihr gar den Mund verbot. Hasste es wie die Pest. Und ihn – ja, ihn hasste sie sowieso.

„Kommandiere gefälligst jemand anderen herum."

Ihre Widerborstigkeit gefiel ihm immer mehr. Am liebsten hätte er sie in seine Arme gerissen und leidenschaftlich geküsst, so anziehend fand er sie. Regungen die ihn köstlich durchfluteten, die ihm aber auch Angst machten. Es war lange her, dass er so etwas zuletzt gespürt hatte.

Er riss an ihren Haaren, so hart, dass sie aufschrie. Ein lautes Klatschen, begleitet von einem Brennen auf ihrem Oberschenkel, ließ sie fast in Tränen ausbrechen.

„Noch ein Ton und ich verpasse dir einen Knebelball und lasse dich den Rohrstock so lange spüren, bis dein gesamter Körper glüht. Es wäre nicht das erste Mal, dass ich eine aufmüpfige Sklavin auf diese Weise zum dauerhaften Schweigen bringe." Das Lächeln um seine Mundwinkel erreichte seine Augen nicht. Es war so kalt, dass ihr erhitzter Körper zu frösteln begann. Seine Stimme klang metallisch, hallte unschön in ihr wider. Doch sie würde sich nicht einschüchtern lassen, höhnte aufsässig: „Ach ja?"

Leah fühlte seinen Zorn im Zugriff seiner Hand. Fest legte sie sich um ihre Kehle, drückte, bis sie zu keuchen begann, ließ wieder locker.

„Ich mag es nicht, wenn eine Sklavin sich wie ein trotziges Gör aufführt."

„Und ich mag es nicht wenn ein Möchtegern-Dom die Kontrolle über sich verliert und aus niederen Beweggründen handelt."

Um seine Mundwinkel begann es amüsiert zu zucken. Wie herrlich erfrischend diese Person war.

Sie spürte seinen Atem auf ihrem Gesicht, als er flüsterte: „Glaub mir, ich weiß jederzeit genau, was ich tue. Von Kontrollverlust kann also gar keine Rede sein. Und was meine Beweggründe betrifft - *so what?* Die Hauptsache ist, dass ich stets ganz genau spüre, was meine jeweilige Sklavin braucht, was sie will und was sie ersehnt. Nichts anderes bekommt sie. Das gilt auch für dich. Leider wehrst du dich dagegen. Noch!"

Sein tiefer Blick ließ sie erschauern. Langsam, ganz langsam näherten sich seine Lippen den ihren und dann küsste er sie überraschend sanft. Im ersten Augenblick war sie perplex. Damit hatte sie ganz und gar nicht gerechnet, ebenso wenig mit dieser zärtlichen Sanftheit und dem köstlichen Aroma seiner Lippen. Tausende von Schmetterlingen begannen in ihrem Bauch zu flattern. Sein Mund auf dem ihren fühlte sich himmlisch an. In diesem Augenblick hätte sie ihre Seele verkauft, hätte es dabei geholfen, diesen Moment nie vergehen zu lassen.

Kurz löste er seine Lippen von den ihren, murmelte: "Siehst du, ich weiß was du brauchst." Dann küsste er sie erneut.

Dieser Satz begann sie ein wenig zu erden. Was hatte er vor? Wieso war er urplötzlich so sanft? Misstrauen überlagerte ihr wohliges Empfinden, schluckte es schließlich ganz. Wenn er glaubte, sie mit diesem Wechselbad weichklopfen zu können, dann hatte er sich geirrt. Im selben Moment, in dem sie wünschte, die Berührung seiner Lippen möge niemals enden, biss sie zu. Kurz und hart. Sie schmeckte Blut, sah seine aufgeplatzte Lippe, als er ruckartig vor ihr zurückwich.

Hart umfasste er ihr Kinn. Dann schlug er ihr so fest auf den Oberschenkel, dass ihr der Atem stockte. „Wage es nicht noch einmal."

Sie zuckte zusammen. Nicht die Drohung an sich ließ sie erbeben, sondern sein Tonfall. Seine Stimme war nicht laut, eher leise, aber schneidend wie ein Skalpell. Und was tat ihr erschöpfter Körper, dieser elende Verräter? Er sehnte sich nach ihm, wünschte sich mit jeder einzelnen Zelle in seine strafenden Hände.

Da hing sie nun, gespreizt, aufgewühlt, wahnsinnig geil, wünschte diesen Bastard zum Teufel, ersehnte gleichzeitig eine angemessene Strafe für ihre Aufmüpfigkeit. Wieso ließ ihr Körper sie dermaßen im Stich?

Sie motivierte sich gedanklich, versuchte alles, um diesem verzehrenden Feuer wenigstens ein Stück weit zu entfliehen. Tapfer und gespielt furchtlos hielt sie seinem Blick stand, brachte ihre bebenden Lippen unter Kontrolle, wünschte sich, er möge sie packen und ihr den Arsch versohlen, bis dieser rot glühte.

Er packte ihre Haare und zog ihren Kopf in den Nacken. „Ich kann deine Lust riechen, egal wie sehr du dich anstrengst, sie vor mir zu verbergen." Die Finger seiner anderen Hand rieben ihre harten Nippel, bis sie leise stöhnte. „Ich werde bekommen, was ich will, und bin gespannt, wie weit ich gehen muss, bis du zu deiner wahren Berufung stehst – bis du winselnd vor mir kniest und um Bestrafung bettelst."

Seine Worte ließen ihren Schoß pochen, ihre überreizten Nippel ersehnten mehr. Er führte seinen Mund nah an ihr Ohr, sein Atem kitzelte ihre Haut. „Ich weiß, dass du dich danach sehnst, schamlose Dinge zu tun, dich mir zu unterwerfen und eine züchtige Sklavin zu sein. Je eher du dich dazu bekennst, umso angenehmer wird es für uns beide."

Ihre Augen spiegelten ihre Seele wider, und das, was Dominik darin lesen konnte, ließ seinen Herzschlag beschleunigen. Verdammt war sie sexy. Zwar störrisch wie ein Maulesel, aber es würde ihm ein Vergnügen sein, ihren Widerstand immer wieder aufs Neue zu brechen.

Sie erbebte, als er ihre Brüste berührte, die Handflächen darauf legte, ohne Druck zart rieb, gerade so viel, dass ihre Nippel hart blieben. Seinem Blick entging keine Regung. Er betrachtete ihren nackten Körper, mit dem er alles tun konnte, was er wollte. Seinen Zeigefinger ließ er zart über ihren Körper gleiten. Einem Stromschlag gleich reizten diese sanften Berührungen ihre Sinne. Ihr Körper reckte sich seiner Hand entgegen, die über Bauch, Wangen, Hals und Brüste tanzte. Den Brustspitzen ließ Dominik besondere Zuwendung zukommen. Spielerisch umkreiste sein Daumen den Vorhof, tippte die harten Nippel an. Dann ging die Entdeckungsreise weiter, hinab über ihren Bauch, ihren Venushügel und die Schenkel.

Leah erschauerte. Ihr Schoß war hungrig, konnte es nicht erwarten, ebenfalls bedacht zu werden. Sie ersehnte Stimulation, Penetration, würde gegen das Verlangen ihres verräterischen Körpers verlieren, egal wie sehr ihr Verstand dagegen steuerte. Dominik strich leicht an den Innenseiten ihrer Schenkel hinab, fuhr an den Außenseiten wieder empor und verweilte für ein paar Sekunden auf dem Venushügel.

Sein Zeigefinger glitt am Tor ihrer Vagina entlang, streifte ihre Klitoris, umkreiste die geschwollene Perle, tippte sie in regelmäßigen Abständen verführerisch an.

Diese Sekunden brachten Leah an den Rand ihrer Selbstbeherrschung. Sie begann unkontrolliert zu zittern, schloss für einen winzigen Moment ergeben die Augen, unterdrückte jedoch den lustvollen Seufzer, der in ihrer Kehle hochkroch.

Dominik konnte den Hunger in ihren Augen sehen. Einen Hunger nach mehr, den er auch in sich verspürte. Ihr Körper vibrierte. Das vibrieren ihres Körpers machte ihn an, weckte den Wunsch in ihm, sie an seiner Hand so oft kommen zu lassen, bis ihr vor Erschöpfung Tränen übers Gesicht liefen. Langsam schob sich sein Finger in ihre feuchte Tiefe, bewegte sich behutsam auf und ab. Leah genoss jede einzelne Sekunde. Vertraute wollüstige Empfindungen übernahmen die Regie. Ihr Bewusstsein löste sich auf, ihre Lippen bebten, ihr Blick verschwamm. Leah versank in einem Taumel an Gefühlen, ihr Mund war trocken, das Herz hämmerte unruhig.

Dominiks Finger massierte die empfindsamen Innenwände ihrer Vagina, fand den richtigen Druckpunkt. Währenddessen stimulierte sein Daumen unermüdlich ihre Klitoris. Ein Zucken durchzog Leahs Unterleib, breitete sich wellenförmig aus. Ihr Herz raste. Sie wollte nicht kommen, denn das würde ihm zeigen, wie leicht er sie in einen sinnlichen Taumel stoßen konnte. Dennoch wünschte sie sich nichts sehnlicher. Innerhalb von Sekundenbruchteilen jagten ihr tausend Gedanken durch den Kopf, während Dominik sie immer weiter in Richtung Orgasmus rieb.

Scharf sog sie die Luft ein. Zu allem Überfluss spürte sie mit einem Mal einen übermächtigen Harndrang. Es war eine halbe Ewigkeit her, dass sie zuletzt die Toilette besucht hatte. Und genau diese Tatsache verstärkte die Stromschläge, die ihren Unterleib durchzuckten, um ein Vielfaches. Ihr mühsamer Widerstand erlahmte mehr und mehr.

Die Sehnsucht nach ihm machte sie fast wahnsinnig. Sie wollte kommen – jetzt sofort – ihm nah sein, ihm gehorchen. Wollte seine Leidenschaft, Stärke und seinen Stolz inhalieren – ersehnte es, zu seinen Füßen zu knien, jeden seiner Befehle willig annehmend. Während seine eine Hand nicht müde wurde, sie zu verwöhnen, glitt seine andere Hand ihren Rücken hinauf – und wieder hinab. Strich ihr Gesäß entlang, hinterließ eine glühende Spur auf den Rückseiten ihrer Oberschenkel.

Sie presste die Lippen aufeinander, um ein Stöhnen zurückzuhalten. Seine Liebkosungen waren so zärtlich und gleichzeitig unerbittlich.

Langsam bewegte sich sein Finger in ihr, während sein Daumen ihre Klitoris gleichmäßig stimulierte, bis sich der nahende Höhepunkt wellenförmig in ihr aufbaute, sich wieder zurückzog, nur um sich beim nächsten Mal noch süßer in ihr aufzutürmen.

„Wehe du kommst ohne meine Erlaubnis." Sein Atem an ihrem Ohr kroch bis zu jeder einzelnen Körperzelle.

Sie dachte gar nicht daran, abzuwarten, sondern wollte hemmungslos und ohne Erlaubnis an seiner Hand kommen. Wie reizvoll, sich ihm auf diese Weise zu widersetzen, in einen herrlichen Orgasmus zu fallen um anschließend für ihren Ungehorsam bestraft zu werden. Sozusagen doppelte Lust. Ein kehliger Laut huschte über ihre Lippen. Seine Finger trieben sie schnell die Leiter des Höhepunktes hinauf. Sie spürte, wie ihre Vagina sich zuckend um seinen Finger zusammenzog, wie ihre Scheidenmuskeln arbeiteten.

„Du darfst erst kommen, wenn ich es erlaube. Und dies geschieht nur, wenn du dich mir vollkommen ergibst." Seine verführerische Stimme so nah an ihrem Ohr heizte sie zusätzlich an. „Sag mir, was ich hören möchte."

Sie stöhnte laut auf, ihr Schoß glühte unter seiner kundigen Hand. Sie konnte nicht denken – nur fühlen – warf sich in die köstlichen Wellen des nahenden Orgasmus.

„Ich …"

„Ja?"

„Ich … ich komme gleich."

Dominik lachte leise auf, ließ sie auf der letzten Stufe der Lust grausam zurück, indem er sich ihr entzog. „Wer nicht gehorcht, bekommt gar nichts."

Ihr aufgeheizter Körper zog sich schmerzhaft zusammen, die entfachte Lust verhungerte qualvoll. Frustriert stieß sie den Atem aus. Nun, wo sich jeglicher Sinnestaumel Stück für Stück in ihr zurückzog, wurde sie wieder Herrin ihrer Sinne. Wie hatte sie sich nur so gehen lassen können?

Zu allem Elend hatte ihr Harndrang an Intensität gewonnen. Der Plug, der noch immer in ihr steckte, machte das Ganze nicht besser. Wie sie Dominik einschätzte, würde er eher zur Hölle fahren, als sie zur Toilette zu lassen. Es würde ihm himmlisches Vergnügen bereiten, sie hier hilflos und mit fast zerberstender Blase hängen zu sehen.

Was nun?

Wenn er erfuhr, dass sie dringend musste, lieferte sie sich noch mehr aus. Andererseits würde sie nicht mehr ewig einhalten können. Und einfach lospinkeln kam gar nicht in Frage. Sie musste es versuchen.

„Ich muss zur Toilette."

„Zuerst erfüllst du mir *meinen* Wunsch, dann erfülle ich dir den *deinen*. Du erinnerst dich an den Satz, den ich schon zu Beginn von dir hören wollte?"

„Ein Erpressungsversuch?"

„Nein. Lediglich Geben und Nehmen, so einfach ist das."

„Das kann nicht dein Ernst sein", entfuhr es ihr, sie wusste jedoch im selben Augenblick, wie überflüssig und nutzlos ihre in den Raum geworfenen Worte waren.

Entweder sie würde zu gegebener Zeit an Ort und Stelle lospinkeln oder aber sie würde nachgeben müssen. Alternativen gab es nicht.

Verfluchte Scheiße!

Und er wusste es. Wusste es ganz genau. Egal wie sie sich entscheiden würde, für ihn wäre es das pure Vergnügen – absolute Macht und köstlicher Triumph im Höchstmaß.

Sie fühlte sich elend, erwiderte seinen Blick jedoch mit Trotz. Unbeeindruckt fuhr sein Zeigefinger die Konturen ihrer Lippen nach. „Dieser Zug um deinen Mund gefällt mir nicht. Ich möchte, dass du lächelst. Und mir sagst, was ich hören möchte."

Was dachte sich dieses Scheusal eigentlich? Geballte Abscheu legte sie in ihren Blick. Der trotzige Gesichtsausdruck nahm noch eine Spur zu, und es gelang ihr, nicht lustvoll zu erbeben, als seine Hand sich zart auf ihren Venushügel legte. „Was du brauchst, ist ein Mann, der dich beherrscht. Deine Aufmüpfigkeit werde ich dir mit Vergnügen austreiben."

„Bastard", entfuhr es ihr, während sie gedanklich zu beten begann. Sie presste die Lippen zusammen. Ihr Körper zitterte vor Anspannung.

Er hob ihr Kinn an. Glühende Augen, die tief blickten. Zu tief für ihren Geschmack. Sein intensiver Blick steigerte ihre Nervosität, kroch ihr unter die Haut.

„Ich werde dich zwingen, mir zu gehorchen."

„Und ich werde nicht nachgeben."

„Eine herrliche Herausforderung!"

Sie lachte kalt auf, in ihrem Innern jedoch war der Teufel los. Ihr Schoß pochte genauso heftig wie das Herz in ihrer Brust. Und er wusste es. Sie sah es ihm an, diesem Mistkerl.

Seine Hand begann ihre Brust zu liebkosen, zart wie eine Feder. Das süße Ziehen in ihrem Schoß vernebelte ihren Verstand und verlangte Erfüllung. Sanft tastende Fingerspitzen umstrichen die Kontur ihrer Brüste, wanderten langsam hinab zu ihrem Venushügel. Dort verharrten sie für einen kurzen Augenblick, bevor sie ihre Schamlippen zu liebkosen begannen.

„Ich sehe großes Potential in dir. Ich glaube, dass dir Dinge gefallen werden, die mir auch gefallen. Aber zuerst musst du lernen, mir zu gehorchen." Lasziv flossen ihr seine geflüsterten Worte entgegen. Dabei rieb er ihre Klitoris so gefühlvoll, dass es in ihrem Schoß wohlig zu ziehen begann. Ihr Herzschlag beschleunigte sich abermals.

Dominik begann mit dem Mund ihre Brüste zu verwöhnen. Erst die eine, dann die andere, während seine Finger sich bittersüß um ihre Klitoris kümmerten. Seine Lippen waren weich, die Berührungen zärtlich. Eine Gänsehaut überzog ihren gesamten Körper.

„Wenn ich will, kann ich dir einen Orgasmus bescheren, wie du ihn nie zuvor erlebt hast. Gib zu, du gierst danach, von mir gezüchtigt zu werden, um dir anschließend die Belohnung für deinen Gehorsam bei mir abzuholen."

Sie atmete schwer, ihr Körper ersehnte Erfüllung, das Pulsieren in ihrem Schoß machte sie fast wahnsinnig. Ihre übervolle Blase verstärkte den Reiz, in ihr kribbelte und zuckte es und wenn sie nicht aufpasste, verlor sie die Kontrolle und würde womöglich mitten im Loslassen zu urinieren beginnen. Nicht auszudenken!

Dominik saugte an ihren Brustspitzen, Daumen und Zeigefinger rieben ihre Klitoris. Es war eine Qual, wie er sie stimulierte. Mit der freien Hand umfasste er ihre rechte Brust, zupfte am Nippel. Ein himmlisch brennender Schmerz sog sich durch sämtliche ihrer Nervenbahnen, um sich geballt in ihrem Unterleib zu sammeln.

Verdammt, sie wollte kommen. Jetzt. Getrieben von ihrer Lust rieb sie ihren Schoß an seiner unbarmherzig liebkosenden Hand.

„Ich lasse dich erst kommen, wenn du sagst, was ich hören will", raunte er und unterbrach seine Liebkosungen.

„Fahr zur Hölle!", schluchzte sie.

Er lachte. „Irgendwann mit Sicherheit! Aber noch nicht heute. Und nun sag es!"

Ihr entglitt ein wohliges Seufzen, als er seinen Finger in ihr krümmte und eine Stelle in ihrem Inneren berührte, von deren Existenz sie bisher nur gehört hatte. Sie zerfloss förmlich unter seiner Berührung, Schwindel erfasste sie. Was machte dieser Teufel mit ihr?

„Sag es und du darfst kommen, wie du noch nie gekommen bist."

Sie keuchte, ließ sich in den wohligen Taumel fallen. „Ich werde deine Sklavin sein und dir gehorchen!", hörte sie sich wie aus der Ferne kommend wispern, und konnte es nicht fassen.

Angst und Vorfreude ließen sie zittern. Der dunkle Blick den er ihr zuwarf, ließ tausende Flammen in ihr auflodern. Während sein Finger sich rhythmisch in ihr bewegte, begann sein Daumen erneut, ihre Klitoris zu reiben. Sie fühlte sich, wie unter glühender Hitze vergraben, fühlte den Orgasmus, der sich abermals langsam in ihr aufbaute und durch ihren Schoß kroch.

Ihr Körper krampfte, in ihren Ohren begann es zu rauschen, als die süßen Wellen sich weiter in ihr ausbreiteten, die Innenwände ihrer Vagina durchtränkten und ihrer Klitoris ein Pulsieren schenkte, bis sie glaubte, vor Lust zu vergehen. Ihre übervolle Blasse verstärkte das köstliche Kribbeln in ihrem Unterleib. Dominik stimulierte so fest und quälend, dass sie laut aufschrie.

Sie ertrank in herrlich süßer Qual. Ihr Körper spannte sich an, ihr Atem ging keuchend, sie presste die Augen zusammen und empfing einen Orgasmus, wie sie ihn nie zuvor erlebt hatte. Es war ein herrlich sattes Gefühl und als eine weitere Hitzewelle durch ihren Körper jagte, lief eine Träne ihre Wange hinab.

Mit geschlossenen Augen und gesenktem Kopf nahm sie wahr, wie Dominik ihre Fesseln löste. Er nahm sie bei der Hand, half ihr vom Podest, nahm sie kurz in den Arm und gab ihr einen Kuss auf die Stirn. „Komm, ich zeige dir dein Zimmer."

Er hatte Mühe, sein Verlangen zu unterdrücken. Zu gern hätte er jeden Zentimeter ihres Körpers erforscht. Doch er musste auf der Hut sein, denn ansonsten würde ihn diese Person noch mehr verzaubern, als sie es ohnehin schon tat. Kühle Gelassenheit musste er an den Tag legen, denn süße Gefühle für eine Frau hatten ihm schon einmal das Leben zur Hölle gemacht. Das durfte nie wieder passieren.

Nackt und barfuß folgte sie ihm auf dem Weg zu ihrem Zimmer. Bei jedem Schritt spürte sie ihre übervolle Blase. Beine und Arme schmerzten, ihr rechter Arm war eingeschlafen, ihre Füße spürten den kühlen Boden. Zitternd hielt sie sich trotz allem kerzengerade.

Kapitel 7

Im rechten Flügel der Villa durchquerte Dominik kurz darauf einen großzügigen Saal, der mit schneeweißen Marmorfließen ausgelegt war. Vergoldete Sofas mit champagnerfarbenen Polstern standen an den Wänden, bunte Blumengestecke schmückten riesige Bodenvasen. An den Wänden hingen farbenprächtige Gemälde, die allesamt Szenen aus dem Kamasutra zeigten.

Eine chromfarbene Wendeltreppe führte ihn hinauf, und schließlich erreichte er eine Flügeltür aus Zedernholz, welche die Clubräume vom privaten Teil abgrenzte. Hier gab es zwei unabhängig voneinander liegende Wohneinheiten – eine Suite bewohnte seine Schwester, die andere er selbst.

In seiner Wohnung angekommen, griff er zu einer Kristallkaraffe mit Brandy, die zusammen mit zarten Schwenkern auf einem kleinen braunen Tisch stand. Er füllte eines der kristallenen Gläser, nippte daran und schritt zu einer großen Flügeltür, die auf eine breite Terrasse führte. Zufrieden ausatmend starrte er hinaus. Vor den Fenstern zog die Nacht dahin. Zarte Wolken umspielten den Mond.

Mit einem Lächeln dachte er an Leah und an das, was in den letzten Stunden geschehen war. Die Tatsache, dass sie aufmüpfig und störrisch war, erhöhte den Reiz, sie Demut zu lehren, um ein Vielfaches.

Leahs Widerstand gebrochen zu haben, war nichts Besonderes für ihn. Das hatte er bisher bei jeder Frau geschafft. Die Gefühlsregungen jedoch, die sie in ihm auslöste, beschäftigten ihn. Diese Frau hatte etwas an sich, was den Wunsch in ihm weckte, sich intensiv mit ihrer Persönlichkeit zu beschäftigen.

Unwillkürlich kroch erneut die Erinnerung an Cathérine in ihm hoch. Groll glomm in seinen Augen auf. Sie hatte sein Herz komplett vereist – doch daran wollte er jetzt nicht schon wieder denken. Der aufkeimende Groll würde ihn ansonsten auffressen. Lieber würde er sich mit seinen aktuellen Fotografien beschäftigen. Faszinierende Aufnahmen waren zusammengekommen. Immer wieder beeindruckte ihn die Mischung aus Lust, Angst und Schmerz, die in den Augen seiner Gespielinnen zu sehen war. Die exhibitionistische Ader dieser Frauen kam ihm sehr zugute. Sie waren ganz wild darauf, dass er ihre Aufnahmen auf Leinwand ziehen ließ und für seine Ausstellungen auswählte.

Er goss sich einen weiteren Brandy ein. Das Bild von Leah schob sich vor sein inneres Auge. Sie war eine Herausforderung. Nicht nur, weil es ihm Vergnügen bereitete, dieser Möchtegern-Domina zu beweisen, dass sie

Wachs in seinen Händen war. Nein – da war mehr. Etwas, was er noch nicht zu greifen vermochte.

Er trat auf die Terrasse, schnupperte in die Nacht, spähte in die Dunkelheit, die nur vom silbrigen Mondlicht durchbrochen wurde. Er roch wilde Rosen, Wacholder, Geißblatt, Jasmin. Die Fenster der Flügeltüren weit geöffnet, genoss er die Stille. Ein Blick auf die Uhr zeigte, es war bereits drei Uhr nachts, dennoch war ihm danach, sich noch für eine Weile unter die Clubgäste zu mischen. Schmale Pfade zwischen Heckenrosen, Blumenrabatten, Bäumen und Sträuchern führten ihn kurze Zeit später zum Badehaus in den Felsklippen. Der Himmel war das reinste Sternenmeer, und der Mond hing satt über den Silhouetten der Bäume. Grillen zirpten. Ein kleiner, sanft plätschernder Bach floss quer durch den Garten – mitten durch einen gusseisernen Pavillon hindurch. Die vom Tag noch warme Luft war angenehm – perfekt für ein nächtliches Bad.

Stimmen, Gelächter und Musik nahmen zu, je weiter er sich dem Badehaus näherte; der Klang von Windspielen zog zu ihm herüber.

Ein großes, ovales Becken war in den Felsen eingelassen. Getragen von Säulen aus schneeweißem Marmor erstreckte sich ein Glasdach über die gesamte Fläche des Pools, der ringsherum mit Stufen versehen war. Zart schimmernde Vorhänge schmückten das Ambiente, überall verteilt standen Gefäße, in denen die schönsten und seltensten Blumen blühten. Etwas abseits befand sich ein sprudelnder Brunnen, an dem eine junge Frau saß, die ihre Hände unter das kühle Wasser hielt und vor sich hin träumte.

Trotz der späten Stunde waren noch viele Clubgäste anwesend. Dominik entdeckte darunter seine Schwester, die nichts weiter als einen Stringtanga trug. Ihre vollen, weichen Brüste wippten lockend auf und ab, als sie in das mit einem Mosaikboden versehene Becken stieg. Eine Vielzahl der Gäste genoss bereits das Wasser der Quellen, das aus einer benachbarten Grotte langsam hineinsickerte.

Dominik hörte Valérie zufrieden seufzen, als sie bis zur Brust in das vom Mondschein beschienene Wasser glitt.

Das Getümmel beobachtend, griff er zu einem Croissant und nahm sich eine Handvoll kandierter Rosenblätter aus einer Schale, die auf einem gusseisernen Tisch stand. Weintrauben, hauchdünne Mandelkekse, Schinken, Melone, diverse Gebäcksorten, französische Käsesorten, geräucherte Entenbrust, Lavendelhonig, dunkle und helle Brotlaibe, Kräuterbutter – mit all diesen Köstlichkeiten war der Tisch beladen.

Interessiert sah er zu, wie ein junger Mann mit blauen Augen und schwarzem Haar zu Valérie hinüberschwamm, wie diese sich leicht an ihn lehnte und ihn dann auf die Lippen küsste. Sanft strich er über Valéries schöne Wangenknochen, die rosa zu erblühen schienen. Dominik spürte eine große

Nähe zwischen den beiden und fragte sich, ob dieser Mann eine Seite in seiner Schwester hervorrief, die bislang nicht zum Vorschein gekommen war. Valérie war alles andere als sanft und verabscheute Männer, die sie wie eine Prinzessin behandelten. Sie mochte es wild, hatte eine Vorliebe für dominante Männer. Dieser Mann jedoch verwöhnte Valérie mit einer Sanftheit, die sie normalerweise nicht zuließ. Er redete mit ihr, lächelte sie verzückt an, schien sie mit zärtlichen Worten förmlich zu umschmeicheln.

Als hätte sie Dominiks Blicke gespürt, wandte sie ihren Kopf in seine Richtung. In ihren Augen glitzerte es auf, während ihre Finger spielerisch vom Hals abwärts zu den Schultern des Mannes glitten, zu seiner Brustspitze wanderten und diese sanft umrundeten.

Es war offensichtlich, dass seine Haut unter ihren kundigen Händen zu glühen begann, wie er schwerer atmete und sich seine Muskeln anspannten, als sie mit beiden Händen weiter hinabstreichelte, bis sie an seinen Schenkeln angelangt war. Nah, ganz nah führte sie ihren Mund an seine Lippen, und schon bald lag die Weichheit ihrer Lippen auf den seinen, liebkosten, streichelten, saugten. Eine feuchte, warme Zunge, deren Spitze langsam und bedächtig über seine Unterlippe glitt, mit ihr spielte, bevor sie sich in seinen Mund hineinschob.

Der Mann barg sein Gesicht an ihrem Hals, ließ seine Hände über ihren Körper gleiten, und durch die Wasseroberfläche hindurch konnte Dominik sehen, wie er sein Knie verführerisch zwischen Valéries bebenden Schenkeln rieb. Gurrend legte sie ihren Kopf in den Nacken, umschlang seine Hüften mit ihren Beinen, lehnte sich mit den Schultern gegen den Beckenrand zurück. Hauchzart glitten seine Handflächen über ihre erwartungsvoll aufgerichteten Brustspitzen. Gleichzeitig begann er, zärtlich an ihrem Ohrläppchen zu knabbern und immer wieder heiße Küsse auf ihren Nacken zu drücken.

Dominik beobachtete das Ganze träge, während er sich eine Weintraube in den Mund schob.

Sein Blick wanderte umher. Er sah wie einer der Doms sich im Hintergrund, nah bei den Felsen, mit drei jungen Frauen amüsierte. Er war hochgewachsen und schlank. Goldbraunes Haar umrahmte sein edles Gesicht, und wenn er lächelte, leuchteten seine hellbraunen Augen ebenfalls golden auf. Die drei Frauen blickten entzückt zu ihrem Herrn auf, streckten gierig ihre Hände nach ihm aus und fielen augenblicklich auf die Knie, als dieser auf den Boden deutete.

Dominik hatte es sich mittlerweile auf einem luxuriösen Diwan bequem gemacht. Gab es hier denn nichts, was seine Langeweile vertreiben konnte? Er gähnte, sah sich abermals um. Schöne Frauen, so weit sein Auge blickte. Blonde, Rothaarige, Dunkelhaarige; alle entweder nackt, mit entblößtem

Oberkörper oder in leichte, durchsichtige Gewänder gehüllt. Hier fand man alles, was einen Mann glücklich machen konnte, und dennoch konnte Dominik nicht einmal einen Ansatz von Spiellaune in sich entdecken.

Er musste an Leah denken. In ihrem Körper wäre er in diesem Augenblick nur zu gern versunken. Jedoch musste er dafür sorgen, dass sein Verlangen nach ihr nicht überhandnahm. Allein der Gedanke an ihren entzückenden Widerstand und ihre Hingabe sorgte für eine mächtige Erektion bei ihm. Und genau darum sollte sich jetzt eine der anwesenden Ladies kümmern. Er klatschte in die Hände, und sofort erschien eine zart duftende junge Frau mit platinblondem Haar. Sie kniete sich vor ihn, strich mit feingliedrigen Fingern sanft über seine nackte Schulter, seine Oberarme, seinen Rücken hinab. Eine weitere Frau eilte heran, und ehe er sich versah, gruben sich ihre neugierigen Hände zwischen seine Beine. Da er lediglich mit schwarzen Shorts bekleidet war, hatte sie leichten Zugang zu seiner Mitte. Die Zungenspitze keck zwischen die Lippen gestreckt, schob sie ihre Hand unter den leichten Stoff und packte zu. Sie war eine sinnliche Schwarzhaarige mit erotischen Rundungen und vollen schweren Brüsten, die förmlich aus dem zarten Gewand hervorquollen. Er zog sie neben sich auf die weichen Kissen, während sich die andere dazugesellte. Sekunden später fand sich Dominik eingehüllt in köstliche Düfte wie Jasmin und Oleander; spürte streichelnde Hände und volle Lippen, die seinen Körper liebkosten.

Er packte die Dunkelhaarige am Schopf, drückte ihren Kopf in seinen Schoß. Mit gezieltem Griff schob sie seine Shorts ein Stück über seine Hüften hinab und ließ ihre Zunge genüsslich über seinen Bauch kreisen. Ihr Mund schob sich über die geschwollene Eichel, saugte sich fest und ließ seinen Schaft schließlich Stück für Stück in sich verschwinden.

Dominik lag auf dem Rücken, die Hände um das Gesäß der Frau, die ihn gerade verwöhnte, gespannt, während seine Lippen mit den Brüsten der Silberblonden spielten, die baumelnd über seinem Gesicht schwebten.

Das war genau das, was sein Körper jetzt brauchte. Er glitt ab in die Welt der körperlichen Lust, genoss die Weichheit der Lippen, die offenkundigen Reize der beiden Frauen, und doch schob sich das Bild einer anderen Frau vor sein inneres Auge. Das von Leah!

Die Gier danach, dieser Frau seinen Stempel aufzudrücken, kochte durch seine Adern wie brennende Lava. Er musste sie besitzen, ihren Körper zu dem seinen machen, koste es, was es wolle. Gleichzeitig verfluchte er die Tatsache, dass diese Person ihn so sehr reizte, ihn nicht losließ und seine Gedanken bewohnte wie ein lästiger Parasit. Ein aufmüpfiger, entzückender Parasit. Verdammt, er wollte jetzt nicht an sie denken, sondern nichts weiter als den Druck in seinen Lenden besänftigt wissen und die Vorzüge dieser willigen Sklavinnen genießen. Genau darauf würde er sich jetzt konzentrieren. Er stöhnte leise auf, als nun die Blonde ihren Kopf über sein Glied schob, es mit der Hand weit unten am Schaft umfasste, während ihre Zunge sich genau in die Mitte der geschwollenen Spitze bohrte. Leicht und in kleinen Kreisen glitt die rosige Zunge über die samtige Haut, während zärtliche Hände seine Hoden liebkosten, über seinen Bauch strichen, mit den Fingernägeln kleine Kreise zogen. Lustvoll umleckte sie seine Eichel. Sog an ihr. Lutschte. Saugte. Dann nahm sie seinen Schwanz komplett in sich auf, verwöhnte ihn so gekonnt, bis er laut aufstöhnend in ihrem Mund kam.

Als sein Atem sich wieder beruhigt hatte, gab er den beiden Sklavinnen mit einer Handbewegung zu verstehen, dass er genug von ihnen hatte. Träge schloss er die Augen. Doch mit der ersehnten Ruhe war es vorbei, als Valérie sich mit fließenden Bewegungen auf einem dicken Kissen neben ihm niederließ. Graziös schlug sie ihre Beine übereinander, lächelte auf die ihr ureigene verführerische Weise, strich sich durch die roten Locken und warf ihm einen flehenden Blick zu. „Bis du mir noch böse?"

Gespielt unbewusst brachte sie ihren Körper in eine Pose, die das Interesse der umstehenden Herren weckte und diese mit glühenden Blicken zu ihr herüberstarren ließ. Valérie war sich ihrer fast schon überirdischen Schönheit auch in diesem Moment mehr als bewusst. Ihre Beine waren lang, ihr Bauch war flach, ihre Brüste groß und weich, mit steifen kleinen Nippeln. Die Männerwelt lag ihr auch an diesem Abend zu Füßen. Sie flatterte wie ein Schmetterling von einem zum andern, stets auf der Suche nach dem Mann, der sie länger als ein paar Wochen fesseln konnte. Sie liebte es, körperlich unterworfen zu werden, während ihr Geist die jeweiligen Zügel in der Hand hielt und somit geistig steuerte, kontrollierte und lenkte, was *Mann* mit ihr tat.

„Dominik. Bitte rede mit mir." Valéries drängende Stimme störte den trägen Halbschlaf, in den Dominik gefallen war.

„Was?"

„Ich habe dich gefragt, ob du mir noch böse bist!"

„Und wenn?" Er gähnte erneut.

„Bitte mach es mir doch nicht so schwer. Ich erwähne Cathérine nie wieder!"

„Wie oft hast du das schon versprochen?" Seine Stimme klang gelangweilt. „Lass dir was anderes einfallen."

Sie legte ihre Hand auf seinen Arm. „Ich mach's auch wieder gut."

Eifrig winkte sie nach einer der Servicekräfte, und schon bald servierte man ihnen eisgekühlten Champagner und Erdbeeren.

„Reicht das als Friedensangebot?"

Dominik hob eine Augenbraue.

„Komm schon. Geschwister müssen zusammenhalten."

Sie nippt an ihrem Glas, legte gebündelte Reue in ihren Blick und lächelte erleichtert, als Dominik diesen zwar nicht freundlich, aber zumindest ohne diese vernichtend kalte Wut erwiderte. Sie war zufrieden. Das Eis war zwar noch nicht vollends gebrochen, alles Weitere jedoch würde sich im Laufe der Zeit ergeben.

„Hast du dich gut amüsierst?"

„Wie man es nimmt", gab er emotionslos zurück. „Und du?"

„Ich finde es nett heute. Unser Club ist voll, wir haben viele neue Gäste, und in André scheinen ungeahnte Talente zu stecken." Sie kniff die Augen zusammen, ein wissendes Lächeln umtanzte ihre Lippen, als sie mit dem Kinn in die Richtung wies, wo der Mann, mit dem sie sich soeben vergnügt hatte, wie ein Fisch durchs Wasser glitt.

Dann trat ein harter Ausdruck in ihre Augen. Eine attraktive Frau schwamm auf André zu, und dieser schien ihre Annäherungen zu erwidern. Valérie hasste es, wenn das jeweilige Opfer ihrer Begierde einer anderen Frau seine Aufmerksamkeit schenkte. Egal wie stark ihr Interesse war, niemand hatte ihr in die Quere zu kommen.

Dominik schien ihre Gedanken zu erraten. „Valérie, das sind unsere Gäste. Unser Club lebt davon, dass sie sich hier wohlfühlen, wiederkommen und uns weiterempfehlen. Also reiß dich zusammen!"

Valérie war eine Meisterin darin, nur so viel preiszugeben, wie sie wollte, doch Dominik kannte sie besser als jeder andere. Er sah alles, erkannte ihre Gefühlsregungen, bevor sie ausbrechen konnten. Winzige, für andere nicht spürbare Zeichen, verrieten sie. Die roten Flecken auf ihren hohen, majestätischen Wangenknochen, die geweiteten Pupillen, die ihre Augen zu Kratern werden ließen, ihr Atem, die Art, wie sie ihr Kinn anhob und ihr Haar zurückwarf.

Dominik und Valérie waren gemeinsame Besitzer des Clubs. Und während Dominik um die Welt jettete, um seiner Berufung nachzugehen, hielt sie hier, mit einem Stab an fähigem Personal, die Stellung. Der Club war für Swinger ebenso Anlaufpunkt wie für BDSMler oder einfach nur neugierige Männer und Frauen, die sich einen frivolen Abend oder einen Urlaub gönnen wollten. Denn über elegante Gästezimmer verfügte die Anlage ebenfalls. Das gesamte Areal war in mehrere Bereiche unterteilt und bot für jede Vorliebe das Passende. Die Badeanlage war das Herzstück und thronte königlich hoch oben auf den Klippen.

Mit katzengleicher Geschmeidigkeit erhob sich Valérie. „Keine Sorge. Ich verfüge über ein reichhaltiges Repertoire an Methoden, um die Aufmerksamkeit eines Mannes auf mich zurückzulenken. Da bedarf es ausnahmsweise mal keiner Zickereien, um zu bekommen, was ich will."

Sie lächelte, doch in ihr kochte es, als sie André beim nächtlichen Bad mit der anderen Frau beobachtete. Sie rekelte sich auf der untersten Stufe im hinteren Teil des Beckens, den Kopf zurückgelehnt, sodass das Wasser mit ihren Haaren spielte.

Valérie trat auf das Becken zu, umrundete es mit verführerischem Hüftschwung, einen Fuß graziös vor den anderen setzend. Mondlicht strömte durch das Dachfenster herein und tauchte ihren noch feuchten, schlanken und fast nackten Körper in einen silbrigen Glanz. Ihr Haar sah aus wie loderndes Feuer, ihre Brustwarzen wie reife Himbeeren, die auf ihren wippenden Brüsten balancierten.

Als sie näher kam, sah sie, dass die Hand der Frau unter Wasser ganz und gar nicht ruhte, sondern in Andrés Schoß lag und sich langsam in einem sinnlichen Rhythmus bewegte. Nichts ungewöhnliches, denn wohin man auch schaute vergnügten sich Männer und Frauen auf die unterschiedlichste Weise. Ein buntes Treiben ringsherum – traumhaft für jeden Clubbesitzer. Diesen Mann jedoch wollte *sie* haben. Für die Gäste war schließlich noch genug Auswahl vorhanden.

Ihn nicht aus den Augen lassend, stieg sie die Stufen hinab ins Becken. Sie warf ihm einen tiefen Blick zu, tauchte unter, wohl wissend, dass er ihren Blick aufgefangen hatte und ihr nun mit dem seinen folgte. Dann tauchte sie auf und wrang das Wasser aus ihren Haaren und lächelte ihn dabei verführerisch an. Sie wusste um die Wirkung ihrer Ausstrahlung. Spielerisch glitten ihre Hände über die Wasseroberfläche und folgten den Spuren der sanften Wellen, bevor sie eine Hand untertauchte, unter Wasser nach seiner suchte und ihre Finger mit den seinen verflocht. Eine Geste, so selbstverständlich und natürlich, als hätten sie es schon unzählige Male getan. André war ihr sofort aufgefallen, als er am frühen Abend eingecheckt hatte, und sie hatte ihn als den Mann wiedererkannt, der damals wegen Cathérine gekommen war. Schon vor Jahren hatte er ihr gefallen, jedoch war er nicht zum Vergnügen hier gewesen, sondern als Privatdetektiv – im Auftrag von Cathérines Eltern, die sich nicht damit hatten abfinden können, dass ihre Tochter freiwillig aus dem Leben geschieden war. Letztendlich hatten sowohl seine Ermittlungen als auch die der Polizei ins Leere geführt: Cathérines Fall wurde offiziell als Suizid zu den Akten gelegt.

Valéries Gedanken kehrten zurück ins Hier und Jetzt. Ihre Brüste tanzten im Wasser, sie beugte sich verheißungsvoll zu André hinüber und registrierte triumphierend, dass dieser die andere Frau nicht mehr beachtete und stattdessen näher zu ihr heranrutschte. Mit funkelndem Blick umfasste er ihre Brüste, beugte sich vor und versah diese mit heißen Küssen. Langsam umtänzelte seine Zungenspitze die rosigen Nippel, bis diese sich hart wie Diamanten aufrichteten.

Ein Lächeln der Befriedigung lag auf ihren Lippen, als sie sah, wie die andere Frau eilig davon schwamm.

Revier erfolgreich verteidigt, applaudierte Valérie sich insgeheim.

Zärtlich strich sie über Andrés Haar, griff mit der anderen Hand in seinen Schoß, spürte dem Beben nach, das durch seinen Körper lief.

„Komm mit", flüsterte sie und erhob sich.

André folgte ihr zu einem weichen Lager. Sie lag auf einen Ellbogen gestützt, erwartete ihn mit erwartungsvollem Leuchten in den Augen. Ihre Beine waren zu voller Länge ausgestreckt, ihr Zeigefinger lockte ihn. Und so ließ er sich bei ihr nieder.

Als er sich über sie beugte und ihren String beiseiteschob, spürte er, dass sie feucht war, als hätte er schon eine ganze Weile mit ihr gespielt. Sie war bereit für ihn, und mit einem einzigen harten Stoß drang er in sie ein. Seine Hände kneteten ihre Brüste, während er in einem kräftigen Rhythmus in ihr auf und ab glitt, bis sie vor Lust unter ihm zu stöhnen begann, sich bebend wand. Ihr Kopf lag auf einem grünen Samtkissen, ihr Mund war leicht geöffnet. Die Vorfreude auf das, was nun beginnen sollte, stand deutlich in ihren Augen geschrieben. Jede einzelne Pore strömte wilde Gier aus, die prallen Brüste hoben und senkten sich bei jedem Atemzug, und ihre rosa Zungenspitze glitt spielerisch über die rot geschminkten Lippen.

„Dreh dich um", befahl er.

Ihre Pupillen weiteten sich, ein kehliger Laut entrang sich ihren halb geöffneten Lippen. Gehorsam drehte sie sich auf den Bauch, reckte ihm ihr Gesäß entgegen und legte ihre Handflächen auf dem Samtkissen ab. André hockte sich über sie, schlug mehrmals kräftig mit seiner Hand auf ihre Gesäßbacken, sodass diese noch nachbebten, als der jeweilige Schlag längst vorüber war.

Unwillkürlich spreizte sie ihre Beine, als seine Finger sich von hinten zwischen ihre Schenkel schoben. Er begann ihre Schamlippen zu kneten, ließ seinen Zeigefinger in wohldosiertem Takt so lange auf ihrer Klitoris tanzen, bis diese heiß und prall inmitten der Nässe emporragte und zu bersten drohte. Seine andere Hand bearbeitete währenddessen unermüdlich ihr Gesäß, sauste wieder und wieder nieder und hinterließ rote Flecken auf ihren Pobacken. Valérie wand sich, flüsterte immer wieder seinen Namen. Ihre Stimme war kaum ein Hauchen, ihre Finger gruben sich in die seidige Oberfläche des Kissens.

Tausend Stromstöße schossen durch ihren Körper, sie wimmerte vor Lust, drückte ihren Rücken zum Hohlkreuz, stemmte sich ihm erwartungsvoll entgegen. Ihre harten Brustspitzen streiften dabei den Samt des Kissenlagers, was ihre Erregung um ein Vielfaches steigerte.

André reduzierte seine Hiebe, stellte sie schließlich ganz ein und ließ seine Hand ihren Rücken hinaufgleiten, kniete sich hinter sie. Mit beiden Händen packte er sie an den Hüften, zog ihr Gesäß ein Stück nach oben und drang mit einem kräftigen Stoß in sie ein.

Valérie grub ihr Gesicht in die Kissen und biss voller Ekstase in den Stoff. Er stieß sie mit all seiner Kraft, und mit weit gespreizten Schenkeln genoss sie jeden einzelnen Stoß.

Als sich sämtliche ihrer Sinne zu entladen begannen, schrie sie laut auf, spürte, dass auch er kurz davor war, in einen Orgasmus zu fallen, und bäumte sie sich zum letzten Mal voller Lust auf, bevor sie heftig atmend unter ihm zusammensank.

Kapitel 8

Als Leah erwachte, kehrte die Erinnerung an das, was geschehen war, sofort zurück. Und auch der Albtraum, welcher sie während des unruhigen Schlafes gequält hatte, war tief in ihrem Bewusstsein verankert. Sie hatte von ihrem Vater geträumt, der einsam und traurig in einem Gefängnis gesessen und sich aus Scham und Gram schließlich in seiner Zelle erhängt hatte.

Kalter Schweiß lag auf ihrem nackten Körper. Fröstelnd setzte sie sich auf, zog die Decke bis unter die Achseln und wickelte sich darin ein. Sie durfte nicht zulassen, dass ihrem Vater etwas Derartiges widerfuhr. Egal was er getan hatte und wie wütend sie auf ihn war, ihr ganzes Herz hing an ihm. Verdammt, wieso hatte er sich selbst so in Schwierigkeiten gebracht? Eine Träne lief ihre Wange hinab. Sie durfte jetzt nicht an sich denken, sondern musste alles tun, um ihn vor jeglichem Unheil zu bewahren. Dominik wollte eine Sklavin – nun – die sollte er bekommen. Aber vorher wollte sie die schriftliche Bestätigung dafür, dass ihr Vater nach ihrer Zeit in Nizza vollkommen rehabilitiert sein würde und keinerlei Konsequenzen zu befürchten hatte. Sie seufzte.

Dominik.

Wieso hatte das Schicksal sie nach all den Jahren nicht unter besseren Umständen zusammen geführt? Wunderbar hätte ihre Begegnung sein können. Ohne Bitterkeit, ohne Wut, sondern voller Verlangen und Hingabe. Dieser Mann tat mit ihr das, was sie insgeheim ersehnte, und er wusste ganz genau, was sie brauchte - lange bevor es ihr auch nur ansatzweise klar war. Sie schloss die Augen, dachte an den köstlichen Orgasmus, den er ihr beschert hatte, erschauerte und wickelte sich noch fester in die Decke. Nachdem Dominik sie am Vorabend zu ihrem Zimmer gebracht hatte, hatte sie zunächst erleichtert das WC aufgesucht. Dann hatte sie den Plug entfernt und war schließlich erschöpft in den Kissen des Bettes versunken. Ihr Körper hatte sich nach Ruhe gesehnt, ihr Geist jedoch hatte sie nicht zur Ruhe kommen lassen. Unzählige Gedanken hatten sich vor ihr aufgetürmt und eine ungeheure Erschütterung ihr Gemüt erfasst, als brennende Sehnsucht nach Dominik in ihr aufgestiegen war. Wie konnte es sein, das sie jemanden nach so kurzer Zeit schon so schmerzhaft vermisste? Was stellte dieser Mann bloß mit ihr an? Sie war nicht mehr Herrin ihrer Sinne. Egal wie abscheulich er war, sie konnte nicht verhindern, dass sie seinem Bann erlag. Verdammt noch mal, es war eine unabwendbare Tatsache, dass ihr der Gedanke, von ihm gnadenlos unterworfen zu werden, wie das Himmelreich erschien.

Leise seufzend ließ sich Leah in die bittersüße Erkenntnis fallen, dass sie trotz Allem froh war, dass da endlich jemand war, der hart und erbarmungslos genug war, sie dorthin zurück zu führen, wonach sie sich heimlich sehnte.

Die Zeit, die vor ihr lag, erschien ihr in diesem Moment ganz und gar nicht mehr düster. Vielleicht war es ja möglich, auf Augenhöhe mit Dominik zu verhandeln, sich ihm als Sklavin zur Verfügung zu stellen, aber dennoch respektvoll behandelt zu werden. Ein klarer Deal würde die ganze Sache vereinfachen – auch für ihn.

Sie blickte sie sich im Zimmer um. Die kunstvollen Stuckdecken ließen den Raum majestätisch erscheinen. In der Mitte stand ein großes Bett mit Baldachin und durchsichtig weißen Vorhängen. Auf der Seite zum Balkon lud eine cremefarbene Garnitur zum Sitzen ein und an der Wand gegenüber standen ein großer Schrank und ein Sekretär aus dunklem Holz.

Sie stand auf und wollte gerade zum Schrank gehen, um nachzuschauen, ob sich darin Kleidung befand, als sie hörte, wie die Tür aufgeschlossen wurde. Dominik betrat den Raum, musterte unverblümt ihre Nacktheit. Er wirkte ernsthaft, fixierte Leah mit undurchdringlicher Miene.

Himmel, dieser Mann hatte eine Wirkung auf sie wie unzählige Stromstöße. Sie ertappte sich dabei, wie sie sich vorstellte, er würde sie packen, übers Knie legen und ihr das Hinterteil versohlen. Noch immer in ihre Tagträume versunken, warf sie ihm einen verstohlenen Blick zu. Sein intensiver Blick verunsicherte sie. Was dachte er? Gefiel sie ihm? Was würde nun passieren? Verdammt, sie wollte ihm gefallen!

„Ich …", setzte sie an, doch sie kam nicht weit, denn herrisch hob er die Hand, um sie zum Schweigen zu bringen. „Halt den Mund! Ich habe den Raum betreten, also verbeuge dich vor mir!"

Leahs Gesichtszüge entglitten. Sie war sprachlos, spürte, wie ihr der Mund offen stand und schloss ihn schnell.

So hatte sie sich das nicht vorgestellt. Alles könnte so schön sein. Sie war doch bereit sich ihm zu unterwerfen.

Sie holte einmal tief Luft, setzte erneut zum Sprechen an, kam jedoch nicht weit, denn erneut herrschte er sie an: „Hörst du schlecht? Du sollst still sein und dich angemessen vor mir verbeugen."

Dieser Arsch!

Ihr Temperament kochte hoch. Wäre ein Beil greifbar gewesen, sie hätte sich damit auf ihn gestürzt.

„Du erbärmlicher Widerling, was glaubst du eigentlich, wer du bist?"

Schmerzhaft schrie sie auf, als Dominik auf sie zuschoss und ihr einen Arm auf den Rücken drehte.

Sie begann zu schreien und zu toben, trommelte mit der freien Faust gegen seine Brust, bis er diese energisch einfing. Mit wildem Glanz in den Augen bugsierte er sie zum Bett, drückte sie kraftvoll in die weichen Kissen. „Wehr dich nur, kleine Sklavin, umso mehr Freude habe ich daran, dich zu unterwerfen"

Ein Griff von ihm und er fesselte ihr rechtes Handgelenk mit einer Manschette am Bettgestell. Seine Dominanz und Kraft ließen sie wütend aufschreien, sie versuchte mit der freien Hand nach ihm zu schlagen, mit den Füßen nach ihm zu treten, doch mit Leichtigkeit fixierte er auch das zweite Handgelenk am Kopfteil des Bettes.

Ihr erneuter Versuch, ihn zu treten, lief ins Leere, denn Dominik packte ihren Knöchel. Es dauerte nicht lange, und sie lag wie ein X ausgestreckt und fixiert auf dem Bett.

Sie machte ihrer Empörung Luft, indem sie ihm wüste Beschimpfungen entgegen brüllte, doch all das änderte nichts an ihrer ausweglosen Situation.

In diesem Moment hasste sie ihn.

„Du widerlicher Arsch! Mach mich sofort los!"

Dominik hatte Mühe seine Belustigung zu verbergen. Stattdessen warf er ihr einen Blick zu, der nichts Gutes bedeutete.

Dann verließ er den Raum.

Als er zurückkam, nahm sie in einer Anwandlung von Grauen den Rohrstock wahr, den er in der Hand hielt. Sie hielt den Atem an. Gab sich jedoch die größte Mühe, ihre Gefühlsregungen zu verbergen.

Abschätzend hob er eine Augenbraue. „Ich vermisse den nötigen Respekt. Bisher bin ich dir äußerst gnädig entgegen getreten, denn ein paar Flausen gestehe ich dir zu. Jedoch wirst du lernen, dich angebrachter zu verhalten. In Zukunft wirst du dich vor mir verbeugen, wenn ich den Raum betrete. Habe ich mich klar ausgedrückt, Sklavin?"

„Ich möchte sofort …"

Am liebsten hätte er sie gepackt, geküsst, und ihr auf diese Weise den süßen vorlauten Mund gestopft, jedoch mahnte er sich zu Zurückhaltung. Wenn sie erfuhr, welche Regungen sie in ihm auslöste, würde sie ihm auf der Nase herumtanzen und ihn gezielt um den kleinen Finger wickeln. Dieses Potential besaß sie nämlich zu Genüge. „Was du möchtest, zählt nicht. Oder hast du vergessen, wieso du hier bist?"

„Nein, ganz und gar nicht. Ich bin hier, um als Domina zu arbeiten, bis so ein perverser Idiot mich mit Gewalt verschleppt hat."

Wütend warf sie ihren Kopf hin und her, rüttelte an den Fesseln, bis ein harter Schlag über die Oberschenkel sie abrupt verstummen ließ. Dominik hatte den Rohrstock erhoben und ihn ihr über die Beine gezogen. Eine rote Linie zeichnete sich auf ihrer Haut ab. Sie suchte seinen Blick, erkannte darin pure Herausforderung und keinerlei Nachsicht.

„Zügele dein Temperament, oder ich werde es tun!", warnte er sie leise, mit einem Unterton in der Stimme, der ihren Magen zum Flattern brachte.

Und erneut erlag sie Empfindungen, die sich langsam aber sicher über ihren Ärger legten und diesen niederkämpften. Bei dem Gedanken daran, auf welche Weise er ihr Temperament wohl zügeln würde, errötete Leah und dachte an das bisher Geschehene zurück. Sie ersehnte eine Wiederholung – und mehr. Wünschte *seine* starke Hand, hier, jetzt und sofort.

Was für ein Irrsinn, welch ein Widerspruch. Denn gleichzeitig wünschte sie ihn zur Hölle.

Mit einem kläglichen Überbleibsel ihres Unmutes, setzte sie erneut an: „Vielleicht solltest auch du dein Temperament zügeln!"

Nah, ganz nah beugte er sich über sie. Leicht wie ein Windhauch blies er gegen ihren Hals, so dass sein Atem sie kitzelte und ihre Nackenhärchen sich aufstellten. „Mach nur weiter so, und du lernst mein Temperament in voller Bandbreite kenne!" Sein Blick war fest. Er signalisierte Entschlossenheit.

Sie drehte ihren Kopf zur Seite, wollte seinem Bann auf diese Weise wenigstens ein klein wenig entkommen, was ihr gründlich misslang. Jede einzelne ihrer Körperzellen sehnte sich brennend nach ihm und danach, sich ihm zu unterwerfen. Leise seufzend entfuhr ihr: „Ich will ja tun, was du sagst. Aber nicht um jeden Preis. Ich erwarte Respekt!"

Er lachte auf. Diese Frau war einmalig! Sie erfrischte seinen abgestumpften Geist und erhitzte seine Lenden, wenn sie nur den Mund aufmachte. Wie es sich wohl anfühlen mochte, wenn sich ihre Lippen um seinen Schwanz legten? Am liebsten hätte er sich zu ihr gelegt, sein Gesicht in ihrem Haar vergraben und einfach nur ihre Nähe genossen. Stattdessen hob er spöttisch die Augenbrauen. „Meinst du wirklich, das würde mir reichen?" Der Sarkasmus, der in jeder einzelnen Silbe steckte, traf sie gnadenlos. „Die Regeln bestimme ich, den Preis, den ich von dir verlange, ebenfalls. Und Respekt hast du mir entgegen zu bringen, nicht umgekehrt."

„Ich will doch…".

Er legte seine Hand auf ihren Mund, hinderte sie somit am weiter sprechen. „Ich bin nicht hier, um mit dir zu diskutieren." Seufzend fuhr er fort: „Ich sehe schon, ich werde noch viel Arbeit mir dir haben, bis du begriffen hast, was du zu tun hast. Aber zunächst werde ich nachschauen, ob du brav warst, und den Plug dort gelassen hast, wo ich ihn gestern platziert habe."

Als er ihre Hand- und Fußfesseln gelöst hatte, betastete sie nervös ihr schmerzendes Handgelenk, setzte sich auf.

Der dunkle, unerbittliche Klang seiner Stimme elektrisierte sie, als er ihr befahl: „Nun zeig mir den Plug."

Das Herz klopfte ihr bis zum Hals. Was würde er tun, wenn er bemerkte, dass sie den Plug entfernt hatte? Ängstlich und zugleich lustvoll erbebte sie. Würde er sie übers Knie legen und ihr Hinterteil bearbeiten, bis es rot glühte? Ein süßes Wohlgefühl durchzog ihren Leib. Seinen Blick vermeidend erwiderte sie: „Der Plug liegt im Badezimmer." Dabei spürte sie ihrem pochenden Herzen nach.

„Wenn ich dir einen Plug setze, bleibt er genau dort, bis ich – und nur ich – ihn wieder entferne. Hältst du dich nicht daran, wirst du dein blaues Wunder erleben! Und glaube mir, in dieser Hinsicht bin ich konsequent."

Ihre Erregung wuchs mit jedem einzelnen seiner Worte.

„Du wirst lernen, meinen Anweisungen zu folgen, dich in meine Obhut zu begeben. Nur wenn du dazu bereit bist, werde ich dich belohnen, indem ich dir Orgasmen beschere, die du niemals vergisst." Ganz nah an ihrem Ohr raunte er diese Worte, während seine Hand, ihre Beine spreizte und damit Stromstöße durch ihren Schoß jagte.

Sie war schon längst nicht mehr Herrin ihrer Gedanken und Gefühle, wollte ihm mit Haut und Haaren gehören - bedingungslos tun, was er von ihr verlangte. Alles andere um sich herum vergessend, ersehnte sie, sich komplett fallen zu lassen, und sich dabei so intensiv spüren wie nie zuvor.

Ihr Körper und ihr Geist waren dazu gemacht, von ihm geformt zu werden; Stück für Stück kroch ihre devote Seite mit aller Macht zurück an die Oberfläche.

Dominik drückte ihre Beine weiter auseinander.

Wohlig seufzend ließ sie ihren Oberkörper zurück sinken, gierte nach seiner Hand, die sich fest in ihrem Schoß vergrub.

Als hätte er ihr stummes Flehen gehört, glitten seine Finger zwischen ihre Schamlippen, neckten die Klitoris und schoben sich in die feuchte Tiefe, wo sie fest von ihren vaginalen Muskeln umschlossen wurden. Leahs Wunsch, Dominik in sich zu spüren, wurde übergroß. Sie wollte von ihm ausgefüllt so lange genommen werden, bis sie satt war. Noch nie hatte sie einen Mann so begehrt, wie sie es in diesem Moment tat. Nie hatte sie eine Vereinigung dermaßen glühend herbei gesehnt. Warum tat er es nicht endlich?

Zart, ganz zart spielte Dominik mit ihren Schamlippen, ließ seine Finger die Innenwände ihrer Vagina entlangtanzen. Als sein Daumen ihre Klitoris antippte, war es um ihre Beherrschung geschehen. Sie schrie leise auf und wand sich, als er ihre Perle mit hartem Druck umkreiste. Ihr brennendes

Verlangen wuchs - machte sie süchtig nach süßem Schmerz, Pein und lustvoller Erlösung. Hart wie Diamanten stellten ihre Brustwarzen sich auf. Zwei seiner Finger drückten sich tiefer in sie hinein, während sein Daumen unermüdlich ihre Klitoris rieb. Ein Cocktail, der ihren Verstand benebelte.

Dominik spürte, dass sie bald soweit war. Ihre Lust machte ihn an, er wollte sie kommen lassen, ihren schwindenden Blick genießen, wenn sie in einen Orgasmus fiel, ersehnte es, sie an sich zu reißen und mit ihrem Körper zu verschmelzen. Doch er rief sich zur Vernunft, vermied es, sich in dieses süße Sehnen fallen zu lassen.

Ein tiefer Atemzug, dann hatte er sich wieder unter Kontrolle.

„Du hast hoffentlich nicht vergessen, dass ich wütend auf dich bin. Du hast den Plug ohne Erlaubnis entfernt. Folglich hast du einen Orgasmus nicht verdient." Die Härte seiner Stimme riss Leah aus dem prickelnden Taumel und führte ihren Geist in die Wirklichkeit zurück, während ihr Schoß nach wie vor wild pochte und sich seltsam verlassen anfühlte, als die Liebkosungen so jäh unterbrochen wurden.

„Bitte … " Ihre Stimme war ein kaum hörbares Flüstern.

„Nein!", gab er unerbittlich zurück und Eis hätte nicht frostiger sein können als die Kälte dieser Worte.

„Wer nicht hören will, muss fühlen. Auch du wirst dieses Prinzip noch verstehen lernen."

Enttäuscht zog sich Leah innerlich zurück, zählte langsam bis zehn und bemühte sich, ihren Atem in ruhige Bahnen zu lenken.

Sie spürte instinktiv, das sinnliche Spiel hatte ein Ende, ihre aufgepeitschten Gefühle mussten eingefangen und ins Nirwana verbannt werden.

Dass auch Dominik Mühe hatte, sein Verlangen zu kontrollieren, bemerkte sie nicht, viel zu sehr war sie mit sich und ihren Emotionen beschäftigt.

„Kann ich Kleider …", setzte sie nach einer Weile an, wurde jedoch augenblicklich von ihm unterbrochen.

„Du wirst nackt bleiben, bis ich dich für würdig halte, Kleider zu tragen. Ich lasse dir gleich etwas zu essen bringen. Ruh dich heute in deinem Zimmer aus, nutze die Zeit, um nachzudenken. Wenn du deine Widerborstigkeit ablegst, wird es dir gut gehen. Wir sehen uns morgen – bis dahin hast du hoffentlich dazu gelernt."

Mit diesen Worten verschwand er.

Leah fühlte sich erschöpft, leer, und doch so übervoll. Sie beschloss ein Bad zu nehmen.

Eine große, anthrazitfarbene Wanne, flauschige Handtücher und hübsche Pflanzen im angrenzenden Badezimmer, sorgten für Wohlbehagen. Wenig später lag sie im lauwarmen Wasser. Langsam lösten sich die Verspannungen und machten einer trägen Verzauberung Platz. Egal was auch geschah, die Zeit, die vor ihr lag würde die aufregendste Zeit ihres Lebens werden. Vor sich hin träumend versank sie bis zum Hals im duftenden Badeschaum.

Es klopfte an der Tür. Eine junge Frau mit haselnussbraunem Haar und ebensolchen Augen schob einen Servierwagen mit allerlei Köstlichkeiten ins Zimmer und verschwand wieder. Durch die offene Badezimmertür sah Leah eine große bunte Obstplatte, eine Schale mit Gebäck, Orangensaft und Konfitüre.

Ihr Magen begann zu knurren. Sie hatte schrecklichen Hunger. Und so dauerte es nicht lange und sie saß wieder im Bett und naschte von dem Obst, genoss die luftigen Croissants mit Honig und Marmelade, verschlang ein dünnes Schinkensandwich und leckte Lavendelhonig von ihren Fingern.

Und wieder wanderten ihre Gedanken zu Dominik.

Er hat etwas in mir bewegt.

Ja, das hatte er. Etwas, das ihr für den Rest ihres Lebens anhaften bleiben würde.

Sie bekam eine Gänsehaut. Unter ihrer dominanten Schale hatte er ihre devote Seite heraus gezerrt, ihre Mauer eingerissen, mit einer Bestimmtheit, die nie wieder ein Aber zulassen würde. Die Tatsache, dass sie sich jahrelang selbst etwas vorgemacht hatte, ließ sich einfach nicht leugnen. Warum musste es ausgerechnet dieser Mann sein? Wieso unter diesen Umständen? Die Situation an sich erschien ihr so unwirklich, dass sie kurz den Kopf schüttelte, um den nebligen Watteschleier, der um ihren Kopf zu liegen schien, fortzujagen. Das Schlimmste jedoch war die Erkenntnis, dass Dominiks Energie und Aura selbst dann allgegenwärtig war, wenn er sich nicht in ihrer Nähe befand. Sie ersehnte seine Befehle in jeder einzelnen Sekunde und dabei war er doch eigentlich der Letzte, dem sie sich vollkommen hingeben wollte.

War sie schon verloren? Hatte sie sich an ihn verloren?

Ja, hatte sie!

In ihren Gedanken hallte immerfort das Wörtchen „Sklavin" wider, brennende Sehnsucht überwältigte sie.

Um klarer denken zu können, rief sie sich ins Gedächtnis, wie boshaft Dominik sie in diese Falle gelockt hatte. Aber selbst diese Tatsache begann sie mehr und mehr zu erregen, statt aufzuregen. Wie eine lodernde Flamme entfachte sich der Wunsch, ihn als ihren Herrn anzuerkennen, zu einer Feuersbrunst, aus der es kein Entkommen gab. In den kommenden Stunden lag sie halb wachend, halb träumend in den kühl seidigen Laken. Wieder und wieder durchlebte sie die Szenen, die sich seit ihrer Ankunft hier abgespielt hatten.

Sie errötete, als sie sich der Gier entsann, die sie mehr als einmal wie eine Lawine überrollt hatte, konnte noch immer seine Hände auf ihrem Körper spüren. Tausende von Erinnerungsstücken wirbelten in ihrem Kopf durcheinander.

Leah seufzte tief auf. Auch wenn es ihr nicht sonderlich behagte, so musste sie sich eingestehen, dass es schmerzte, wenn sie daran dachte, dass er noch nicht ein einziges Mal den Versuch unternommen hatte, mit ihr zu schlafen. Ließ sie ihn so kalt? Fand er sie denn noch nicht einmal ansatzweise attraktiv?

Ein brennendes Verlangen nach ihm breitete sich in ihr aus, überwältigte sie, machte sie atemlos und weckte eine schmerzende Glut ihren Eingeweiden. Ihr wurde flau in der Magengegend, und sie dachte mit Unbehagen an seinen unnahbaren Blick. Ob es eine Frau gab, die er zärtlich anschaute? Die ihn gefühlsmäßig erreichte und tiefe Emotionen in ihm weckte?

Leahs Mund wurde trocken, ihr Herz hämmerte unruhig – Eifersucht, es war Eifersucht, die gerade in ihr hochkochte. Eifersucht auf eine imaginäre Frau, die womöglich das von ihm bekam, was sie gerne hätte. Verdammt noch mal, sie wollte ihm gefallen, ersehnte seine Lippen auf den ihren, sein Lächeln und seinen warmen Blick, während er sie in den Armen hielt und liebte. Wollüstige Empfindungen übernahmen die Regie in ihrer Gedankenwelt. Ihr Bewusstsein löste sich auf, ihre Lippen bebten, ihr Blick verschwamm. Leah versank in sinnlichen Tagträumen, und ihr Herz quoll dabei über. Sie verspürte den tiefen Wunsch, er möge ihr das Gefühl geben, dass sie ihm gefiel – besser als jede andere Frau zuvor. Er möge sie bitten, bei ihm zu bleiben, um gemeinsam die Grenzen der Lust auszuleben. Ohne Bedingungen, Hintergedanken und ohne diese furchtbare Ursache, die sie eigentlich erst hierher befördert hatte.

Sie schlang die Arme um ihren leicht fröstelnden Körper, presste dann ihre Fingerspitzen an die Schläfen. Ihr Kopf brummte. Wo war die Leah, die stets alles unter Kontrolle hatte, die wusste, wo es langgeht, und von nichts und niemandem so leicht aus der Bahn zu werfen war? Sie war verschwunden und hatte einer Person Platz gemacht, die vor Sehnsucht fast verging und sich nichts mehr wünschte, als sich diesem einen Mann voll und ganz hinzugeben.

Dominik war ihre Schwachstelle. Die Einzige! Und diese eine Schwachstelle reichte aus, um sie aus der Fassung zu bringen. Er war der faszinierendste Mann, den sie jemals kennengelernt hatte, und es waren wahrhaftig eine ganze Menge Männer gewesen.

Das Herz schlug ihr bis zum Hals. Sie wollte von ihm geliebt werden, bis sie beide vor Lust den Verstand verloren. Wollte, dass er sich ebenso nach ihr verzehrte, wie sie sich nach ihm. So intensiv hatte sie bisher erst einen

Mann begehrt. Doch das lag Jahre zurück. Und sein Machtmissbrauch, als sie sich ihm hingegeben hatte, saß noch jetzt wie ein grausamer Stachel in ihrer Seele. Christian – wie eine Frucht hatte sie sich ihm reif und köstlich vor die Füße gelegt, ihn angebetet und es genossen, wie erhaben er sie dominierte und unterwarf. Als er sie gefühlsmäßig schließlich vollends beherrschte, hatte er sie ans Bett gefesselt zurückgelassen und sie, gegen ihren Willen, seinem Arbeitskollegen überlassen, der ihm dafür eine deftige Stange Geld ausgehändigt hatte. Christian hatte genau gewusst, wie sehr sie seinen Kollegen verabscheute; so sehr, dass es ihr vor Grauen eiskalt den Rücken hinablief, wenn sie nur sein schmieriges Lächeln sah.

Sie hatte Christian später angezeigt, doch gegen die Aussagen der beiden Männer war sie nicht angekommen. Ein Spiel sei das alles gewesen, wurde behauptet. Ein Spiel, an dem sie freiwillig teilgenommen hätte. Zeugen, die wussten, dass sie ihre devote Ader mit Christian auf jede erdenkliche Art auslebte, gab es reichlich. Und dass zu diesen Sexspielen nicht selten eine Ménage-à-trois gehörte, trug damals nicht gerade zur Verbesserung ihrer Position bei.

Umso erstaunlicher, dass es Dominik gelungen war, ihren harten Panzer zu durchdringen und sie emotional genau in die Richtung zu treiben, die sie verbannt und bis an ihr Lebensende nie wieder hatte zulassen wollen. Ihre Hände begannen leicht zu zittern, als sie an das Vergangene dachte und an die Macht, die nun erneut ein Mann über sie gewann. Dominik …

Süßer Blütenduft drang durch das geöffnete Fenster ins Zimmer, Vögel zwitscherten, ein leichter Windhauch ließ die zarten Vorhänge flattern. Der Himmel war über und über mit fedrigen Schäfchenwolken bedeckt.

Ihr Blick folgte dem Lauf der Wolken, glitt schließlich zu einer Amsel hinüber, die in einem Baumwipfel saß und ihr schönstes Lied sang. Mit einem leisen Seufzen dachte sie daran, wie Dominik ihr vor ein paar Wochen zum Pavillon gefolgt war, wie er plötzlich dagestanden und sie angeschaut hatte. Schon damals hatte sie den Wunsch verspürt, er möge sie fordernd und süß zugleich verführen, ihr peitschende Lust bescheren und sie mit fester Hand an den Rand des Wahnsinns führen. Die Erinnerung an diese Begegnung im Garten rann wie prickelnder Champagner durch ihr Blut, und die Tatsache, dass diese anfängliche Lust sich vervielfacht hatte, machte sie trunken.

Mit geschlossenen Augen lag sie da, träumte sich zu ihm, glitt in einen leichten Dämmerschlaf. Dort vernahm sie nichts als eine sinnliche Musik, tanzte sich in ihren Träumen durch viele Traumsequenzen hindurch, in ein Leben mit Dominik. Innerlich erhitzt, wand sie sich in den Laken, spreizte ihre Schenkel, legte ihre Hand auf den Venushügel. Ihre Lider zuckten, kleine Schauer überliefen ihren Körper.

Ein erneuter Windhauch durchzog das Zimmer, sorgte dafür, dass sich ihre Brustwarzen hart aufrichteten. Eine Gänsehaut zierte ihren Bauch, zog sich hinauf über ihre Brüste bis zu ihrem Nacken. In ihr drin jedoch brannte ein Feuer, in dem sie zu verglühen glaubte. Ihre Finger tauchten zwischen die Schamlippen, berührten hauchzart die rosige, feuchte Haut, tasteten sich vor bis zur Klitoris. Lustvoll zuckte sie auf, biss sich auf die Unterlippe, hatte Mühe, ihren Atem unter Kontrolle zu halten. Ihre eigenen Berührungen in Kombination mit Gedanken und Fantasien an Dominik, stimulierten sie, versetzten jeden einzelnen Nerv in Hochspannung. Wohlige Schauer durchliefen ihr Lustzentrum, als ihr Zeigefinger in kreisförmigen Bewegungen über die Klitoris tanzte, während die andere Hand den Rest ihres Körpers erkundete.

Die Fantasien um Dominik wirkten wie eine Droge – süß, verführerisch, betörend, eindringlich und köstlich. Die Augen genießerisch geschlossen, streichelte sie ihren Körper und wünschte sich Dominik herbei. Sie stellte sich vor, wie er sie nahm; von hinten, von vorn, zwischen ihren Brüsten.

Wie Adrenalin strömten diese Traumbilder durch ihren Körper. Ihre Lider hoben sich flatternd, während ihre Finger die Brüste streichelten, drückten, kneteten.

Unendlich sanft rieb sie ihre Daumen mal mit süßem Druck, dann wieder hauchzart wie eine Feder über die rosigen Knospen – stellte sich vor, es sei *seine* Zunge. Das prickelnde Gefühl zwischen ihren Schenkeln nahm zu. Ihre andere Hand glitt unterdessen von ihrem Schoß hinauf über ihren Bauch, ihren Hals und schließlich wieder zurück zu ihrem Venushügel. Ganz sanft bedeckte sie diese empfindsame Stelle mit der gesamten Handfläche, bevor die tastenden Finger erneut zwischen den Schamlippen verschwanden, sich zart über die Klitoris bewegten und sämtliche Winkel ihres Schoßes erkundeten. Ein tiefes, warmes Gefühl breitete sich in ihr aus. Brennende Tränen der Sehnsucht verschmolzen mit dem leichten Schweißfilm, der sich über ihr Gesicht gelegt hatte. Sie spürte den Empfindungen ihres zuckenden Körper nach, nahm schemenhaft ihre Brüste wahr, die leicht wippten, sah die harten Nippel steil und rosig abstehend, bäumte sich auf, als die Hitze in ihrem Schoß sie zu überwältigen drohte.

Schweißperlen rannen ihren Rücken hinab, sie warf ihren Kopf wild von einer zur anderen Seite, sog gierig den Windhauch auf, der durch das Fenster hineinblies – dabei ihren erhitzten Körper kühlte. Und dann spürte sie den nahenden Höhepunkt, der wie flüssiges Feuer durch ihren Schoß floss. Sie schluchzte auf, ihre Scheidenmuskeln begannen unkontrolliert zu zucken – laut und hemmungslos schrie Leah ihre Lust heraus. Als die Wellen des Orgasmus sie mitrissen und in einen süßen Abgrund stürzten, bohrten sich ihre Fingernägel in das weiche Fleisch ihrer Brüste.

Aufgewühlt lag sie da, schwer atmend, vergebens darauf hoffend, dass Dominik zu ihr kam und sie zärtlich in den Arm nahm. Sie wollte sich an ihn schmiegen, in ihn hineinkriechen, ihn riechen und schmecken.

Die Stunden krochen endlos dahin, wie ihre nicht ruhen wollenden Gedanken, die sie durch die Einsamkeit des Tages begleiteten. Nach einer Weile hörte sie das Schloss der Tür. Ein Schlüssel wurde gedreht, die Tür zu ihrem Gefängnis – das für sie längst keines mehr war – wurde aufgesperrt.

Dominik ... das war ihr erster Gedanke, begleitet von der Hoffnung, er möge innerhalb der nächsten Sekunden den Raum betreten und unanständige Dinge mit ihr tun. Sie wartete ab. Als sich nichts weiter tat, stand sie vom Bett auf, ging zur Tür, öffnete sie und sah hinaus. Der Gang war leer. Ein Tablett mit allerlei Köstlichkeiten stand vor ihren Füßen, und der Duft von köstlich gebratenem Hühnchen kroch in ihre Nase.

Hunger – ja, sie hatte Hunger. Das spürte sie allerdings erst jetzt, als das Aroma der Speisen ihre Sinne anregte. Hungrig machte sie sich über das Essen her. Als sie die Serviette nahm, um sich Hände und Mund abzutupfen, fiel ihr ein gerollter Zettel entgegen.

Atemlos begann sie kurz darauf zu lesen:

Morgen Nachmittag um 15 Uhr erwarte ich dich, Sklavin. Du wirst rechtzeitig abgeholt und zu mir gebracht.

Keine Unterschrift keine Höflichkeitsformeln. Kalt und nüchtern stachen die Zeilen in ihr Auge. Und wieder war genau diese Tatsache der Schlüssel dazu, dass sie dem Wiedersehen entgegenfieberte.

Dieser Mann wusste, was er wollte und wie er es bekam. Selbst seine Handschrift zeugte von unbeugsamem Willen und Dominanz. Sie stellte sich vor, wie seine Hand sich in ihren Nacken legte, sie mit hartem Griff in die Knie zwang und ihr Dinge befahl, gegen die sie sich zunächst sträubte – nur um sie dann um so bereitwilliger auszuführen. Dieser Mann war dazu in der Lage, durch alle Schichten ihres Seins hindurch bis in ihr Innerstes vorzudringen und stets zu bekommen, was er verlangte. Ihr wurde heiß, und abermals wurde ihr bewusst, wie intensiv er ihre tief vergrabenen Sehnsüchte zum Leben erweckt hatte.

Nach dem Abendessen legte sie sich zurück ins Bett, kuschelte sich tief in die weichen Kissen und versuchte, zur Abwechslung einmal an nichts zu denken. Das ständige Gedankenkarussell hatte sie ganz schwindelig gemacht.

Ganz langsam fielen ihr die Augen zu, und die Stille des Moments trug sie sanft hinüber in einen unruhigen Schlaf.

Kapitel 9

Der neue Tag graute, und die Welt schien in einem tiefen Schlaf zu liegen. Kein Laut war zu hören. Selbst das Vogelzwitschern vor dem offenen Fenster war verstummt. Als Leah erwachte, galt ihr erster Gedanke Dominik. Ihr Herz wurde schwer. Sie kannte die Anzeichen – sie war dabei, sich zu verlieben. Was er wohl gerade machte? Ob er allein war? Bei dem Gedanken, dass eine andere Frau bei ihm sein könnte, überkam sie brennende Eifersucht. Eine ziehende Sehnsucht nach ihm breitete sich in ihr aus.

Ihre Lider flatterten. Für einen Moment ließ sie sie auf ihren Wangen ruhen, dann öffnete sie ihre Augen. Erinnerungen an die Stunden mit Dominik fluteten ihr Inneres. Seine unbeugsame Stimme, die starken Arme, der feste Griff, der fordernde Blick. Sie ersehnte seinen Kuss. Jetzt. Wollte erneut von ihm in den Wahnsinn getrieben werden. Das Kribbeln in ihrem Bauch, das sich bei dem Gedanken an ihn einstellte, breitete sich in ihrem gesamten Körper aus, mündete als sehnsüchtiges Pochen zwischen ihren Schenkeln.

Es klopfte an der Zimmertür. Leah setzte sich im Bett auf, zog sich die Decke bis zum Hals, um ihre Nacktheit zu verbergen.

Eine schöne, rothaarige Frau trat ein, einen Tablettwagen, üppig beladen mit Obst, frischen Croissants, warmem Brot, Rührei, Schinken, Honig, verschiedenen Marmeladensorten, Säften und Kaffee vor sich herschiebend.

„Guten Morgen." Eine kühle Hand wurde ihr entgegengestreckt, begleitet von einem kurzen Lächeln. „Ich bin Valérie. Mein Bruder Dominik hat mir berichtet, dass du für ein paar Wochen unser Gast sein wirst." Das Wort Gast betonte sie dabei auf eine Weise, die Leah die Röte ins Gesicht trieb. Valérie stand unmittelbar vor Leahs Nachtlager, zog sich einen Stuhl heran, setzte sich und schlug graziös ihre langen Beine übereinander. Dann füllte sie zwei Tassen mit köstlich duftendem Kaffee, reichte Leah den Brotkorb. „Besonderen Gästen gebührt ein kaiserliches Frühstück im Bett. Hast du etwas dagegen, wenn ich dir Gesellschaft leiste?"

Ohne eine Antwort abzuwarten und den Blick von Leah abzuwenden, tauchte sie eines der lauwarmen Croissants in einen Honigtopf, biss genüsslich hinein, während Leah lieber zu dem dunklen Brot griff und immer noch die Bettdecke unter ihrem Kinn zusammenhielt, wenn auch wesentlich entspannter.

Mit Nacktheit hatte sie eigentlich kein Problem, die Gesamtsituation jedoch verkrampfte sie.

Valérie begann von der Arbeit im Club zu erzählen, wie rasant der Zulauf an Gästen zunahm, während Leahs Geist sich noch immer in Sphären befand, die mit der Realität nichts gemeinsam hatten. Ihre Gedanken gingen auf Wanderschaft, befanden sich im luftleeren Raum.

Die zarten Vorhänge flatterten in der Brise, die das offene Fenster hineinließ, Vögel zwitscherten. Es versprach, ein sonniger Tag zu werden. Wie er jedoch ablaufen würde, das lag vollkommen im Dunkeln. Ein besonderer Reiz, wie Leah fand. Sie hatte sich mit dem Schicksal ausgesöhnt – war ihm sogar dankbar für die prickelnden Momente, die sie bisher erleben durfte, und denen hoffentlich noch zahlreiche folgen würden.

„Wie gefällt es dir bei uns?" Valéries Frage riss sie aus den Tagträumen.

„Ich … nun ja, so lange bin ich noch nicht hier. Viel gesehen habe ich auch noch nicht."

Valérie füllte Kaffee nach, erwiderte bedeutungsvoll: „Deine Wangen glühen, der Ausdruck deiner Augen ist entrückt, und es liegt dieses ganz bestimmte Lächeln um deine Mundwinkel. Ich sehe, du hast Feuer gefangen."

Leah spürte unwillig, wie Valéries Worte sie aus ihren Träumen zurück auf den harten Boden der Realität holten.

„Was meinst du?"

„Glaub mir, ich kenne diese Anzeichen. Es gab genug Frauen in Dominiks Leben, und jede einzelne kam irgendwann an diesen einen Punkt. Ich kann dir nur raten: Verlier nicht dein Herz an ihn. Genieße die Zeit, koste die Leidenschaft und gib dich deinen Sehnsüchten hin. Aber verliebe dich nicht in ihn."

Leah räusperte sich. „Nun, davon bin ich weit entfernt!"

Valérie rührte in ihrer Tasse, der Löffel klirrte leise. „Dein Glück! Dominik bindet sich nicht, er benutzt die Mädchen, solange sie ihm Lust bereiten – keinen einzigen Tag länger. Und glaub mir, ich habe schon viele gebrochene Herzen getröstet."

„Und er? Hat er sich noch nie verliebt?"

„Dominik?" Valérie lachte amüsiert auf. „Er nimmt sich, was er kriegen kann. Bekommt immer, was er will. Sein Herz jedoch bleibt dabei verschlossen."

Leah nippte an ihrem Kaffee, leichte Traurigkeit durchzog ihr Gemüt, als sie Valéries Worten lauschte.

„Da gab es jedoch einmal eine Frau, die mehr für ihn war als ein Spielzeug. Cathérine … doch das ist lange her."

„Was ist daraus geworden?"

„Sie hat sich das Leben genommen."

„Das ist schrecklich. Kennt man den Grund?"

„Ihr Abschiedsbrief gab nicht allzu viel preis." Valérie erhob sich. „Nun muss ich leider gehen. Die Pflicht ruft."

Am liebsten hätte Leah Valérie festgehalten, sie über Dominik ausgefragt. Dominik … der ihr ganzes Denken beherrschte, der pausenlos an ihrer Aufmerksamkeit nagte und sie mit diesem hungrigen Sehnen anfüllte.

Als Leah Stunden später den abgedunkelten Raum betrat, wusste sie nicht, ob Dominik schon auf sie wartete. Ihre Augen hatte man ihr, wie von Dominik angeordnet, verbunden. Sie trug ein kurzes, eng anliegendes weißes Kleid aus Spitze, Strapse, weiße halterlose Strümpfe, hohe weiße Pumps und ein weißes Lederhalsband. Alles Dinge, die er ihr hatte bringen lassen.

Sie konnte nicht wissen, dass er dort, am anderen Ende des Raumes, auf einem Stuhl saß und sie beobachtete.

Bei ihrem Anblick atmete Dominik leise, aber tief, aus. Wie anmutig sie da stand. Wie entzückend sie in ihrer Unsicherheit wirkte. Und wie sexy sie war.

Leah trug ihr Haar hochgesteckt, sodass die zarte Linie ihres Nackens zu sehen war. Das Kleid war so tief und weit ausgeschnitten, dass ihre herrlichen Brüste bei jedem Schritt fast herausrutschen. Und so kurz, dass man die Abschlussborte ihrer Strümpfe und die Strapse sehen konnte. Mit Vergnügen würde er sie am liebsten sofort ganz fest in seine Arme ziehen, ihren Geruch inhalieren und sie so leidenschaftlich lieben, bis ihr erneut eine Träne über die Wange lief. Wegküssen würde er ihr diese Träne - und dafür sorgen, das noch viele weitere folgten. Geboren aus Hingabe, Lust und viel Gefühl. Wie gern würde er sie als seine Gefährtin behalten, aber – Scheiße – das ging nicht. Er war für so etwas nicht gemacht. Nicht mehr.

Der eigene Schmerz packte ihn plötzlich, als er erneut an die Zeit mit Cathérine erinnerte. An das, was geschehen war und wie sehr er sie zum Schluss gehasst hatte. Ja, aus Liebe war Hass geworden. Nie wieder wollte er so etwas erleben. Also musste er Distanz wahren. Verdammt, nichts war mehr so, wie vor ein paar Tagen.

Er fühlte sich eigenartig und es fiel ihm unglaublich schwer, bei Leah die Unnahbarkeit aufrecht zu erhalten, die ihm doch eigentlich inne wohnte, wenn er mit Sklavinnen spielte. Zum ersten Mal seit Jahren verspürte er das Bedürfnis, eine Frau mit in seine privaten Räume zu nehmen, sie dort zu erforschen, zu dominieren, ihr Hinterteil mit roten Striemen zu versehen, zum Schreien zu bringen, um anschließend eng aneinander gekuschelt mit ihr einzuschlafen.

So gut es ging, schob er diese Sehnsüchte ganz tief in die hinterste Ecke seiner Seele.

Kontrolle - ja! - er benötigte Selbstkontrolle. Erst dann konnte er zielgerichtet dominieren und weiter vorgehen. Ein weiterer tiefer Atemzug, er schloss für einen Moment die Augen, dann fand er zurück zu dem Mann, der er seit Jahren war.

Langsam tastete Leah sich in den Raum vor, mit ausgestreckten Armen, um eventuelle Hindernisse rechtzeitig zu erfassen.

Sie hörte Schritte, dann ein Geräusch, als würde man ein Möbelstück über den Boden schieben.

„Setz dich." Dominiks Stimme bescherte ihr eine Gänsehaut.

„Ich kann aber nicht sehen wohin …"

„Du sollst nichts sehen können, sondern tun, was ich dir sage."

Sie tastete mit ihren Händen nach hinten, machte einen vagen Schritt zurück und spürte etwas in ihrer Kniekehle. Das musste ein Stuhl sein.

Immer noch nach hinten tastend ging sie langsam in die Knie, bekam die Sitzfläche zu fassen und ließ sich leise ausatmend nieder. Sie versuchte, das Kleid möglichst tief unter ihren Hintern zu ziehen, vernahm Schritte. Dann spürte sie seinen Atem an ihrem Nacken.

„Spreiz die Beine."

Leah verfluchte sich für das Zittern, das durch ihren Körper lief. Wünschte sich, seine Hände würden sie packen, dominieren, führen und endlos quälen.

Sie tat, was er befohlen hatte, schob ihre Beine leicht auseinander, ihre Brüste hoben und senkten sich, der Atem ging stoßweise.

„Weiter auseinander."

Zwischen ihren Beinen begann es verräterisch zu kribbeln, ihr Blut kochte, grenzenlose Gier suchte ihren Körper heim. Sie seufzte leise auf, spürte das brennende Bedürfnis nach seinen Berührungen.

Die Hitzewelle in ihrem Schoß intensivierte sich, als er hauchzart seinen Atem in ihren Nacken blies, mit den Fingern leicht durch ihr Haar zauste und mit dem Zeigefinger langsam die Konturen ihres Halses nachzeichnete.

Seine Hände legten sich von hinten auf ihre Brüste, massierten fest. Durch den Stoff des Kleides spielten seine Daumen mit den harten Nippeln, die sich durch die Spitze hindurchdrückten. Sie fühlte seine Zunge in ihrem Ohr, dann an ihrem Hals, wo sie kleine Kreise zog.

Leah trug keinen Büstenhalter. Er hatte es ausdrücklich befohlen, denn er mochte es, wenn ihr Busen bei jedem Schritt mitwippte.

Sein Griff um ihre Brüste wurde fester, fast schon schmerzhaft. Dann ließ er sie los, trat zurück, umschritt sie erneut. Leahs Körper bebte vor unterdrückter Lust.

Dominik blieb dies nicht verborgen, er beobachtete sie genau. Den leicht geöffneten Mund, in Erwartung eines sinnlichen Kusses, die harten Nippel, die sich ihm erwartungsvoll entgegenwölbten, ihr flacher Atem.

Ein Lächeln umspielte seine Lippen. Dieser Körper schrie nach Hingabe. Wie sehnsüchtig und anschmiegsam sie da saß, den Kopf leicht zurückgelegt, ganz in ihrem elementaren Empfinden gefangen.

Dominik kniete sich zwischen ihre Beine, schob diese ein weiteres Stück auseinander, hob ihre Brüste aus dem Ausschnitt des Kleides. Sie keuchte auf, als seine Lippen sich um eine ihrer Brustwarzen legten, daran saugten und lutschten. Er biss leicht zu, seine Zungenspitze stupste die Nippel mal von der einen, mal von der anderen Seite an. Dann wanderte sein Mund zur anderen Brust, wiederholte dort sein Spiel. Er sog die Nippel tief in seinen Mund, saugte mit solcher Kraft, dass Leah das Gefühl hatte, jeden Moment zu explodieren.

Sie gab sich diesen Liebkosungen hin, verlor sich im warmen, feuchten Ziehen seiner Zunge und seiner Zähne. Er schob ihr Kleid hoch, und dann spürte sie seine Hand zwischen ihren Schenkeln. Der heiße Mund auf ihren Brüsten, die saugenden Lippen und die sanften Finger zwischen ihren Beinen raubten ihr vollends die Besinnung.

„Dominik, ich …“ Ihre Stimme brach. Sie war überwältigt von seiner Zärtlichkeit, von der Süße seiner Berührungen und vom Zauber des Augenblicks. Ihr Schoß kribbelte, sie drückte ihn fest gegen die streichelnde Hand, ihre Klitoris pochte, ersehnte das erlösende Finale.

Doch da zog er sich vollends von ihr zurück. Eine klaffende Leere entstand da, wo sie ihn vorher spüren und genießen konnte.

„So, und jetzt kriech auf allen vieren.“

„Aber …“

„Tu, was ich sage.“

Ihre Knie zitterten. Dieser Wechsel von zärtlicher Berührung zu unnachgiebiger Strenge, sein harter Tonfall – das alles erregte sie.

Sie wollte ja tun, was er verlangte, jedoch war die andere Seite in ihr noch nicht komplett verschwunden, und sosehr sie den Kontrollverlust zu genießen begann, vollkommen absterben lassen wollte sie dieses verbliebene Stück *Leah* nicht. Ein wenig davon wollte sie sich erhalten, denn sie war trotz allem kein Wesen ohne eigenen Willen. Devot ja, aber komplett willenlos würde sie nie sein. Wie um sich selbst und ihm zu beweisen, dass er sie noch lange nicht da hatte, wo er sie gerne haben wollte, überkam sie der Wunsch, ihn zu ärgern. Massiv zu ärgern. Nicht nur ein bisschen aufmüpfig zu sein, sondern ein deutliches Zeichen zu setzen.

Das Kinn stolz erhoben zog sie sich die Augenbinde runter und funkelte ihn trotzig an. „Es mag sein, dass die Frauen, die du kennst, wie Hündinnen vor deinen Füßen herumkriechen. Ich jedoch werde es nicht tun."

In seinen Augen blitzte es auf.

War da gerade eben ein Funken von amüsiertem Interesse in seinem Blick gewesen? Sie wusste es nicht, denn kaum einen Wimpernschlag später war da nichts als pure Kälte.

„Du wirst." Mit diesen Worten packte er sie am Ellbogen und zwang sie energisch auf die Knie. Ihr kurzes enges Kleid war über ihre Hüften geschoben und ihre Brüste baumelten aus dem Ausschnitt. Sie war sich der ganzen Zeit über seiner Blicke bewusst, als er sich zu ihr niederbeugte, seine Hand auf ihr Hinterteil legte. Lustvoll seufzte sie auf, ersehnte gierig eine deftige Tracht Prügel. Allein der Gedanke daran, wie seine flache Hand immer wieder auf ihr Gesäß niederklatschte, versetzte sie in Hochstimmung.

„Ich sollte dich auspeitschen und dann einfach vor die Tür setzen."

„Nein! Bitte nicht."

„Was? Nicht auspeitschen oder nicht vor die Tür setzen?"

„Nicht vor die Tür setzen."

Seine Hand lag nach wie vor auf ihrem Gesäß. „Du möchtest also bleiben?"

Sie nickte.

„Sag es!"

„Ich würde gern bleiben."

„Gut. Dann werde ich dir nun Brustklemmen anlegen, um dich zu lehren, dass man mir nicht widerspricht. Und dann wirst du tun, was ich verlangt habe. Du wirst auf allen vieren kriechen."

Er schob den Warzenhof ihrer rechten Brust zusammen, zwirbelte ihre harte Brustspitze und setzte die Klemme auf. Für einen Moment keuchte sie, aber zugleich schoss auch Lust durch ihren Körper. Sie atmete tief durch, versuchte sich gegen den Druckschmerz nicht zu wehren, genauso, wie sie es ihren Sklaven immer geraten hatte. Dann war die andere Seite an der Reihe. Auch diesmal schoss quälend brennende Pein durch ihren Körper, sie atmete tief durch, ließ sich darauf ein, fühlte der Lust, die damit einherging, gierig nach. Die Klemmen hoben sich auf ihrer hellen Haut ab, und die Kette, mit der sie verbunden waren, lag angenehm zwischen ihren Brüsten. Dominik zog daran.

Aus Erfahrung wusste sie, der Schmerz würde sich langsam aufbauen, aus dem Druck würde nach und nach ein heftig quälendes Ziehen und Kneifen wachsen. Die Druckstellen würden im Verlauf immer empfindsamer werden, die Klammern sich tief in die sensiblen Nippel beißen. Der nagende

Schmerz konnte unter Umständen fast unerträglich werden, bis er sich letztendlich in pure Lust wandelte. Allein der Gedanke daran machte sie an. Und die Tatsache, dass allein Dominik bestimmen würde, ob es ihr gut oder schlecht ging – ob sie bestraft oder liebkost wurde – verstärkte das süße Pochen in ihrem Schoß.

Dominik schien genau zu wissen, wie ihr Körper auf die Klemmen und ihr Geist auf seine Dominanz reagierte. Er zog an der Kette, es folgte ein Schlag auf ihren Hintern, dann ein harter Griff unter ihr Kinn. Er hielt sie so fest, dass sie seine Finger schmerzhaft auf ihrer Haut bis tief an ihrem Kieferknochen spürte. In seinen Augen loderte eine Glut, die sie magisch anzog, als er befahl: „Und nun auf alle viere. Los!"

Leah gehorchte, beugte sich nach vorn und setzte ihre Handflächen auf dem Boden ab. Unsicher kroch sie auf Händen und Knien ein kleines Stückchen vorwärts. Die Vorstellung, dass er sie mit kritischen Blicken begutachtete, lähmte sie ebenso sehr wie die Tatsache, dass sie nicht wusste, ob ihm gefiel, was er sah. Sie straffte die Schultern, reckte ihr Kinn vor, kroch weiter. Ihr Herz raste. Das, was sie hier erlebte, war das, was sie anmachte.

„Nicht so steif." Sein Ton knallte wie ein Peitschenhieb durch den Raum. „Tu etwas, damit ich nicht komplett das Interesse an dir verliere."

Wenn sie wüsste!

Leahs Knie begannen zu zittern. Die Vorstellung, er könnte ihrer überdrüssig werden, schmerzte. Verdammt noch mal, sie wollte ihm doch gefallen. Wollte, dass er sie für würdig hielt. Ihre devote Ader befahl ihr, sich anzustrengen, bevor es zu spät war. Doch da war eine Hemmschwelle, die sich riesig vor ihr auftat. Sie hatte unzählige Sklaven vor sich kriechen lassen, jedoch war sie selbst noch nie demütig für jemanden herumgekrochen – hatte nie vorgehabt, dies jemals zu tun. Ihr Mund war trocken, ihre Lippen bebten. Ein hektisches Ein- und Ausatmen, und dann machte sie weitere ungelenke Bewegungen vorwärts.

„Genug!" Seine Stimme ließ sie zusammenzucken. „Glaubst du wirklich, du könntest mich mit dieser erbärmlichen Vorstellung beeindrucken?"

Sie schluchzte leise auf. Der Wunsch, es ihm recht zu machen, wurde übermächtig, fachte ihre Lust an. In diesem Moment war nichts wichtiger, als diesen Mann zufriedenzustellen, ihn positiv zu stimmen, sein Wohlwollen zu spüren.

Ihre Nerven waren bis zum Zerreißen gespannt, jede Faser ihres Körpers sehnte sich nach ihm. Diese Sehnsucht nach ihm machte sie fast wahnsinnig. Sie wollte ihm nah sein, sich an ihn schmiegen, ihn riechen, schmecken, fühlen. Wollte sich anstrengen, ihn zufriedenstellen in der Hoffnung, sich die ersehnte Nähe dadurch zu verdienen. Ihre Arme, ihre Knie, der gesamte Körper bebte.

Alle Gedanken beiseiteschiebend, drückte sie ihren Rücken zum Hohlkreuz, hob ihr Gesäß an und setzte ihre Bewegung fort. Dabei wackelte sie aufreizend mit dem Hinterteil, hob ihr Kinn stolz empor, suchte seinen Blick. Auch wenn sie vor ihm kroch, den Blick senken würde sie nicht. Ihre Brüste und die Kette baumelten verführerisch zwischen ihren Armen, die Brustspitzen hart wie Diamanten. Und waren ihre Bewegungen zunächst verkrampft und angespannt, so wurden sie langsam, aber sicher sinnlich, verführerisch, rund.

Wie Feuer spürte sie seine Blicke auf ihrer Haut, hoffte auf Lob, wohlwollende Worte, ein Zeichen seiner Zustimmung.

Lasziv spreizte sie ihre Schenkel ein Stückchen weiter, stellte sich vor, wie er sie von hinten nahm, wie seine liebkosende Hand dabei über ihren Rücken glitt, sein Atem in ihrem Nacken kitzelte. Noch nie zuvor hatte sie so brennend nach Berührungen gegiert. Diese Sehnsucht brannte ein Feuer in ihre Sinne, ein Feuer, in dem sie zu verglühen drohte.

Mit aufblitzenden Augen beobachtete er sie, begutachtete ihr rundes Gesäß, ihre wachsenden Versuche, ihm zu gefallen.

„Meine kleine Sklavin ist plötzlich gehorsam. Eine gute Basis für deine weitere Erziehung."

Für deine weitere Erziehung.

Diese Worte hallten prickelnd wie Champagner und süß wie Schokolade in ihr wider. Leah atmete erleichtert auf. Ihm hatte zumindest nicht missfallen, was er gesehen hatte.

Dominik.

Sie seufzte leise auf, in der Hoffnung, von ihm belohnt zu werden. Mit einem streichelnden Blick, seiner liebkosenden Hand, einer warmen Umarmung … ach, so viel mehr.

Keine romantischen Gedanken, ermahnte sie sich zwischendurch immer wieder, jedoch ohne Erfolg, denn die andere Seite gewann immer wieder die Oberhand.

„Küss mir die Füße."

Mit allem hätte Leah gerechnet, aber nicht damit. Sie war devot, ja, zu dieser Erkenntnis hatte er sie geführt. Aber sie würde nie und nimmer seine Füße küssen.

„Das ist nicht dein Ernst!"

„Das ist mein voller Ernst."

Plötzlich kniete er vor ihr, packte ihren Kopf mit beiden Händen und presste seine Lippen so fest auf die ihren, dass ihr schwindelig wurde. Allein die Tatsache, seine Lippen auf den ihren zu spüren, reichte aus, um sie für den Augenblick glücklich zu machen.

Sein Griff war so hart, dass sie mit blauen Flecken in ihrem Gesicht rechnete. Und sie wollte diese Flecken – wünschte sie sich an ihrem gesamten Körper, wollte mehr, wollte genommen werden, wollte ihn. Selbst als ihre Lippen durch die Härte aufplatzten und sie Blut schmeckte, wünschte sie sich, sein Mund würde sich nie wieder von dem ihren lösen.

Sie stöhnte leise, ihre Zungenspitze schob sich vor, suchte die seine, ihr Schoß stand in Flammen. Da löste er sich von ihr. Schwindelig taumelte ihr Oberkörper ein Stück zurück.

„Du willst, dass ich dich nehme. Dass ich dich küsse, ficke, lecke und wieder ficke, habe ich recht?"

Ihr hektisches Atmen war ihm Antwort genug.

„Tu, was ich von dir verlange und du bekommst, was du begehrst."

Sie wollte ja ... aber so?

In ihrer Brust wohnten mal wieder zwei Seelen, die miteinander kämpften. Wieso musste er immer alles verderben? Gerade eben war es noch so schön, so herrlich. Wie Wachs war sie in seinen Händen gewesen. Und nun schlug er eine Richtung ein, die ihr ganz und gar nicht schmeckte.

Sie kniete auf dem Boden, die Schultern zurückgeschoben, das Kinn trotzig erhoben. Ihre Brüste standen weit hervor, die Klemmen malten sich auf ihrer blassen Haut ab, und sie spürte zu allem Übel, dass Feuchtigkeit an ihrem Oberschenkel herablief.

„Willst du, dass ich dir die Klemmen mit dem Stock von den Brüsten schlage?"

„Schlag mich. Los, schlag mich. Tu, was du willst, nur eins sollst du wissen: Du wirst mich niemals vollkommen brechen können. Und das, was du hier erlebst, das, was du Demut nennst, ist nur eine Rolle, die ich perfekt spiele – die ich dir vorspiele, damit du Ruhe gibst. Damit ich von deinen niveaulosen Erpressungsversuchen verschont bleibe. Niemals wirst du erleben, dass ich dir die Füße küsse." Mit diesen Worten sprang sie auf.

Dominik hatte Mühe, ein belustigtes Grinsen zu unterdrücken. Ihre Aufmüpfigkeit und ihr hitziges Temperament, das immer wieder durchblitzte. Oh, er genoss es. Ihr wohnte eine Mixtur inne, die ihn berauschte. Wie köstlicher Brandy: zu Beginn feurig, dann sinnlich im Abgang.

Sie besaß alle Attribute, die für ihn zum Bild einer perfekten Sklavin gehörten. Er wollte eine Sub, aber kein willenloses Wesen, denn das bedeutete Verantwortung und Stress. Er wollte frei sein von jeglicher Verpflichtung, und da kam ihm dieser Hitzkopf gerade recht. Eine devote Seele, die immer wieder für Überraschungen sorgte. Wie erfrischend. Er war ein erfahrener Dom, sah ihr die Erregung an, spürte, wie sie nach ihm gierte. Und ergab sich ihm dennoch nicht vollends, er musste sich ihre Unterwerfung erst erkämpfen.

Er packte sie am Haar, drückte sie zurück zu Boden, zischte: „Auf die Knie!"

Sein Blick war finster. Und genau dieser Blick und der feste Griff, mit dem er sie abermals in niederzwang, entfachte ihre Lust erneut.

Grob umfasste er ihr Kinn, sah sie diabolisch grinsend an. Sie wollte den Kopf zur Seite drehen, seinem erotischen Bann entfliehen, aber er hielt ihn fest.

„Du willst dir – und vor allem mir – vormachen, dass dich das Ganze hier nicht anmacht? Na, dann wollen wir doch mal nachschauen." Um seine Mundwinkel legte sich ein leichtes Zittern. Er hatte Mühe, seine Stimme nicht brüchig werden zu lassen, so sehr erregte ihn ihre Gegenwart und die Tatsache, dass er mit ihr tun konnte, was er wollte. Er griff ihr von hinten zwischen ihre Schenkel.

„Ertappt. Du bist nicht nur feucht, sondern nass!" Seine raue Stimme ganz nah an ihrem Ohr, Finger, hauchzart und sanft wie eine Feder. Zärtlich tanzten sie zwischen ihren Schenkeln. Ein leichtes Berühren hier, ein sanftes Tasten dort, ganz so, als wollte er sie zappeln lassen.

Sie rieb sich an seiner Hand, wünschte sich nichts sehnlicher, als dass er sie von hinten nahm. Sein Zeigefinger umfuhr die Konturen ihrer Klitoris, tippte sie kurz an, nur um sich dann endgültig zurückzuziehen.

„Tu was ich verlange." Seine Stimme drang wie durch Watte zu ihr durch. Erreichte sie dennoch hart wie ein Hammerschlag.

Stur reckte sie ihr Kinn vor, verweigerte sich abermals.

Seine Hand unter ihrem Kinn erzwang ihren Blick. „Soll ich gehen? Möchtest du allein sein, um noch einmal genau über alles nachzudenken? Oder soll ich meine endgültigen Konsequenzen aus deinem Verhalten ziehen?"

Seine geflüsterten Worte ließen ein Feuerwerk in ihren Gedanken abbrennen. Natürlich wollte sie weder das eine noch das andere! Sie schüttelte langsam den Kopf, fragte sich, woran es liegen mochte, dass eine einzige Person dermaßen faszinieren und einen durcheinander bringen konnte.

Er strich über ihr Gesicht und zog ihren Kopf in den Nacken. „Dann gehorche!"

Leah wurde es heiß und kalt zugleich. Sie spürte deutlich, wie unbarmherzige Blitze durch ihren Körper jagten. Mit einer Mischung aus Abwehr und Hingabe hielt sie seinem Blick stand, lehnte sich allerdings weiterhin gegen seinen Befehl auf. Ein letztes Aufbegehren vor etwas, was sie zu vernichten drohte.

„Was soll es bringen, wenn ich dir die Füße küsse?"

„Frag nicht, tu es einfach!"

Leah biss sich auf die Unterlippe. Himmel, allein der Klang und die Stärke seines Tonfalls erregten sie so sehr, dass das Pochen zwischen ihren Beinen sie fast wahnsinnig machte. Was war schon dabei, den Kopf zu senken und ihre Lippen auf seine Schuhspitzen zu drücken? Unzählige Male hatte sie dies von ihren Sklaven verlangt – nun war sie an der Reihe. Na und? Sie würde es tun, jetzt! Und dann konnte das immer aufregender werdende Spiel endlich weitergehen.

Sie beugte sich weiter vor, bis ihre Lippen das glatte Leder seines Schuhwerks berührten, dann schnellte sie zurück, warf ihm einen trotzigen Blick zu. „Einmal und nie wieder!", warf sie ihm zornig entgegen.

Dominik hätte beinahe laut losgelacht. Lange hatte er sich nicht mehr so amüsiert. Es war zu köstlich, wie sich diese Person gegen ihre wahre Natur sträubte. Wie süß sie ihn anschaute! Ihr Trotz machte sie noch umwerfender, als sie es ohnehin schon war. Er zog sie zu sich nach oben, strich ihr eine Haarsträhne hinter das Ohr. Von dieser zarten Geste vollkommen überwältigt, riss sie erstaunt die Augen auf, forschte in seinem Blick.

„Sieh das, was bisher geschehen ist, als Lektion an, die dich dabei unterstützt, zu deiner wahren Berufung, und somit zu dir, zu führen. Es wird der Tag kommen, an dem du bis in die Tiefen deiner Seele spüren wirst, dass du nur als Sklavin wirklich glücklich werden kannst. Und nun werde ich dir die Klammern abnehmen. Du hast dir eine kleine Belohnung verdient!"

Dominik stand hinter ihr. Mit geschlossenen Augen schmiegte sie sich an ihn. Als seine Hand ihren Unterbauch massierte, tiefer glitt und über ihren Venushügel strich, seufzte sie zufrieden. Sie hielt still, lehnte den Hinterkopf an seine Brust, schob sich seiner Hand entgegen, um zu signalisieren, sie wollte mehr.

In diesem Moment nahm Dominik mit der freien Hand die Klemme von der linken Brust.

Gequält jammerte sie auf, ein scharfer Schmerz schoss durch ihren Körper, als das Blut an dieser Stelle wieder zu zirkulieren begann.

Doch der Schmerz ebbte so schnell ab, wie er gekommen war, machte einem süßen Ziehen Platz, das von Dominiks Liebkosungen intensiviert wurde. Sanft drangen seine Finger in sie ein. Er verteilte ihre Feuchtigkeit und umkreiste immer wieder ihre Klitoris.

Sie befürchtete, in seinen Armen zu ertrinken. Seufzend wand sie sich unter seinen Berührungen, gierte nach mehr. Ihr Gesicht glühte, ihre Schenkel zitterten, der Schoß pochte.

Dominiks Finger tanzten quer durch ihre feuchte Spalte, ein Hochgefühl für ihre aufgepeitschten Sinne. Während seine eine Hand mit ihren harten

Nippeln spielte, arbeitete die andere sich zum Eingang ihrer Vagina vor. Zwei Finger schoben sich tief in sie hinein, rührten in ihr, erforschten die pulsierenden Innenwände, während sein Daumen ihre Klitoris umkreiste, sie rieb und wieder umkreiste.

„Ich kann deinen Wunsch nach Hingabe spüren", vernahm sie seine flüsternde Stimme ganz nah an ihrem Ohr. „Deine Geilheit …. all das, was du dein Leben lang verstecken wolltest, weil es deiner Ansicht nach nicht in dein kontrolliertes Leben passt." Er lachte leise, ganz nah an ihrem Ohr, fuhr nach einer kleinen Pause schließlich fort: „Vor mir kannst du die Abgründe deiner Lust jedoch nicht länger verstecken."

Tausend kleine Schauer rannen ihren Rücken hinab. Sie bog ihren Rücken durch, schob ihr Gesäß hart gegen seinen Schoß und genoss das Spiel seiner Hände auf ihrem bebenden Körper. Als Daumen und Zeigefinger neckisch an ihrer Klitoris zogen, sanft über sie hinwegstrichen, nur um sie dann erneut zu zwirbeln, stöhnte sie lustvoll auf.

Sie presste sich ihm entgegen. Wild und gierig. Hungrig auf den erlösenden Orgasmus. Doch sobald Dominik spürte, dass sie so weit war, zog er seine Finger zurück. Er spielte auf ihr wie auf einem Instrument, drückte instinktiv die richtigen Knöpfe und ließ sie eine emotionale Achterbahn fahren. Sie ergab sich ihm mit jeder Faser ihres Körpers und empfand eine himmlische Leichtigkeit.

„Nun darfst du kommen", raunte er ihr schließlich zu, während er ihre Klitoris unermüdlich rieb. Es kribbelte, süße Wellen krochen durch ihren Schoß, und dann gab es kein Halten mehr. Als der erlösende Orgasmus sie überrollte, ließ sie sich mit geschlossenen Augen hineinfallen und schrie ihre Lust laut hinaus.

Dominik verging vor Gier nach ihr. Nichts wünschte er sich in diesem Moment mehr, als zu spüren, wie sich ihre Lippen um seinen Schwanz legten.

„Dreh dich um."

Als sie gehorchte, und er bemerkte, dass sie ihm mit vor Lust verhangenem Blick zusah, wie er seine Hose öffnete, war es um seine Selbstbeherrschung geschehen.

Hastig schob er die Hose runter, packte Leah an den Haaren und drückte sie vor sich auf die Knie.

Sie atmete hörbar aus. Er konnte ihre Gier auf seinen Schwanz förmlich spüren. Eine Tatsache, die ihn noch mehr einheizte. Als sich ihre Lippen über seine Eichel stülpten, hatte er Mühe, seine zitternden Knie unter Kontrolle zu halten.

Und dann endlich ließ sie seinen Schaft langsam und tief in ihre Mundhöhle gleiten. Dominik atmete schwer.

Rhythmisch, langsam und unglaublich zärtlich glitten ihre Lippen an seinem Phallus entlang, Die Hingabe, die sie dabei an den Tag legte, war berauschend.

Als sie das Tempo erhöhte, biss er sich auf die Unterlippe. Sein Becken fand ihren Rhythmus, er streckte seinen Rücken durch, krallte seine Finger in ihr Haar und beschleunigte auf diese Weise noch einmal das Tempo. Als ihn ein gewaltiger Orgasmus überrollte, schrie er seine Lust laut hinaus.

Kapitel 10

*D*ominik verzog keine Miene, als er sich umsah und die willigen Sklavinnen beobachtete, die sich hier im Lustgarten der Villa tummelten – darauf wartend, von einem der zahlreichen Doms auserwählt zu werden. Er beobachtete Pärchen, die sich gerade erst gefunden hatten oder bereits seit Jahren gemeinsam den Club aufsuchten. Ein Paradies für Experimentierfreudige und für solche, die es werden wollten. Verschlungene Pfade und reiches Buschwerk teilten den Garten in verschiedene Bereiche, führten zu den rückwärtigen Gebäudeteilen des Clubs, zum Felsenbadehaus und hinab zur versteckt liegenden Bucht. Die Vielzahl der Gänge und Treppen verwirrte jene, die zum ersten Mal hier waren. Diejenigen jedoch, die regelmäßig zu Gast waren, wussten die lauschigen Ecken und Plätze zu schätzen und kannten die Gegend wie ihre Westentasche.

Dominik war ruhelos. Zwar hatte er viel zu tun, aber er konnte sich auf nichts konzentrieren. Anspannung und innere Unruhe ließen ihn nicht los. Immer wieder musste er an Leah denken. Wie sie am Vortag seinen Schwanz gelutscht und ihn zum Orgasmus geführt hatte, lag auf ihm wie süßer Nektar. Er hatte ihre Lust auf ihn deutlich gespürt. Jedoch hatte er es vorgezogen, sie auf ihr Zimmer zu bringen und zu gehen, statt sich mit ihr im Bett zu vergnügen. Zu sehr hatte ihn seine wachsende Gier auf sie verunsichert – eine verzehrende Gier, die ihn aus dem Hinterhalt angefallen hatte, und nicht mehr aus ihren Klauen ließ. Sein Fluchtinstinkt war die einzige Waffe, die er gegen diese Gefahr hatte vorbringen können.

Eine Frau mit allen Sinnen zu begehren, dieses Gefühl hatte er sich in all den vergangenen Jahren abgewöhnt. Nahm er sich Frauen, blieb sein Geist dabei stets außen vor. Keine Faszination, sondern purer Trieb und Druckabbau. Und plötzlich war da diese Person, die sich in seinem Kopf einnistete wie ein lästiger Kuckuck und ihm keine Ruhe mehr ließ.

War es ihre Hitzköpfigkeit, die seinen Verstand benebelte? Die königliche Aura, die sie nicht verlor? Die Tatsache, dass sie ihn amüsierte? Etwas, was er von Frauen so ganz und gar nicht kannte. Ja, sie brachte ihn zum Schmunzeln, weckte seine Neugier und seinen Jagdinstinkt. Ihr ganzes Sein stellte eine Herausforderung für ihn dar.

Auch in Momenten, in denen ihre Augen Verletzlichkeit und Hilflosigkeit ausdrückten, strahlte Leah ungeheure Stärke, Willenskraft und Stolz aus. Eine Mischung, die köstlicher war als alles, was er bisher gekostet hatte. Diese Frau ging ihm tief unter die Haut.

Ihr Verhalten, ihre Aura – alles an ihr forderte ihn in höchstem Maße heraus. Verdammt, er wollte sie haben, und die Tatsache, dass dies auf Gegenseitigkeit beruhte, beruhigte ihn keineswegs. Er bekam allein bei dem Gedanken an ein ausgedehntes Liebesspiel mit ihr eine Erektion. Es war die Hölle gewesen, sie am Vorabend an der Zimmertür zu verabschieden, statt sie zu packen, ins Bett zu werfen und jede Zelle ihres Körpers genießerisch zu erobern.

Verflixt, es musste doch einen Weg geben, sie voll und ganz zu besitzen, ohne sich dabei emotional zu intensiv einzulassen. Er wollte mit ihr spielen, sie spüren, schmecken, riechen, dominieren, ohne sich dabei zu verlieren. Kein Kontrollverlust und kein Begehren über den rein biologischen Trieb hinaus. Doch genau das Gegenteil war der Fall. Und wie er sie begehrte!

Den ganzen Morgen über hatte er sich die Fotografien angeschaut, die er von ihr am Abend zuvor gemacht hatte. Die Fotos von ihr berührten ihn seltsam. Diese Mischung aus Hingabe, Lustschmerz und dennoch eisernem Willen, die durch die Fotos zu ihm sprach und zu sagen schien: Ich bin zwar Wachs in deinen Händen, aber ich bin nicht willenlos. Ich werde deinen Befehlen folgen, aber ich tu es nicht bedingungslos. Ja, er konnte es nicht länger leugnen, sie war dazu in der Lage, seine allgegenwärtige Macht und Kontrolle massiv zu schwächen. Ein oder zwei Tage Pause von dieser Frau würden sicherlich nicht schaden.

„Und nun, Schätzchen, besuchen wir die Altstadt. Ich sage dir, Nizza hat einen ganz besonderen Charme. Geh mit offenen Augen durch die verwinkelten Gassen. Es wäre eine Sünde, es nicht zu tun."

Nachdem sie die mehr als einhundert Stufen zum Burgberg „Le Château" hinaufgestiegen waren, um von dort aus die fantastische Aussicht auf die Bucht „Baie des Anges" und auf die Dächer der Altstadt zu genießen, stiegen sie wieder hinab. Unten angekommen fasste Valérie Leah am Arm und führte sie zur unmittelbar angrenzenden Altstadt. Ein warmer Wind blies ihnen sanft ins Gesicht. Leah genoss das bunte Treiben um sich herum.

Am Morgen hatte sie lange geschlafen und den Vormittag damit verbracht, die luxuriös wirkende Kleidertruhe zu inspizieren, die Dominik ihr hatte bringen lassen. Sie war innen in zwei große Hälften unterteilt. Während sich auf der linken Seite neben zarter Wäsche, einem Kostüm, Sommerkleidern, Shorts, Blusen, Shirts eine allumfassende Grundausstattung befand, entdeckte sie rechts Latexminis, Mieder, Netzstrümpfe, eine Halbmaske, High Heels und allerlei weitere Stücke, die den Körper einer Sklavin sinnlich ausstatteten. Es war herrlich, sich wieder ankleiden zu können.

Und nun bummelte sie in einem seidigen Sommerkleid durch das alte Stadtviertel, genoss das hektische Treiben dieser typisch provenzalischen

Stadt und inhalierte die kühle Schattenluft, welche die sehr eng nebeneinander stehenden Häuser spendeten.

Immer wieder warf sie einen Blick nach oben, bewunderte die Farbenvielfalt der Altstadthäuschen, die pastellfarbenen Balkone, die Kleidung und Wäsche, die überall zum Trocknen vor den Fenstern hing.

Eine Katze, die vor einer der Eingangstüren lag und ihr träge zublinzelte, verstärkte das heimelige Gefühl, dass sie durchströmte.

Sie nahmen in einem der kleinen Feinschmeckerrestaurants Platz, tranken kühlen Weißwein und nahmen Oliven, Käse, Baguette und einen raffiniert gewürzten Feldsalat mit gerösteten Weißbrotwürfeln zu sich. Ein riesiger Eisbecher krönte das Mahl.

„Himmel, bin ich satt." Leah hielt sich den Bauch. „Wenn ich so weiter mache, sehe ich bald eine kleine, gemeine Diät auf mich zukommen. Es war so lecker. Ich könnte ewig weiternaschen."

„Es freut mich, dass es dir geschmeckt hat. Und was deine bezaubernde Figur betrifft, so musst du dir darum keine Gedanken machen."

„Da stecken eiserne Disziplin und regelmäßiges Training hinter." Leah lachte.

„Dominik jedenfalls scheinst du zu gefallen, sonst würde er sich nicht so intensiv mit dir beschäftigen." Etwas Lauerndes lag mit einem Mal in Valéries Blick, etwas, das Leah nicht einzuordnen vermochte und ihr einen Hauch von Unbehagen verursachte. Doch kaum begann sie darüber nachzudenken, war der Moment vorüber und Valérie wieder so offen und herzlich wie die Stunden zuvor. „Erzähl mir von dir, deinem Leben, deinem Vater und von eurem Club."

Hatte Dominik seiner Schwester den genauen Hergang erzählt? Was und wie viel wusste sie? Konnte Leah ihr trauen? Zu gerne hätte sie mit jemandem über all das, was in der letzten Zeit über sie hereingebrochen war, geredet.

„Hat Dominik dir erzählt, wieso ich hier bin?"

Valérie nippte an ihrem Wein, rückte die Sonnenbrille, die kunstvoll auf ihrem Kopf thronte, zurecht und musterte sie eindringlich.

Dann erwiderte sie: „Ja, hat er."

„Nun, dann kannst du dir sicher vorstellen, dass ich nur ungern über meinen Vater und unseren Club spreche. Und überhaupt – was genau willst du wissen? Warst du heute so nett zu mir, um mich anschließend auszuquetschen? Hat Dominik dich auf mich angesetzt?" Leah war drauf und dran aufzuspringen. Die Empörung stand ihr ins Gesicht geschrieben.

„Nein, nein, meine Liebe." Valérie hielt sie am Arm zurück und gab einem Kellner ein Zeichen, der schon kurz darauf neuen Wein brachte.

„Ich bin einfach nur an deiner Version der Geschichte interessiert. Dominik ist nicht einfach. Er kann sehr aufbrausend sein – verbeißt sich schnell in etwas, wenn man ihn wütend macht. Dabei geht er nicht immer fair vor." Sie lachte kurz auf. „Für nichts in der Welt möchte ich ihn zum Feind haben, und wenn ich kann, würde ich dir gern eine kleine Stütze sein."

Die Vertraulichkeit und Wärme, die Valérie ihr entgegenbrachte, waren so wohltuend, dass Leah zu erzählen begann. Ihre Version der Geschichte! Und es tat gut zu spüren, dass Valérie ihr glaubte.

„Vielleicht kann ich ihn ja davon überzeugen, dass er dich zu Unrecht hier festhält. Was kannst du für die Untaten deines Vaters?"

Leah zuckte unter diesen Worten unmerklich zusammen.

Und dann?

Ihre Gedanken begannen zu rotieren. Sie wollte auf jeden Fall bleiben. Bei ihm! Von ihm gepeinigt und unterworfen werden.

„Worüber denkst du so angestrengt nach?" Valéries Stimme holte sie aus dem Gedankenkarussell heraus.

„Ich habe gerade gedacht, dass es schön ist, dass du mir nicht verübelst, was mein Vater getan hat."

„Was kannst du dafür? Und wieso solltest du für die Verfehlungen eines anderen Menschen büßen?" Valérie lächelte, blickte auf die Uhr und seufzte: „Schon so spät. Lass uns zurückfahren. Wir erwarten heute neue Gäste. Mach dich schick nachher. Es wird ein Barbecue mit reichlich Champagner geben."

Leah wollte etwas erwidern, Valéries Handbewegung jedoch brachte sie zum Schweigen. „Keine Sorge, mit Dominik ist alles abgeklärt – er ist einverstanden, dass du mich begleitest."

Kapitel 11

*B*ewundernd schlenderte Leah durch ein buntes Blütenmeer, vorbei an urwüchsigen Kräutern, Lavendelbüschen, Olivenbäumen, Zypressen und Orangenbäumen. Alles war gepflegt und von Meisterhand angelegt, jedoch sehr urwüchsig belassen, was einen verträumten Eindruck erweckte.

Valérie hatte ihr versichert, es sei in Ordnung, wenn sie das Clubgelände inspizierte. Da es noch Zeit bis zum Barbecue war, genoss Leah diesen kleinen Rundgang im Garten. Es war herrlich, sich nicht mehr wie eine Gefangene zu fühlen.

Verdeckt von Rosensträuchern und Weinlaub entdeckte sie einen Gartenpavillon, der mit gemütlichen Korbmöbeln ausgestattet war.

Mit einem zufriedenen Seufzer ließ sie sich auf einem Sessel nieder, genoss den wundervollen Duft, der zu dieser frühabendlichen Stunde besonders intensiv in der Luft lag. Nach einer Weile vernahm sie Schritte. Sie sah eine große, aufrechte Gestalt auf sich zukommen. Der Mann war in Gedanken versunken, schien erst zu erwachen, als sie sich leise räusperte.

Er lächelte. „Hallo. Auch allein unterwegs?"

Leah erwiderte sein Lächeln. Der Mann war leger gekleidet, so als käme er soeben von einem Ausflug zurück.

„Ja, ich wollte mir den herrlichen Garten anschauen. Gehörst du zu den neuen Gästen, die heute eintreffen?" Mit neuen Gästen ins Gespräch zu kommen, war Leahs Steckenpferd. Täglich hatte sie damit zu tun – und da machte es keinen Unterschied, ob es sich um ihren eigenen oder einen fremden Club handelte.

„Nein, ich bin schon ein paar Tage hier."

„Gefällt es dir hier?"

„Sogar sehr gut."

Er ließ sich neben ihr nieder, reichte ihr lächelnd die Hand: „André."

„Leah."

„Bist du zum ersten Mal hier?" Er kramte in seinem kleinen Rucksack, zog Pfeife und Tabak hervor und begann sie zu stopfen.

„Ja. Und du?"

„Als Gast zum ersten Mal. Ich war aber vor ein paar Jahren schon einmal hier."

„Du hast hier gearbeitet?"

„Nicht direkt. Arbeit ja. Jedoch eher Recherche."

„Und dabei hat es dir so gut gefallen, dass du später als Gast zurückgekehrt bist?" Leah sah ihn von der Seite an, schnupperte genießerisch den duftenden Vanilletabak.

„Wenn man es genau nimmt, ja. Wobei meine Recherche noch nicht vollkommen abgeschlossen ist."

„Journalist? Oder gar ein Schriftsteller, der einen Roman über verruchte Clubs schreibt?"

Er lachte – ein warmes Lachen.

Leah fühlte sich wohl in seiner Gegenwart, er strahlte so etwas Unkompliziertes aus.

„Okay, okay. Ich komm schon noch drauf. Warte, ich hab's! Du bist Soziologe und studierst das Gruppenverhalten von Menschen, die einen Ort gefunden haben, an dem sie ihre Neigungen ausleben können. BDSM-Soziologe, sozusagen. Gibt es auch hier Mitläufer? Was läuft ab, wenn zwei Alphatiere aufeinandertreffen? Bilden sich Grüppchen? Wird auch hier gemobbt? Wobei wir bei all diesen Fragmenten auch der Psychologie verdammt nah kommen."

Erneut musste er lachen. „Jetzt sag nicht, ich sehe aus wie ein Psychologe!"

„Nicht ganz. Nur halb", ging sie auf seinen Scherz ein.

„Bloß nicht!" Gespielt entsetzt riss er seine Augen auf, nahm einen tiefen Zug aus seiner Pfeife. Dabei erinnerte er sie von der Körperhaltung her ein wenig an Sherlock Holmes.

Ein schelmisches Funkeln trat in ihre Augen. „Du bist entlarvt, Sherlock!"

„Sherlock?"

„Holmes. Also Sherlock Holmes. Der berühmteste Privatdetektiv aller Zeiten."

„Wie kommst du auf den?"

„Wegen der Pfeife."

„Die Genialität von Sherlock hätte ich gern. Dann wäre ich damals nicht gescheitert." Sein Gesicht verdüsterte sich.

„Wunder Punkt?"

„Nicht direkt." Er zögerte kurz. „Im Vertrauen, ja!? Vor ein paar Jahren hat sich hier im Club eine junge Frau das Leben genommen. Ihre Eltern glaubten nicht an Suizid. Sie wandten sich an meine Detektei, damit ich der Sache auf den Grund gehe, denn die Polizei hatte sämtliche Ermittlungen abgeschlossen. Kein Hinweis auf Fremdverschulden oder einen Unfall. Und auch ich konnte nichts finden. Es wuchs Gras über die Sache, aber mich ließ die Geschichte all die Jahre nicht los. Mein Bauchgefühl sagte mir, da stimmt was nicht. Also nahm ich mir vor, zurückzukehren. Tja, und da mir die Clubchefin schon damals sehr gut gefiel, lag es nahe, das Angenehme mit dem Nützlichen zu verbinden: Ein Urlaub in diesem exzellenten Club, dabei auf Tuchfühlung mit einer betörenden Frau gehen, und nebenbei einfach ein wenig Augen und Ohren offen halten."

„Du glaubst, heute noch Hinweise zu finden?"

„Nicht unbedingt. Aber man sagte dem Leiter des Clubs nach, er sei nicht unschuldig an diesem traurigen Vorfall. Die Eltern kommen über den angeblichen Freitod ihrer allzeit fröhlichen Tochter einfach nicht hinweg und würden ein Stück weit Ruhe finden, wenn die genauen Umstände ans Licht kämen."

Leah schwieg. Mit dem Clubleiter war Dominik gemeint, mit der jungen Frau Cathérine. Valérie hatte diese schreckliche Tragödie ja angedeutet. Aber Schuld? Dominik sollte Schuld an ihrem Tod sein? Ihre Gedanken purzelten wild durcheinander, und so war sie froh, als André sich erhob. „Ich hoffe, du sprichst mit niemandem darüber. Ich möchte die ausgelassene Stimmung hier im Club nicht vergiften und bin in erster Linie ja auch als Gast hier." Er lächelte. „Mir hat es jedenfalls gut getan, darüber zu sprechen. Seit ich wieder hier bin, holen mich diese Schatten vermehrt ein."

„Keine Sorge, von mir erfährt niemand etwas. Dafür hältst du mich in dieser Angelegenheit auf dem Laufenden, abgemacht?"

„Abgemacht. Bist du heute ebenfalls beim Barbecue?"

„Ja."

„Okay, dann sehen wir uns."

Leah nickte, winkte ihm in Gedanken versunken nach.

Dominik klappte den Laptop zu und erhob sich. Stunden hatte er damit zugebracht, seine aktuellen Fotos zu sortieren und zu bearbeiten. Wie immer hatte ihn die Arbeit vollkommen abtauchen lassen.

Der Vorhang des Fensters bauschte sich leicht im Wind, der schwere süße Duft von Jasmin, Rosen und Sträuchern strömte vom Garten ins Atelier. Tief und genussvoll atmete er ein paarmal tief durch, erhob sich und betrachtete die Bilder, die, bereits auf Leinwand gebannt, den Raum säumten. Zufrieden nickte er. Perfekt! Er hatte die richtige Auswahl getroffen und sich in den jeweiligen Details mal wieder selbst übertroffen.

Und das, obwohl Leah ihm ständig wie ein Geist vor dem inneren Auge aufgelauert und genarrt hatte. Er hatte durchgehalten, und an diesem Tag bewusst darauf verzichtet, ihr zu begegnen. Gedanklich jedoch schnupperte er an ihrer Halsbeuge, fuhr mit den Fingern durch ihr seidiges Haar, kostete von ihren sinnlichen Lippen und bearbeitete ihr entzückendes Hinterteil mit bloßen Händen, bis es glühte.

Bravo, applaudierte er sich. Das war also aus seinem Vorhaben, sich zu rächen und Leah eine Lektion zu erteilen, geworden. Unruhig wie ein Tiger im Käfig begann er auf und ab zu wandern. Es raubte ihm schier den Atem, wie gefährlich nah sie ihm innerhalb kürzester Zeit gekommen war.

Er trat ans Fenster, konnte nicht verhindern, dass auch Cathérine seinen Geist heimsuchte. Seine Gedanken wanderten zurück.

Er hatte Cathérine geliebt.

Und sie – sie war ein Biest gewesen, hatte ihn an der Nase herumgeführt, mit seinen aufrichtigen Gefühlen gespielt und ihn immer wieder hintergangen, belogen und betrogen. Gefühlsmäßig war er ihr verfallen, ihrem Liebreiz, ihrer Intelligenz, ihrer Schönheit, ihrem zuckersüßen Lächeln, ihrer verführerischen Ausstrahlung und ihrer liebreizend devoten Ader, was Liebesspiele betraf. Bald war er selbst nur noch ein Schatten seiner selbst, ausschließlich darauf bedacht, sie glücklich zu machen, voller Angst, sie zu verlieren, denn Cathérine war anspruchsvoll. Sehr anspruchsvoll. Bekam sie ihren Willen nicht, mutierte sie zur Dramaqueen, bestrafte ihn mit Liebesentzug und der Drohung, sich einem anderen Dom zuzuwenden. Und er, der verliebte, törichte Trottel, hatte gelitten, sich selbst aufgegeben, um ihr gerecht zu werden, um ihr dieses süße Lächeln zu entlocken, dem er so erlegen war.

Irgendwann war nichts mehr von seiner Persönlichkeit übrig, er lebte nur für Cathérine und ihre Bedürfnisse, las ihr jeden Wunsch von den Augen ab, und doch war sie nie zufrieden, wollte immer mehr und mehr. Als er irgendwann endlich erkannte, in welch emotionaler Abhängigkeit er sich befand, begann er sich mit aller Macht zu sich selbst zurückzukämpfen. Je näher er sich selbst kam, umso mehr begehrte er gegen die Egozentrik Cathérines auf. Doch letztendlich war es erst ihr Tod gewesen, der ihn vollkommen hatte befreien können.

Wie eine lästige Fliege versuchte er die unangenehmen Erinnerungen fortzuwischen. Doch es gelang ihm ebenso wenig wie seine Bemühungen, nicht ständig an Leah zu denken.

Er musste sich ablenken. Jetzt.

Den Mund feste zusammengepresst, durcheilte er kurze Zeit später das Kellergeschoss, öffnete eine massive schwarz glänzende Tür und betrat einen Raum, der einem Gewölbe glich. Angenehm kühl war es hier, düster. Nur wenige Fackeln erhellten den Raum. Schwere Balken in der Mitte gaben einer dicken schwarzen Holztür den nötigen Halt. In die Tür war eine Vielzahl gezielt platzierter Löcher eingelassen. Perfekt, um aufmüpfige Sklavinnen dort zu fixieren. Dominik streifte sich enge Lederhandschuhe über, griff nach einer Peitsche und setzte eine gusseiserne Glocke in Gang. Kurz darauf führten zwei Sklavinnen eine weitere Sklavin ins Kellerverlies, drückten sie in der Mitte des Zimmers zu Boden. Dort blieb sie mit gesenktem Kopf knien und rührte sich nicht.

Dominik stellte sich dicht vor sie, betrachtete sie von oben herab und schlug dabei den Griff der Peitsche in seine offene Hand.

„Zieht ihr ein Halsband an." Seine Worte hallten drohend wie Pistolenschüsse durch den Raum.

Er umschritt die drei Frauen, ließ die Peitsche dabei zischend auf den Steinboden sausen, als Zeichen dafür, dass seinem Befehl sofort Folge zu leisten war.

Ungeduldig sah er zu, wie ein schwarzes Lederhalsband vom Haken an der Wand gezogen und der am Boden kauernden Gestalt umgelegt wurde. Dann richtete er die Peitsche mit einer herrischen Bewegung auf eine der beiden stehenden Frauen, zischte: „Knie dich dazu und zieh ihr das Oberteil mit den Zähnen aus."

Langsam schritt er auf und ab, während er zusah, wie das vorn geschlossene, trägerlose Bustier mit den Zähnen bearbeitet wurde, bis es geöffnet hinabrutschte. Schwere Brüste mit harten rosigen Nippeln wippten vor seinen Augen leicht auf und ab.

Die Sklavin trug nun nichts weiter als einen kurzen Latexmini, der die Sicht auf ihr Gesäß freigab, als sie sich auf sein Geheiß vorbeugte und den Vierfüßler-Stand einnahm.

Eine herrische Kopfbewegung – und die beiden anderen Sklavinnen verließen das Gewölbe.

Dominik bohrte den Peitschenstiel in den Rücken der Sklavin, befahl: „Ich möchte keinen Ton hören, verstanden?" Dann holte er aus und gab ihr eins mit der Peitsche quer über das Gesäß.

Sie zuckte kurz zur Seite, gab jedoch keinen Laut von sich. Auf ihrem Hintern war ein hellroter Striemen zu sehen.

„Hab ich dir erlaubt, dich zu bewegen? Los, streck den Hintern hoch. Und wehe, du versuchst noch einmal, dich der Peitsche zu entziehen!"

Sie streckte ihm folgsam ihr Gesäß entgegen.

Dieses Mal bewegte sie sich nicht, als der Schlag sie traf. Sie hielt die Augen geschlossen und presste die Lippen aufeinander. Auch den nachfolgenden Schlägen hielt sie ohne Regung stand, obwohl diese an Intensität deutlich zunahmen. Ein kaltes Lächeln umspielte seine Lippen, als er sich vorbeugte, seine Hand von hinten zwischen ihre Schenkel schob und sich Zugang zu ihrem Schoß verschaffte. Zwei seiner Finger drangen in sie ein, was ihr ein leises Stöhnen entlockte.

Ganz nah an ihrem Ohr zischte er: „Was bist du?"

„Deine Sklavin, Herr."

„Ich kann dich so schlecht verstehen." Er packte ihr Haar, riss ihren Kopf zurück. „Lauter, wenn ich bitten darf. Und in einem ganzen Satz."

Sie stöhnte auf, schloss die Augen, brachte jedoch kein einziges Wort mehr über ihre Lippen. Viel zu sehr genoss sie die Finger, die sich erneut zwischen ihre Schenkel schoben. Tief gruben sie sich in sie hinein und tasteten sich an der Scheidenwand wieder zurück. Wie durch Watte drang seine laut fluchende Stimme zu ihr durch, während die andere Hand immer wieder feste Schläge auf ihr Hinterteil platzierte.

Er packte sie fest am Halsband, bis sie würgte, befahl kalt: „Sag es!"

„Ich … ich bin deine Sklavin, Herr." Ihre Stimme zitterte ein wenig, hatte jedoch wie befohlen an Intensität gewonnen.

Kalt wie Stahl bohrte sich sein Blick in ihr Gesicht. Er zog erneut grob am Halsband. Lieblos, mit kaltem Blick und höhnisch hervorgestoßenen Worten: „Bist du taub? Ich sagte: laut und deutlich. Aber ich sehe schon, dir muss der Gehorsam noch beigebracht werden. Gehorsam, der sitzt und jederzeit abrufbar ist. Also?"

Sie schrie die gewünschten Worte hinaus, sodass sie hohl von den Steinwänden widerhallten.

„Na also, geht doch!" Er ließ von ihr ab, griff nach der Peitsche, die alsbald knallend auf ihrem Hinterteil landete.

„Vorn weiter runter. Ich will, dass deine Titten über den Boden streifen. Und den Arsch schön hoch halten."

Erneut ließ er die Peitsche auf ihren Hintern sausen. Innerlich verfluchte er sich, weil er sich wünschte, es wäre Leah, die da vor ihm kauerte.

Wütend machte ihn das!

Rasend!

Mit jedem Peitschenhieb nahm sein Gesicht grausamere Züge an, wurde die Wucht seiner Schläge härter. Gut, dass es Sklavinnen wie diese gab, die nur durch extremste Schmerzen und Grausamkeiten – durch massive Demütigung und Unterwerfung – auf ihre Kosten kamen. Auf diese Weise hatten sie nun beide etwas davon.

„Schau dort in die Ecke", brüllte er, wies mit dem Kopf in eine Richtung, in der eine Kamera auf einem Stativ leise vor sich hin surrte. „Ich möchte, dass du genau in die Kamera schaust, egal was ich mit dir anstelle, verstanden?"

Sie tat wie befohlen.

Jedes noch so winzige Mienenspiel seiner Sklavin würde er auf Film bannen, später per Standbildfunktion Bilder herausarbeiten.

„Die Augen offen halten. Ich sagte, du sollst in die Kamera schauen!"

Das Gesicht der Sklavin zuckte unter den Hieben. Er ging langsam um sie herum, ließ die Peitsche immerfort auf sie niedersausen. Mal auf ihr Gesäß, dann quer über ihren Rücken oder seitlich auf ihre Oberschenkel. Achtete dabei genauestens darauf, dass sie ihr Gesicht stets der Kamera zugewandt hielt. Er arbeitete systematisch, ließ keinen Millimeter aus, variierte die Heftigkeit der Schläge. Malte mit der Peitsche Muster auf die Haut der jungen Frau. Endlich war er zufrieden, positionierte sich hinter ihr und ließ die Peitsche mit einer von unten heraus geführten Bewegung zwischen ihre Schenkel knallen. Einmal, zweimal, dreimal, viermal. Und immer nahm die Intensität der Schläge zu. Sie schrie, stöhnte aber genauso lustvoll auf. Ihr gerötetes Hinterteil strebte mit jedem Schlag abwärts, doch Dominik kannte kein Erbarmen. Scharf wies er sie an, ihren Arsch gefälligst so weit wie möglich oben zu halten. Und erneut erschien Leah vor seinem inneren Auge.

Diese verfluchte Gier nach ihr!!

Er atmete scharf ein. Gab seinen Frust durch die Peitsche an die Frau zu seinen Füßen weiter.

Er brauchte noch mehr Abstand, dann würde er sich wieder unter Kontrolle haben, und das Spiel eine würdevolle Fortsetzung erhalten. Bis dahin würde er Valérie das Feld überlassen. Seine Schwester schien ja einen regelrechten Narren an Leah gefressen zu haben, so wie sie ihn angefleht hatte, Leah gehen zu lassen, statt sie für seinen Rachefeldzug zu missbrauchen. Wenn sie wüsste! Sein Wunsch nach Vergeltung war glühendem Begehren gewichen.

Und er verfluchte sich dafür.

Grausam lachte er auf, spuckte vor der Sklavin aus. Diese schien im Lustschmerz zu verglühen, wagte einen sehnsüchtigen Blick in seine Richtung. Sie freute sich auf den Schmerz und seufzte leise auf, als Dominik die Peitsche fallen ließ und sie zu sich winkte. Auf allen vieren kroch sie auf ihn zu. Sie wusste, was zu tun war, schließlich war es nicht das erste Mal, dass sie mit ihm hier unten war.

Keine Sklavin durfte einen der Herrn ungefragt küssen, umarmen oder ihn berühren. Nun aber hatte sie die Erlaubnis. Sie sah es an seinem Blick, folgte der Bewegung seiner Hände, die den Reißverschluss seiner Lederhose öffneten.

Sie kniete vor ihm, umfasste seinen Penis, führte ihre Lippen an die Spitze. Ihre Zunge zog kleine Kreise, fuhr dann die ganze pulsierende Länge hinab und wieder hinauf. Dominik stöhnte leise, als die Sklavin ihren Mund über die geschwollene Eichel stülpte, sich daran festsaugte. Er tat nichts, stand nur da, hatte die Hände hinter dem Kopf verschränkt, ließ sie gewähren. Er spürte ihre Zähne. Ganz zart und vorsichtig nagten sie an seiner weichen glatten Haut, während ihre Hand über seine Hoden streichelte, sie sanft knetete und massierte.

Er grub seine Finger in ihr Haar, dirigierte ihren Kopf so, dass ihr Rhythmus mit dem seines Unterleibes harmonierte. Für einen Moment übernahm er die Kontrolle, fickte ihren Mund. Dann verlangsamte er das Tempo, ließ sich wieder in den passiven Part fallen, wollte einfach nur genießen. Ihm gefiel, wie sie sich seinen Schaft entlang leckte, wie sie an seiner Eichel lutschte. Ihre Zungenspitze wanderte hinab zu den Hoden, und ihre Lippen nahmen erst den einen, dann den anderen in den Mund, saugten sanft daran.

Tief grub er seine Fingerspitzen in ihre Kopfhaut, gab ihr damit zu verstehen, was er wollte, und knurrte wohlig, als sie seinen Schwanz wieder vollkommen in sich aufnahm. Ihre Lippen schienen mit der seidigen Haut seines Phallus zu verschmelzen, schlossen sich und saugten gehorsam. Er ließ seinen Blick über ihre sanften Rundungen wandern, verstärkte den Griff in ihr Haar, steigerte das Tempo und konnte nichts dagegen tun, dass er sich wünschte, es wäre Leah, die da vor ihm kauerte. Bei dem Gedanken an sie spürte er, wie es ihm kam, ließ sich mit einem lauten Stöhnen in den Orgasmus fallen und spritzte der Sklavin in den Mund.

Leah ging nicht aus dem Kopf, was André ihr über den Schatten der Schuld, der Dominik scheinbar bis heute anzuhaften schien, erzählt hatte. Was genau war damals passiert? Worin bestand Dominiks angebliche Schuld? Sollte sie bei Valérie nachfragen? Wollte sie mehr darüber wissen? Wenn ja, was hatte sie davon? Nichts – denn egal, was damals geschehen war, ihre Faszination in Bezug auf Dominik würde bleiben. Wieso also über etwas nachgrübeln, das viele Jahre zurücklag und ihr nichts als Unbehagen verursachen würde? Sie beschloss, dieses Thema abzuhaken, sich nur auf das Hier und Jetzt zu konzentrieren. Sie suchte sich die passende Kleidung für den Abend heraus; sie musste sich beeilen, Valérie würde sie bald abholen. Sie war neugierig, wie man in diesem Club feierte. Vom Clubleben hier auf diesem Anwesen hatte sie bisher noch nichts gesehen, eine Tatsache, die geschäftstüchtige Neugier in ihr wachrief. Die Konkurrenz schlief nicht, es konnte also nicht schaden, Einblicke in die Atmosphäre dieses Clubs zu bekommen. Schließlich würde es ein Leben nach ihrem Aufenthalt hier geben, da konnte ein wenig Geschäftssinn nicht schaden.

Ein Leben nach Dominik.

Ihr blieb vor Kummer fast das Herz stehen. Brennender Schmerz wanderte durch ihre Magengegend und zog sich quer über ihr Herz.

Sie durfte jetzt nicht darüber nachdenken. Auch nicht darüber, wieso sie Dominik den ganzen Tag noch nicht gesehen hatte. War er ihrer überdrüssig? Entsprach sie nicht seinen Vorstellungen von einer Sklavin? Langweilte sie ihn? Was konnte sie tun, um reizvoll für ihn zu sein? Ob sie ihm am Abend begegnen würde? Oder hatte er gar eine Session mit einer Sklavin, die seiner würdig war?

Leah, die aus dem Grübeln nicht mehr herauskam, versuchte sich mit der Suche nach einer passenden Abendgarderobe abzulenken. Die Wahl fiel ihr schwer, denn man hatte sie mit einer breiten Palette an Szeneoutfits und Accessoires versorgt.

Sie entschied sich für ein schwarzes, eng anliegendes Kleid. Das Oberteil bestand aus einem Mieder, das hinten geschnürt wurde und die Taille einzwängte. Die Brüste wurden durch zwei Halbschalen angehoben und aufreizend dargeboten, die rosigen Knospen lugten oberhalb der Schalen vorwitzig hervor. Das Kleid war trägerlos und aus edler, dicht gewebter Spitze gearbeitet. Mit jedem Schritt, den sie tat, entblößte sich unter dem hochgeschlitzten Rock nackte, samtig schimmernde Haut. Ihr Haar trug sie offen. Mit kritischem Blick betrachtete sie sich im Spiegel, drehte sich, zupfte am Kleid, wo es notwendig war, und legte sich schließlich eine schwarze Maske aus Samt über die Augen. Ein letztes Mal strich sie ihr Kleid glatt. Und gerade, als sie in die schwarzen High Heels schlüpfte, klopfte es an der Tür, und Valérie steckte ihren Kopf herein.

„Fertig? Dann komm!"

Leah folgte ihr durch den Garten bis hin zu den Klippen, wo das Badehaus lag. Vor ihnen ging eine Gruppe junger Frauen, teilweise in aufreizenden Korsetts oder in durchsichtigen kurzen Kleidern, die erahnen ließen, dass sich nicht mehr als ein knapper Slip darunter verbarg. Einige trugen Strapse und halterlose Strümpfe, andere trugen weder Wäsche noch Schuhwerk.

„Heute werden wir die Puppen tanzen lassen", flüsterte Valérie. „Ich mag es, wenn neue Gäste eintreffen und alle Anwesenden ausgelassen feiern."

Die schmalen Pfade zwischen den Heckenrosen und Sträuchern waren bald passiert. Musik, Lachen und Stimmen waren zu hören, und schon konnte Leah den in den Felsen eingelassenen Pool bewundern. Auf den Stufen ringsherum tummelte sich ein bunt gemischtes Volk. Ein paar der Gäste ließen sich bereits träge durch das sanft schimmernde Wasser gleiten, küssten und umarmten sich innig, während über ihnen Tausende von Sternen vom dunklen Himmel auf sie herabfunkelten. Der Pool war von einem Gestänge gesäumt, an dem zarte Vorhänge hingen, die das Becken malerisch umgaben. Sanft bewegten sie sich im Lufthauch, erweckten den Eindruck von Tausendundeiner Nacht. Sinnlicher Blütenduft vermischte sich mit dem köstlichen Aroma von Grillgut.

Etwas abseits, abgetrennt durch geschmackvolle Paravents, sah Leah geflissentlich herumeilende Männer und Frauen, die für das leibliche Wohl der Gäste zuständig waren. Die Männer trugen schwarze Hosen – den freien Oberkörper zierte eine schmale Krawatte. Die Frauen steckten in einem Hauch von Nichts: schwarze kurze Kleider, die den Körper zwar notdürftig bedeckten, die Brüste jedoch frei ließen. Unten reichte das Kleidungsstück gerade einmal knapp bis über das Gesäß. Weiße Strapse, rüschenbesetzte weiße Schürzen und weiße Häubchen auf dem Kopf vervollständigten die Dienstmädchentracht. Das Haupt demütig gesenkt, kamen sie sämtlichen Wünschen der Gäste nach.

Während die Dienstmädchen sich um die Arbeiten rund um die stilvoll aufgebaute Bar kümmerten und stets für volle Tabletts sorgten, unterstanden den Dienern mehrere wuchtige Grillwagen, auf denen allerlei Köstlichkeiten vor sich hin brutzelten.

Ringsherum befanden sich bequeme Couches, auf denen einige Gäste – ausschließlich Männer – saßen und erwartungsvoll zu den Dienstmädchen herüberblickten. Die Männer lachten und tuschelten begeistert, versahen die üppigen Hinterteile der Serviermädchen mit anzüglichen Klapsen, welche deutlich signalisierten, dass das noch lange nicht alles war. Vermutlich hatten sie schon etliche Gläser von den zahlreichen, in Sektkübeln gekühlten Champagnerflaschen intus.

Auf hohen Absätzen folgte Leah Valérie durch das Getümmel und bemerkte, dass man Valérie hier mit ebensolchem Respekt entgegenkam, wie ihr selbst im eigenen Club. Und ihr wurde bewusst, sie fühlte sie sich hier und jetzt – also eher auf der anderen Seite – recht wohl. Sie, Herrin Leah, war in einem exklusiven BDSM-Club unterwegs, und nichts lag ihr ferner, als dominant zu sein. Sämtliche ihrer Sinne waren erwartungsvoll auf eins ausgerichtet: Was würde Dominik als Nächstes mit ihr anstellen? Würde sie es schaffen, ihn als Sklavin zufriedenzustellen? Nicht nur temporär, sondern dauerhaft? Denn das wollte sie: ihn als Sub fesseln und nicht mehr loslassen.

Auch eine Art von Dominanz!

Sie lächelte in sich hinein. Sie hatte ein Ziel vor Augen, und da sie ein sehr zielstrebiger Mensch war, würde sie alles daran setzen, dieses auch zu erreichen.

Leah ließ ihren Blick schweifen, scheinbar planlos, dabei waren sämtliche ihrer Antennen darauf ausgerichtet, Dominik unter der Vielzahl von Gästen ausfindig zu machen. Ob er in einer der mehreren abgeteilten Nischen steckte? In manche konnte sie beim Herumschlendern ein wenig hineinblicken, in andere wiederum nicht. Sie sah Spielwiesen, Kissenlager, Polster- und Strafbänke. Outdoor-Club-Feeling vom Feinsten. Barbecue mit Straf- und Spanking-Möglichkeit „en suite", sozusagen.

Ihr Blick schweifte zu einer Bank, auf der ein Pärchen saß, das sich angeregt unterhielt und miteinander lachte, glitt weiter zu einem runden Tisch, auf dem eine junge Frau stand. Sie hatte blondes Haar, das bis zu den Hüften reichte, volle, runde Brüste, die nur von einem winzigen Büstenhalter gehalten wurden, und zwar so, dass die Brustwarzen nicht vollends bedeckt waren. Der Stringtanga ließ ein rundes Hinterteil sehen, und als ein Mann in Nadelstreifenanzug auf sie zukam, ihr Lederhalsband und Lederarmbänder umlegte, kicherte sie erwartungsvoll. Sie bückte sich, wackelte mit ihrem Gesäß und ergriff die geöffnete Flasche Champagner, die in einem Flaschenkühler neben ihren Füßen auf dem Tisch stand. Rasch füllte sie zwei Gläser, reichte eins dem Mann, der sie für den heutigen Abend auserkoren hatte, und behielt eins für sich. Kokett lächelnd begann sie sich im Rhythmus der Musik zu bewegen. Laute Pfiffe signalisierten, ihr Tanz gefiel den Anwesenden.

Während Valérie nach allen Seiten hin grüßte, höflichen Smalltalk betrieb und in feinster Bussi-Bussi-Manier durch die Menge schwebte, beobachtete Leah weiterhin die Tänzerin auf dem Tisch. Ihr Hüftschwung war perfekt, sinnlich ließ sie ihr Becken kreisen. Ihre Arme bewegten sich in grazilen Wellenlinien ebenso gefühlvoll zur Musik wie der Rest ihres Körpers. Hinreißend. Geballte Erotik und Energie, verpackt in einer herrlich devoten Aura.

Nach und nach fanden sich weitere Gäste ein. Einer von ihnen ließ sich in einem Sessel nieder, um das Treiben um sich herum zunächst einmal auf sich wirken zu lassen. Ein anderer marschierte schnurstracks auf eines der freien Mädchen zu, tätschelte ihr Gesäß; und ein dritter setzte sich auf einen der hohen Hocker an der Bar, hinter der eine Frau mit braunem langen Haar stand, die nichts weiter trug als eine kleine Servierschürze.

Leah erkannte in ihm André, wollte ihm gerade zuwinken und sich auf einen Plausch zu ihm gesellen, als sie sah, wie Valérie auf ihn zueilte.

Eine schöne Frau, schoss es Leah nicht zum ersten Mal durch den Kopf. Das leuchtend rote Haar trug sie offen. Es umschmeichelte ihr edles Gesicht. Das weiße, unschuldige Kleid, das sie trug, stand in faszinierendem Kontrast zu ihrer Ausstrahlung, denn sie war alles andere als unschuldig. Auch wenn sie Leah äußert zuvorkommend, herzlich und einladend gegenübergetreten war, so spürte diese doch, dass man sich Valérie besser niemals zum Feind machte. Diese Frau wusste, was sie wollte und auch, wie sie es bekam. Die Exzentrik stand ihr ins Gesicht geschrieben, jede einzelne ihrer Gesten war genau einstudiert und gezielt platziert. Für jemanden mit mangelnder Menschenkenntnis mochte die divenhafte Dominanz von ihr nicht sofort ersichtlich sein, Leah jedoch erkannte Frauen dieses Kalibers bereits aus der Ferne.

Nichtsdestotrotz war sie ihr selbst jedoch überaus zuvorkommend entgegengetreten. Sie war froh, in der Gunst Valéries zu stehen. Sie, für den Fall aller Fälle, als mögliche Ansprechpartnerin zu wissen.

Erneut hielt Leah Ausschau nach Dominik, mischte sich unter das Volk, genoss das köstliche Mahl und ließ sich ein, zwei Champagnergläser zu viel schmecken. Mittlerweile hatte sie einen kleinen Schwips.

Etwas abseits wurde eine Frau von zwei Männern an den Händen gefesselt und an einen Pfahl gebunden. Eine Gruppe Sklavinnen wurde hinter diesem Pfahl auf die Knie gezwungen. Sie hielten ihren Kopf demütig gesenkt, während einer der Männer auf die Frau am Pfahl zutrat, ihr Kleid am Ausschnitt packte und den Stoff mitten durch riss. Dann begann er, den Umstehenden die körperlichen Vorzüge der Frau anzupreisen, ganz so, als wäre dies ein Sklavenmarkt, auf dem Frauen verhökert werden. Er betastete ihre Brüste, rieb ihre Brustwarzen, griff ihr schamlos zwischen die Beine und klatschte ihr auf den Po. Dann forderte er die Umstehenden auf, es ihm gleichzutun. Leah kannte diese Art von Rollenspielen zu gut. Sie wandte sich ab, lief ein Stückchen weiter.

Auf einer provisorisch errichteten kleinen Bühne ließ eine Domina die Peitsche knallen. Jeder, der sich öffentlich züchtigen lassen wollte, hatte an Ort und Stelle die Möglichkeit. Ein großer junger Mann mit schulterlangen schwarzen Locken kletterte zu ihr auf die Bühne. Leah musste lächeln. Sie wusste, was nun folgen würde.

Kapitel 12

ominik stand abseits an einen Baum gelehnt und beobachtete Leah aus dem Dunkel heraus. Er holte tief Luft, schloss für einen Moment die Augen. Langsam, sehr langsam hatte er sich ihr genähert, darauf bedacht, dass sie ihn nicht sah. *Verflucht.* Er wollte ihr doch aus dem Weg gehen!

Im Geiste berührte er sie, zeichnete mit seinen Fingern die sanfte Kurve ihres Halses nach, liebkoste mit den Lippen ihre Brüste. Am liebsten wäre er zu ihr geeilt, hätte sie an sich gerissen, übers Knie gelegt und ihr den Arsch versohlt, bis er rot glühte. Was fiel dieser Person ein, sich wie ein Dieb in seine Gedanken zu schleichen und sich dort festzubeißen wie ein Terrier, der seine Beute nicht mehr hergeben wollte?

Mit angehaltenem Atem stand er einfach nur da, starrte sie an. Diese stolze, anmutige Frau, die sich mit geschmeidigen Schritten selbstbewusst durch die Menge treiben ließ, einen Fuß graziös vor den anderen setzend. Fast meinte er, ihren Duft zu vernehmen. Gerade strich sie sich in Gedanken versunken das Haar zurück, legte dabei die zarte Linie ihres Halses frei. Das Kleid, das sie trug, war wie für sie gemacht. Es gab den Blick auf ihre schmalen Waden und Fesseln frei. Fasziniert blickte er auf ihre Füße, tastete sich visuell dem Lauf ihrer Beine entlang, über ihre Fesseln, ihre Knie, weiter hinauf bis zu der Stelle, an der sich ihr entzückender Arsch unter dem schmalen Rock abzeichnete. Weiter aufwärts glitt sein Blick, entlang der Kontur ihres Körpers, verweilte einen Augenblick genießerisch auf ihren Brüsten, tastete sich hinauf zu ihrem stolz nach vorn gerichteten Kinn. Als er daran dachte, dass diese stolze Frau wie Wachs in seinen Händen gewesen und es ihm gelungen war, ihre devote Ader an die Oberfläche zu bringen, durchlief ihn ein Hochgefühl.

Sein Blick bohrte sich förmlich in ihr Antlitz, und als hätte sie seinen Blick gespürt, wandte sie sich für einen Moment in seine Richtung. Ihre Blicke kreuzten sich. Und wieder bröckelte ein Teil seiner Selbstkontrolle.

Dieser Moment, als sich ihre Blicke begegneten, reichte, um ihn vollkommen aus dem Konzept zu bringen. Ihre Blicke schienen förmlich ineinander zu fallen – Magie – anders konnte man es nicht umschreiben.

Leah blieb das Herz stehen, als ihr Blick den von Dominik traf.

Als er sich von ihr abwandte, hätte sie schreien mögen ob der Leere, die sie nun verspürte. Es war, als hätte er mit dem schwindenden Blick auch ein Stück ihrer Seele mitgenommen.

Sie studierte sämtliche Einzelheiten seiner Person. Die aufrechte Gestalt, das blütenweiße Hemd, die vor der Brust verschränkten Arme. Herzklopfend beobachtete sie, in welche Richtung er ging und schlich ihm nach. Als sie jedoch sah, wie er eine der hübschen Sklavinnen am Handgelenk griff und mit sich in eine der Nischen zog, wünschte sie, sie wäre ihm nicht gefolgt. Sie wollte umdrehen. Fort von diesem schmerzenden Bild, das sich ihr da bot, aber es war, als hätte jemand sie festgetackert. Rasende Eifersucht kochte in ihr hoch, während ihr Körper wie gelähmt war.

Dominik zog die offensichtlich willige Sklavin an sich, schob ihr die Träger des ohnehin schon knappen Kleides über die Schultern. Lasziv bewegte die Frau ihre Hüften, legte ihre Arme um seinen Hals. Dominiks Hände schoben sich von unten unter ihr Kleid, massierten das nackte Gesäß. Am liebsten wäre Leah hingestürzt, hätte Dominik von dieser Person weggezerrt, ihn geknebelt, gefesselt und so lange ausgepeitscht, bis er ihr schwor, keine andere mehr anzufassen.

Dieser verfluchte Mistkerl!

Mit fest zusammengepressten Lippen beäugte sie, wie er noch immer das Hinterteil dieser Frau bearbeitete, kleine Klapse darauf setzte, feste zupackte. Die Träger des Kleides rutschten immer weiter die Schultern herab, sodass ihr Oberkörper so gut wie frei lag und ihre wogenden Brüste zu sehen waren. Er ließ von ihr ab, riss ihr das Kleid vom Leib und stieß sie auf das Kissenlager.

Grob packte er sie, sorgte dafür, dass sie auf allen vieren landete. Seine eine Hand fuhr ihr von hinten zwischen die Beine. Mit der anderen Hand versetzte er ihrem Gesäß kräftige Schläge, sodass ihre herunterbaumelnden Brüste zu schaukeln begannen. Die Schläge auf ihr Hinterteil wurden mit jedem Mal energischer, dabei legte er eine Hand auf ihre Kehle, zog ihren Kopf leicht in den Nacken.

Sie besaß ein ausdrucksstarkes Gesicht, das in diesem Augenblick von Lust und Gier durchzogen war. Jeder einzelne Zentimeter ihres Körpers schien wilde Gier auszuströmen, die Brüste hoben und senkten sich bei jedem Atemzug, und ihre rosa Zungenspitze glitt spielerisch über die rot geschminkten Lippen. Einladend wackelte sie mit ihrem Hinterteil, krallte die Fingerspitzen in die Kissen. Für Leah war deutlich zu spüren, diese Frau wollte gefickt werden. Grob und hart und auf der Stelle.

Würde Dominik dieser Frau nun das geben, was ihr selbst bisher versagt geblieben war? Wonach sie sich so sehnte?

Ihr wurde fast übel vor Eifersucht, doch sie schaffte es nach wie vor nicht, sich von der Stelle zu bewegen oder ihren Blick abzuwenden.

Wie gebannt starrte sie auf die beiden Gestalten, die sich inmitten des Kissenlagers vergnügten. Ein Bild, auf das sie gut hätte verzichten können, das sich ihr aber überdeutlich ins Gehirn brannte.

Sie sah, wie Dominiks Gesicht sich dem Ohr der Frau näherte, wie er ihr etwas zuflüsterte. Dann zog er eine Gerte aus dem Kissenlager, stellte sich breitbeinig über sie und ließ die Lederspitze über ihren Rücken gleiten. Ihr Körper erbebte sichtbar, reckte sich jeder Berührung der Gerte entgegen, die über Gesäß, Wirbelsäule und Schenkel strich. Die Entdeckungsreise ging weiter, nach vorn über ihren Bauch bis zu den Brüsten, wo die Spitze der Gerte mit den harten Nippel zu spielen begann.

Leah beneidete diese andere Frau brennend, wusste, welch köstliche Schauer diese gerade durchliefen. Es war ihr, als würde sie selbst Empfänger dieser Spielerei sein, denn tausend kleine Schauer rannen über ihren Körper und sammelten sich in ihrem Schoß.

Das Leder der Gerte klopfte sich zurück zu den Schenkeln, an den Außenseiten hinab und an den Innenseiten wieder empor, rieb sich an den Schamlippen. Dann zog Dominik die Gerte zurück und schlug hart gegen ihren linken Oberschenkel. Die Stelle, an der er sie getroffen hatte, zeigte einen roten Streifen. Ein weiterer Schlag folgte, dieses Mal war die andere Seite dran. Die Frau stieß einen Schmerzenslaut aus, zuckte zusammen, als ein weiterer Hieb auf sie niedersauste – diesmal quer über ihren Rücken.

„Dreh dich um", hörte Leah Dominik kalt befehlen.

Augenblicklich befolgte die Sklavin seine Worte, drehte sich, kam sitzend auf und wurde mit dem Schaft der Gerte in Rückenlage gedrückt. Unter dem nächsten Schlag bäumte sie sich für einen Moment auf. Ihre linke Brust hatte es getroffen, es folgte ein Hieb auf die rechte. Mit flatternden Augenlidern erwartete sie weitere Schläge, wollte die Augen öffnen, um darauf vorbereitet zu sein, wo der nächste Schlag sie treffen würde, doch Dominik herrschte sie an: „Die Augen bleiben geschlossen."

Ihr Körper zuckte, als die Gerte ihr Schambein traf. Sie schrie erneut auf; mehrere kurze Hiebe wurden quer über beide Brüste gleichzeitig gesetzt. Die geflochtene Gertenspitze glitt über ihren Körper, umtanzte ihre Nippel, bewegte sich über ihren Bauch abwärts, wo sie sich zwischen die Schamlippen schob. Die Frau hob ihr Becken an, presste sich der Penetration entgegen. Das geflochtene Leder verschwand in ihrem rosigen Fleisch, glitt rhythmisch vor und zurück.

Leah musste unwillkürlich einen Laut von sich gegeben haben, denn Dominiks Kopf schoss in ihre Richtung. Ihr wurde kalt und heiß zugleich, als sich ihre Blicke trafen und sie das kalte Lächeln sah, das sich bei ihrem Anblick um seine Mundwinkel legte.

Er hielt inne, warf die Gerte beiseite. Ohne Leah aus den Augen zu lassen, ließ er sich im Kissenlager nieder und positionierte die Sklavin so auf seinem Schoß, dass sie ihm den Rücken zugewandt hielt.

Er umfasste sie von hinten, legte seine Handflächen über die Brüste, ganz leicht, nur um kurz darauf kräftig zuzupacken.

Dieses Arschloch!

Würde er ihr nun demonstrativ zeigen, dass er mit dieser Frau das tat, was er mit ihr nicht tun wollte?

Es sah ganz so aus, denn er schob seine Gespielin etwas zur Seite, öffnete den Reißverschluss seiner Hose, sodass sein Schwanz heraussprang. Und es dauerte nicht lange, da schob sich diese andere Frau mit hüpfenden Brüsten auf seinem Schaft auf und ab, legte dabei genießerisch den Kopf in den Nacken.

Leah hätte sich am liebsten die Ohren zugehalten. Die Lustschreie dieser Frau durchzogen ihren Leib wie pures Gift. Dominik hielt die junge Frau von hinten mit beiden Armen umfasst, und während die eine Hand die Brüste knetete, bearbeitete die andere die Klitoris.

Sein Blick jedoch ruhte auf Leah. Fest, grausam, intensiv.

Leah nahm alles gleichzeitig wahr: seine liebkosenden Hände, die hüpfenden Brüste, die steil aufgerichteten Nippel, die schmale Taille und das samtige Dreieck ihres Schoßes, der intensiv von Dominik bearbeitet wurde. Und dann kam die Sklavin. Laut und gewaltig. Die Arme über den Kopf gehalten, die Hände im eigenen Haar vergraben, begann sie am ganzen Körper zu zucken.

Endlich gelang es Leah, ihren Blick abzuwenden und sich zu rühren. Mit einem leisen Schluchzen drehte sie sich um und lief davon. Sie wollte nicht erleben, wie Dominik durch eine andere Frau in einen Orgasmus fiel.

Kapitel 13

Was hatte Dominik ihr damit demonstrieren wollen? Erst als er sie erblickte, hatte er sein Spiel unterbrochen und das getan, wovon er genau wusste, dass sie selbst es ersehnte – von seinem Schwanz ausgefüllt in einen erlösenden Orgasmus zu fallen.

So ein mieser Hurensohn.

Sie musste diese Worte laut ausgesprochen haben, denn eine männliche, amüsierte Stimme drang an ihr Ohr. „Eine fluchende Schönheit. Sag – wer hat dich so erzürnt?"

Leah zuckte kurz zusammen, dann hatte sie sich wieder gefasst, blickte dem jungen Mann entgegen und erwiderte sein sympathisches Lächeln.

Mit einer Handbewegung wiegelte sie ab. „Nicht der Rede wert."

„Das hörte sich gerade aber ganz anders an." Er zwinkerte ihr zu. „Mein Name ist Lukas."

„Leah."

Er fasste sie am Arm und zog sie zu einem Champagnerbrunnen, der über drei Etagen sanft plätschernd die köstliche Flüssigkeit abwärts fließen ließ. Schon bald hatte er zwei Gläser gefüllt und musste schmunzeln, als er sah, wie sie den Inhalt ihres Glases in einem Zug hinunterspülte.

Sie erwiderte sein Grinsen, rief gespielt fröhlich: „Ist ja genug da" und hatte in null Komma nichts das zweite Glas geleert. Alkohol – Freund und Helfer in der Not. Und nichts anderes als ein Notfall war die Situation, in der sie sich befand.

Reichte es nicht, dass er ihr deutlich aufgezeigt hatte, dass sie wie Wachs in seinen Händen war? Musste er sie nun auch noch auf diese Weise demütigen? Alles wäre ein Stück weniger schlimm gewesen, hätte er sich mit dieser Frau vergnügt, ohne ihr, Leah, so offensichtlich etwas zu demonstrieren. So jedoch war es pure Demütigung – eine gewollte Demütigung.

Fort mit diesen Gedanken. Weg damit.

Liebreizend blickte sie zu ihrem Begleiter auf und säuselte: „Ich bin am Verdursten, Verehrtester! Entfernen wir uns also nicht zu weit von der Getränkequelle." Kokett lächelnd reichte sie ihm ihr Glas, ließ es erneut füllen und leerte es abermals.

Er folgte ihrem Beispiel, flüsterte: „Wenn wir in dem Tempo weitertrinken, werden wir den Rest des Abends wohl nicht überstehen."

„Unfug. Wir werden uns köstlich amüsieren. Was gibt es prickelnderes als einen Champagnerschwips, von gutem Sex einmal ganz abgesehen?"

Verführen werde ich dich, fügte sie in Gedanken hinzu.

Nur im Vollrausch würde sie diesen Tag überstehen.

Nach drei weiteren auf ex geleerten Gläsern war ihr, als schwebte sie in anderen Sphären, während sie im Arm von Lukas kichernd auf eine der Liebesnischen zusteuerte, vorbei an prächtigen Kübeln mit Blumenschmuck und an lachenden Paaren und Grüppchen, die sich längst für sinnliches Vergnügen gefunden hatten. Ein erotisches Miteinander ringsherum. Ab und an war das Zirpen von Grillen zu hören, fröhliches Lachen, geflüsterte Worte und leise, stimmige Musik.

Leah fühlte sich mit einem Mal herrlich beschwingt, begann die laue Sommerluft, in der eine betörende Duftmischung von einheimischen Wildkräutern, Oleanderblüten und alten Rosen lag, zu genießen. Gelassenheit breitete sich in ihr aus und die Gewissheit, dass sie einen attraktiven Mann an ihrer Seite hatte, der längst an ihrer Angel zappelte. Purer Balsam für ihre verletzte Seele. Dieser Mann begehrte sie spürbar, und genau das brauchte sie momentan.

Sie wollte vergessen! Statt grübeln wollte sie genießen. Und sie hatte genug Alkohol im Blut, dass ihr das auf jeden Fall gelingen würde. Befreit auflachend ließ sie sich mit Lukas auf einer der Spielwiesen nieder, hielt sich dabei an ihm fest, um nicht das Gleichgewicht zu verlieren.

Der wundervolle Duft, der zu dieser nächtlichen Stunde besonders intensiv in der Luft lag, legte sich wie ein liebevoller Mantel um ihre Sinne, als sie die Umarmung und den Kuss von Lukas erwiderte und leise seufzend in den weichen Kissen versank.

Sie lachte, als sie kurze Zeit später flüsterte: „Dein Kuss hat mir schon mal gefallen. Mal sehen, mit welchen Köstlichkeiten du mir den Abend außerdem versüßen kannst."

Ein anzügliches Lächeln umspielte seinen Mund, als seine Hand unter ihren Rock glitt, den String beiseiteschob und sich Zugang zu ihrer Vagina verschaffte. Zwei seiner Finger tauchten in sie ein. Leah stöhnte leise auf, drängte sich ihm entgegen. Sie wollte mehr. Seine Finger tiefer in sich spüren. So tief wie nur möglich.

„Nicht so hastig." Er zog seine Hand leise lachend zurück. „Wir haben alle Zeit der Welt."

„Ich will es aber hastig. Jetzt!"

Gewohnt dominant hatte sie diese Worte ausgestoßen, war wieder in ihrer alten Rolle, in der sie die Spielregeln bestimmte. Und auch das Tempo.

„Okay", flüsterte er. „Ich habe verstanden."

„Dann leck mich!"

„Nichts lieber als das."

Er rückte von ihr ab, streckte seinen Körper aus und bettete den Kopf etwas erhöht auf zwei Kopfkissen.

„Komm, hock dich über mich. Ich werde dich lecken, wie du noch nie geleckt wurdest."

Leah spürte ein wohliges Kribbeln. Er ließ sich dirigieren, war aber dennoch nicht devot, sondern behielt den passenden Teil der Zügel in der Hand. Genau diese Mischung brauchte sie jetzt.

Sie zog ihr Höschen aus, schwang ein Bein über ihn und stützte sich hinter seinem Kopf in den Kissen ab. Lukas packte ihre Schenkel, zog sie so weit auseinander, dass ihre nasse Spalte sich nur noch wenige Zentimeter über seinem Mund befand. Gierig fuhr seine Zungenspitze zunächst ihre äußeren Schamlippen, dann die beiden anderen entlang.

Leah erbebte. Ihr Atem ging schnell und stoßweise, sodass ihre Brüste sich deutlich hoben und senkten. In einem geraden Strich ließ Lukas seine Zunge ihre Spalte entlangfahren und schleckte genüsslich ihren Lustsaft auf. Die Zungenspitze bohrte sich zwischen die fleischigen Lippen, glitt spielerisch höher und begann die Klitoris zu massieren. Erst kurz und heftig, dann hauchzart und leicht, nur um dann wieder an Intensität zuzulegen. Himmlisch fühlte sich das an.

Leahs genoss das flinke Zungenspiel. Genießerisch ließ sie ihr Becken kreisen. Die Augen fest geschlossen, passte sie sich dem Rhythmus seiner Zunge mit leisen Seufzern an.

Während Lukas sie weiter leckte, wanderten seine Hände zum Bund seiner Hose, öffneten diese. Er hob das Becken an und schob die Hose ein wenig nach unten. Sofort sprang sein harter Schwanz heraus. Erwartungsvoll, stramm und mit feucht glänzender Eichel.

Er packte sie bei den Hüften und positionierte sie so, dass die heiße Spitze an ihrer Pforte rieb. Als sie sich langsam an seinem Schaft abwärts schob, stöhnte er genüsslich auf und grub seine Fingernägel in ihre Pobacken. In sanft kreisenden Bewegungen glitt sie auf und ab, den Kopf leicht in den Nacken gelegt, die Augen genießerisch geschlossen. Ihre beiden Körper bewegten sich im Einklang, und war es zunächst ein sinnlich-sanfter Ritt, so nahm das Ganze bald an Tempo zu. Zwei attraktive Menschen, vereint in einem wilden Liebesspiel.

Die Gestalt, die im Halbdunkel ganz in der Nähe stand, und ihnen mit grimmigem Gesichtsausdruck zusah, bemerkten sie dabei nicht.

Dominik bemühte sich, seine Emotionen unter Kontrolle zu bekommen. Er spürte einen deutlichen Stich in der Magengegend. Pure Eifersucht, die sich wie flüssiges Gift in seinem Innern ausbreitete. Er fluchte, atmete tief aus. Er musste versuchen, sich von diesem Gift zu befreien.

Valéries makelloser Körper war in ein schwarzes durchsichtiges Gewand gehüllt, welches mehr preisgab, als es verhüllte. Darunter war sie nackt.

Sie lächelte verführerisch und bewegte ihren Körper mit eleganten Bewegungen im Rhythmus der Musik.

André lag mit hinter den Kopf verschränkten Armen auf einem Diwan und schaute ihr verklärt zu. Diese Frau faszinierte ihn mehr und mehr. Sie wirkte auf ihn wie ein Vulkan, der ständig kurz vor dem Ausbruch stand, obwohl schon genügend glühende Lava aus ihrem Innern hervorgedrungen war. Feurig – ja, sie war im wahrsten Sinne des Wortes feurig. Ebenso feurig wie das prächtige Haar, das ihr lang auf den Rücken fiel.

Und nun tanzte sie für ihn. Nur für ihn.

Man sah ihr an, dass sie gerade eben gründlich durchgefickt worden war. Herrlich! In diesem Moment konnte er sich keinen schöneren Ort vorstellen. Das behagliche Licht der Laternen flackerte sanft und schmeichelte ihrem Tanz zusätzlich. Der Augenblick war perfekt.

Valérie tanzte kokett-sinnlich, kam dabei näher, entfernte sich wieder und warf ihm immerzu verführerische Blicke zu.

Mit ihrer Aura, ihrem bestimmenden Charme hatte sie ihn regelrecht verhext, und nun bezirzte sie ihn mit diesem sinnlichen Tanz. Sie wusste genau, wie sie ihren Körper einsetzen musste, um ihr Gegenüber zu bezaubern. Dieses Teufelsweib. Er musste über seine erneut wachsende Geilheit schmunzeln. Dabei hatte sie ihn doch gerade erst leergesaugt.

Sie beugte sich kurz zu ihm hinab, streckte die Hand aus und strich mit ihren feingliedrigen Fingern zärtlich durch sein Haar. An ihren schmalen Handgelenken baumelten dünne Armreifen, die leise klimperten.

Dann setzte sie ihren Tanz fort.

Ein verlangender Laut kroch über Andrés Lippen, als sie sich dicht vor ihn stellte und ihr Becken in eindeutiger Pose kreisen ließ. Er streckte die Hand nach ihr aus, doch sie entfernte sich leise lachend, bewegte sich weiter verführerisch zum Klang der Musik.

„Du treibst mich in den Wahnsinn", knurrte er liebevoll. „Komm her!"

Sie lächelte, kniete sich zu ihm und küsste ihn sanft auf den Mund.

André legte eine Hand auf ihre Wange, spürte deutlich das Feuer der Leidenschaft in seinen Lenden. Doch zuvor wollte er ein paar Fragen loswerden.

Er barg ihren Kopf in seinen Armen, sog den Duft ihres Haares ein, streichelte liebevoll über ihre Brüste, die unter dem durchsichtigen Stoff förmlich danach bettelten.

Wie sollte er beginnen? Er war schließlich privat hier, hatte ihre Nähe um ihretwillen gesucht. Jedoch ließ sich nicht verleugnen, dass da noch etwas anderes in ihm brannte. Und genau dieser Tatsache wollte er etwas näher rücken, indem er nicht – wie damals – als Privatdetektiv Fragen stellte, sondern im Plauderton, wie beiläufig, auf dieses eine bestimmte Thema stieß.

Ob sie wusste, wer er war? Erinnerte sie sich an ihn? Bisher hatte er nicht gewagt, danach zu fragen. Er hatte sich seit damals verändert, war schmaler geworden, athletischer und reifer. Graue Strähnen hatten sich in sein dunkles Haar geschlichen, eine Tatsache, die magisch auf Frauen zu wirken schien. Hatte er vor Jahren noch Probleme gehabt, Frauen kennenzulernen, so bereitete ihm das seit einiger Zeit keinerlei Probleme mehr.

„Der Club hat sich verändert, seit ich zuletzt hier war", versuchte er den Vorstoß mit einer puren Smalltalk-Floskel. Auf diese Weise ließe sich mit ein wenig Glück heraushören, ob sie sich an ihn erinnerte.

„Du hast dich ebenfalls verändert", erwiderte sie.

PENG!

Sie erinnerte sich an ihn. Wusste sie auch noch, weshalb er damals hier gewesen war?

„Inwiefern?" Er gab ihr einen Stupser auf die Nasenspitze.

„Du wirkst reifer. Eben wie ein richtiger Mann."

„Ich hätte nicht gedacht, dass du dich an mich erinnerst. Bei so vielen Männern, die hier ein und ausgehen."

Innerlich applaudierte er sich zu seinem behutsamen Vortasten. Er wollte ihr schließlich nicht auf die Nase binden, worauf er mit diesem Gespräch aus war.

„Glaub mir, ich verfüge über ein sehr gutes Gedächtnis."

„Damals hätte ich wohl keine Chancen bei dir gehabt."

„Hättest du es probiert, wüsstest du es." Sie lächelte geheimnisvoll. „So aber wird dies ein ewiges Geheimnis bleiben."

Intuitiv wusste André mit einem Mal, dass sie sich ganz genau erinnerte. Er konnte sich weitere Floskeln also sparen.

„Ich hatte zu tun, damals."

„Ich weiß. Und du warst so sehr damit beschäftigt, uns allen Löcher in den Bauch zu fragen, dass du mich als Frau gar nicht wahrgenommen hast."

Er lachte kurz auf. „Hast du eine Ahnung! Ich habe dich so sehr als Frau wahrgenommen wie nie eine andere zuvor. Leider musste ich Prioritäten setzen."

„Und nun?" Ihr Blick tauchte in den seinen. „Bist du privat hier, oder gibt es erneute Prioritäten, die vom reinen Vergnügen ablenken könnten?"

„Ich bin als Gast hier, nicht beruflich. Die Geschichte lässt mich allerdings nicht los."

„Nach so langer Zeit? Ich bin dafür, keinen Staub aufzuwirbeln, wo endlich Gras drüber gewachsen ist."

„Ich habe im Laufe der Jahre den Zerfall der Eltern miterlebt. Es macht sie fertig, dass nie genau geklärt werden konnte, wieso sich ihre stets starke, selbstbewusste, lebensfrohe Tochter urplötzlich das Leben nahm."

„Und was hast du damit zu tun, außer dass du hier damals in deren Auftrag wild herumgeschnüffelt hast?"

„Sie hatten große Hoffnung in mich gesetzt. Ich jedoch habe nie aufdecken können, was genau hinter diesem Freitod steckte. Das hinterlässt einen ewigen Hauch von Schuld."

Valérie legte ihre Hand auf seine Wange. „Dieses Mädchen war unglücklich in meinen Bruder verliebt. Grund genug. Jetzt zermartere dir doch nicht darüber das Hirn. Lass uns Spaß haben, Chérie!"

Er legte seine Hand auf ihre, erwiderte ihren verführerischen Blick, wagte jedoch eine Fortsetzung des Dialoges. „Eine fröhliche, starke junge Frau, die genau wusste, was sie wollte, die ihr Leben zielgerichtet ausrichtete und jeden Mann hätte haben können, bringt sich nicht um, weil eine ihrer Lovestorys kein gutes Ende für sie bereithielt. Glaube mir, ich habe mich intensiv mit ihrer Persönlichkeit auseinandergesetzt. Sie war niemand, der ihr Leben wegen eines Mannes wegwirft."

„Und doch hat sie es getan!" Valérie begann ungeduldig zu werden. Sie war es nicht gewöhnt, dass jemand das Ruder so stark übernahm. Vor allem nicht auf so subtile Weise. André hatte sie, ohne dass sie es gespürt hatte, geschickt auf seine Spur gebracht. Das bedeutete Kontrollverlust, den sie erst jetzt wahrnahm. Ihrer Ansicht nach zu spät, denn normalerweise erstickte sie derartige Anwandlungen bereits im Keim.

André hatte etwas an sich, dass ihre Prinzipien und eigenen Pläne auf sanfte Weise durcheinanderwerfen konnte. Hinzu kam, dass er genau wusste, wie man auf ihrem Körper zu spielen hatte, welche Saite man zum Klingen bringen musste und wie sie zu höchster Lust zu treiben war. Dass er so umwerfend attraktiv war, machte das Ganze umso prickelnder.

Und nun hatte er sie in ein langweiliges Gespräch manövriert, auf das sie eigentlich gar keine Lust hatte. Damals war er als lästiger Detektiv hier gewesen und hatte den Betrieb damit ordentlich durcheinandergebracht. Auf eine Fortsetzung konnte sie wahrhaftig verzichten. Verdammt, er war als Gast hier. Als verdammt anziehender Gast. Und nicht als lästiger Schnüffler.

„Wie hat dein Bruder die ganze Geschichte verkraftet?"

Sichtbar genervt atmete sie aus. „Du bist schlimmer als jeder Terrier, der sich irgendwo festgebissen hat!"

Er lachte laut auf. „Sei froh, denn nur so kommst du in den Genuss, den ich deinem hübschen Körper schon bald bereiten werde."

„Ich kann es kaum erwarten."

„Aber zuerst hätte ich gerne eine Antwort."

Himmel! Dieser Kerl war aber auch hartnäckig.

Also gut, damit er Ruhe gab und sich endlich wieder ihrem hungrigen Körper zuwandte, gab sie klein bei. „Er hat es erstaunlich gut verarbeitet und ist ebenfalls froh, dass endlich Ruhe eingekehrt ist. Seitdem lässt er niemanden mehr an sich heran. Zufrieden?"

„Mal ganz ehrlich, wie war die Beziehung zwischen den beiden? Zwei egozentrische Persönlichkeiten, die genau wissen, was sie wollen – ich meine, da prallen doch Extreme aufeinander. Das sorgt für Zündstoff, und wenn dann auch noch Leidenschaft ins Spiel kommt, sind Dramen vorprogrammiert."

„Was willst du hören? Dass die gesamte Beziehung ein Drama war? Also gut, es war ein Drama! Wobei dies noch die Untertreibung des Jahres ist. Egozentrik plus Egozentrik ergibt puren Machtkampf. Und dabei bleibt meistens einer auf der Strecke. Zufrieden? So, und nun lass uns das leidige Thema beenden."

Er wollte gerade zu einer Erwiderung ansetzen, da presste sie ihre Lippen auf die seinen, flüsterte: „Ich will jetzt nicht reden."

„Valérie, ich …"

„Psssssssst", hauchte sie ihm ins Ohr, nahm seine Hand und legte sie auf ihre Brust. Er spürte ihren harten Nippel, der sich durch den zarten Stoff in seine Handfläche drückte, stöhnte auf. Diese Frau brachte ihn um den Verstand, er konnte ihr nicht widerstehen. Hastig glitten seine Hände unter das dünne Gewand, genossen jeden Millimeter ihrer Haut. Sie war so unendlich weich und warm.

Er löste seinen Mund von ihrem, fühlte sich wie betrunken. Als er ihrem lockenden Blick begegnete, spürte er seine Lust auf sie wie eine Flamme über sich zusammenschlagen. Fest zog er sie an sich, presste erneut seine Lippen auf die ihren und riss ihr das Gewand vom Leib. Aufstöhnend barg er sein Gesicht im duftigen Tal ihrer weichen, vollen Brüste.

Der Honig ihrer Haut betörte ihn, sandte ein gewaltiges Prickeln in seine Lenden und steigerte sein Verlangen nach ihr. Er war wie von Sinnen. Wild zog er sie über sich. Valéries Schoß befand sich nur Millimeter über seinem aufgerichteten Schwanz. Sanft umfasste er ihre Hüften, drückte sie abwärts und vergrub seine Finger genussvoll im Fleisch ihrer Pobacken. Als sie auf seinem Schaft abwärts glitt, rief er leise ihren Namen, drückte sie tiefer. So tief, bis sie ihn komplett in sich aufgenommen hatte.

André dirigierte sie mit festem Griff an den Hüften. Mochte sie ihn auch nach Belieben um den Finger wickeln, er gab das Tempo vor.

Valérie hob und senkte sich auf ihm. Dabei hüpften ihre Brüste auf und ab. Als sich ihre Blicke trafen, sah sie das wilde Verlangen in seinen Augen.

Sein Griff um ihr Becken verstärkte sich, er hob sie ein wenig an, sodass sein Schwanz fast aus ihr herausglitt, nur um sie augenblicklich wieder fest auf sich hinabzuziehen. Sie stöhnte auf, spürte einen süßen Schmerz, der ihr durch sämtliche Glieder fuhr, denn sein Phallus füllte sie hart und gänzlich aus. Sie beugte sich vor, grub ihre Fingernägel in seine Schultern, bog ihren Rücken durch, trieb ihre Nägel tiefer in seine Haut. Sein Blick fixierte den ihren, seine Hand schloss sich um ihre Kehle, nahm ihr fast den letzten Rest Atem, mit dem sie rang, als er stöhnte: „Ich bin gleich so weit. Komm mit mir zusammen, Valérie."

In ihr explodierte etwas. Zuckend umschlossen ihn ihre vaginalen Muskeln. Er trieb sie weiter, forderte noch mehr von ihr, sie fühlte nichts mehr, außer dem Pochen in ihrem Schoß und dem Pulsieren ihrer Klitoris. Er nahm sie grob. Sein Schwanz bohrte sich in ihren Leib, und seine Hände, die sich in ihre Hüften gruben, rissen sie den Stößen entgegen. Valérie warf den Kopf in den Nacken, vernahm sein lauter werdendes Stöhnen, und dann wurde sie gemeinsam mit ihm von einer gewaltigen Woge fortgeschwemmt. Als sich ihr Atem beruhigt hatte, sank sie vornüber, umschlang ihn mit ihren Armen und genoss die Wärme, die von seinem Körper ausging.

Kapitel 14

Nach dem Barbecue und in den zwei darauf folgenden Tagen war Leah an einem emotionalen Punkt angekommen, an dem sie schier verzweifelte. Sie hatte Dominik in der Zeit weder gesehen, noch von ihm gehört. Alles verzehrende Sehnsucht und auch Eifersucht hatten sie fast verschlungen. Ständig waren ihr die Bilder von Dominik und dieser Frau durch den Kopf geschossen. Von Sehnsucht getränkt hatte sie sich unruhig in ihren Kissen hin und her geworfen. Intensiver hatte sie nie zuvor empfunden, und verdammt noch mal, sie wollte wissen, wie es weiterging. Wieso mied er sie? Sie wollte ihm doch eine würdige Sklavin sein. Dieser Wunsch hatte sich in den letzten Tagen sogar verstärkt.

Ein Klopfen an der Tür ließ sie zusammenfahren. Das Herz schlug ihr bis zum Hals, als sie leise: „Ja?", rief.

Dominik. Bitte lass es Dominik sein.

Wie ein Mantra schossen ihr diese Worte unaufhörlich durch den Kopf.

Die Tür öffnete sich, und als Dominik sich ins Zimmer schob, begannen ihre Augen zu leuchten.

Er mied ihren Blick, kämpfte gegen das Verlangen, sie in seine Arme zu reißen, Stattdessen ging er kühl an ihr vorüber, setzte sich auf einen Stuhl und sagte: „Setz dich."

Sie kam seinem Wunsch nach. Verunsichert suchte sie seinen Blick, doch es gelang ihr nicht, ihn einzufangen. Minutenlang saßen sie einfach nur schweigend da. Dieses Schweigen schmerzte sie fast körperlich. Was war los?

Endlich brach er die quälende Stille.

„Ich bin zu dem Entschluss gekommen, dass du genug für die Verfehlungen deines Vaters gebüßt hast. Zumal du rein gar nichts dafür kannst – was ich zu Beginn jedoch wirklich nicht wusste. Du bist nun also offiziell entlassen, kannst ab sofort in dein Leben zurückkehren. Was deinen Vater betrifft, so werde ich ihn nicht anzeigen. Wir werden einen Weg finden, dass er seine Schuld in Raten abträgt. Ich werde, wie abgemacht, Teilhaber eures Clubs sein und …"

Weiter kam er nicht, denn in Leah brachen alle Dämme. Tränen schossen aus ihren Augen, liefen ihr die Wangen hinab.

Darauf war Dominik nicht gefasst. Kein Trotz, kein Aufbegehren, sondern geballte Verletzlichkeit.

„Bitte … Dominik …“, stammelte sie. Sie schluckte hart, versuchte, den Tränenstrom zurückzudrängen, der sich dennoch seinen Weg suchte. „Ich will … du hast … ich kann nicht … bitte nicht …“

Sie kauerte schluchzend auf ihrem Stuhl, und er verstand kaum, was sie sagte. Dominik war maßlos überfordert. Er erhob sich, zog sie an der Hand zu sich auf die Beine und nahm sie in den Arm.

Verflixt, erneut warf sie einen Mantel der Macht über ihn, die ihm den Atem nahm. Wieso brachte sie ihn so durcheinander? Zur Strafe dafür müsste er sie eigentlich übers Knie legen und ihren Arsch versohlen, bis er rot glühte. Jedoch würde ihn das nicht weiter bringen, sondern ihn immer tiefer in die Spirale hineinziehen, in die Spirale der Emotionen.

Er war mit der Absicht gekommen, sie fortzuschicken. Diese vielen Kilometer Abstand würde er brauchen, um seiner Verzückung für diese Person zu entkommen. Die passenden Worte hatte er sich genau zurecht gelegt und war sich sicher gewesen, sein Vorhaben souverän über die Bühne zu bringen. Und nun stand er hier und hielt eine schluchzende Leah im Arm, tröstete sie und wurde dabei selbst von Gefühlen durchrüttelt,

„Weine doch nicht“, flüsterte er. „Ich schenke dir deine Freiheit zurück, du solltest also fröhlich sein.“

Freiheit? Leah schluchzte laut auf. Ein Leben nach Dominik würde nur noch ein nichtssagender Schatten von all dem sein, was sie wirklich ausmachte. Ihr Herz, ihre Seele, ihr Körper waren an ihn gebunden. War er nicht bei ihr, fühlte sich nichts, als eine tiefe Sehnsucht nach ihm.

„Langweile ich dich?“, fragte sie zaghaft. Sie würde alles tun, das zu ändern. Um ihr Herz legte sich ein Ring der Angst.

„Nein.“

„Wieso willst du mich dann loswerden?“

„Warum willst du bleiben?“

„Eine Frage beantwortet man nicht mit einer Gegenfrage.“

Er sagte nichts, löste die Umarmung, wandte sich um und trat ans Fenster. Seine Körperhaltung strahlte Distanz aus. Wenn sie nichts sagte, er würde das Gespräch nicht wieder aufnehmen, da war sie sicher.

Leah atmete tief durch. Also gut, sie würde alles geben. Ihm zeigen, was er an ihr hatte – und in Zukunft an ihr haben könnte. Sie kniete sich, legte ihre Hände auf den Rücken, senkte den Blick. Den Kopf jedoch hielt sie stolz erhoben. „Herr, ich habe durch Sie gelernt, meine wahren Bedürfnisse zu erkennen, und nicht weiter zu verleugnen. Nun möchte ich Sie in aller Höflichkeit darum bitten, weiterhin mein Dom zu sein.“

Er wandte sich ihr zu und in seinen Augen blitzte es auf.

Das Beste wäre, ihr schleunigst zu verstehen zu geben, dass er nicht interessiert sei, und dann zu gehen. Stattdessen ertrank er in ihrer Anmut. Wie sie vor ihm kniete, verlockend und süß. Es kostete ihn alle Kraft, sie nicht an sich zu ziehen und mit ihr in einen Taumel der Lust zu fallen.

Nachdenklich schweigend ruhte sein Blick auf ihr. Schließlich sagte er: „Ich habe dir deine wahre Berufung gezeigt. Aber es gibt genügend Doms auf der Welt. Geh in dein Zuhause zurück und suche dir einen aus."

„Kein einziger von ihnen wird es schaffen, mich so zu berühren wie Sie, Herr", setzte Leah nach und biss sich auf die Unterlippe.

„Was, wenn es mir zu anstrengend ist, dich zu zähmen?"

„Das glaub ich Ihnen nicht", entfuhr es ihr, während sie ihren Blick hob und ihn prüfend ansah.

„Was du glaubst, spielt keine Rolle!" Plötzlich lag Verärgerung in seiner Stimme, als würde sie ihm seine kostbare Zeit stehlen. Leah fühlte sich unbehaglich, dachte aber nicht daran, klein beizugeben. Wollte er sie tatsächlich loswerden, würde er jetzt nicht mit ihr diskutieren, sondern die Unterredung wäre längst beendet - und er fort. Ihr Bauchgefühl signalisierte deutlich, es war noch nicht zu Ende. Sie musste alles auf eine Karte setzen. In die Offensive gehen, statt zu betteln.

„Ich suche jemanden, der seine Dominanz nicht nur für ein paar Stunden spielt, sondern diese lebt. Genau das tust du, also bin ich dir mit Sicherheit nicht zu anstrengend, sondern eher eine Herausforderung. Hast du etwa Angst?" Ihr herausfordernder Blick traf ihn ungefiltert.

Seine Wangenmuskeln arbeiteten, dunkle Blitze aus seinen Augen sollten sie zum Stillschweigen bringen, doch Leah kam gerade erst richtig in Fahrt.

Ihr sehnender Schoß mahnte sie voller Begierde, es nicht zu übertreiben, aber der in ihr lebende Trotz kroch empor und trug nicht gerade dazu bei, sich ihm gehorsam zu präsentieren. Die förmliche Anrede hatte sie ebenso angelegt, wie ihre unterwürfige Haltung.

Sie sprang auf, stürmte auf ihn zu und begann seinen Brustkorb mit ihren Fäusten zu bearbeiten. „Was habe ich dir getan? Wieso ignorierst du mich?" Bebender Zorn sprang aus jedem ihrer Worte.

Blitzschnell packte er sie bei den Handgelenken und hinderte sie daran, weiter auf ihn einzutrommeln.

Sein glühender Blick versengte sie und ohne, dass sie dagegen steuern konnte, löste sich der Satz: „Ich will dich so sehr!" von ihren Lippen. Aus dem tiefsten Innern schienen diese Worte zu kommen, so sehnsuchtsvoll, wie sie sie dahingehaucht hatte.

Dominik war bei ihren Worten unmerklich zusammengezuckt. Darin hatte so viel Gefühl gelegen, dass er sie am liebsten in seine Arme gerissen und nie wieder losgelassen hätte. Doch er wollte sich diese Schwäche nicht erlauben, es nicht zulassen, dass sie noch mehr Macht über ihn bekam, als es ohnehin schon der Fall war.

Verflixt, dieser eine Satz von ihr hatte ihn bis ins Mark erschüttert. Wie herrlich süß sie ihn dabei angesehen hatte. Verschleierter Blick, gerötete Wangen, atemlos bebende Brüste. Pure Versuchung und tödliches Gift zugleich.

Er trat näher an sie heran, berührte mit dem Zeigefinger ihre Schulter und spürte dem Beben nach, das sie unwillkürlich durchfloss. Noch immer sprach er kein Wort, und auch sein Gesichtsausdruck gab nichts vom dem preis, was ihn im vorging.

Leah versuchte vergeblich, in seinem Gesicht zu forschen. Was mochte er denken?

Egal. Egal. Alles egal!

Sie wusste nur eins: Sie wollte ihn. So sehr. Jetzt! Ihn fühlen, riechen, schmecken. Von ihm ausgefüllt sein, unter ihm stöhnen, an seiner Hand kommen. Sich niederknien, wieder aufstehen, ihre Titten präsentieren. Wollte von ihm den Arsch versohlt bekommen, bis ihr Hören und Sehen verging; hart genommen und gepeinigt werden, nur um danach sanft in den Schlaf gestreichelt zu werden.

Ehe er sich versah, stellte Leah sich auf die Zehenspitzen, nahm sein Gesicht in beide Hände und berührte seine Lippen sanft mit den ihren.

Dominik machte sich augenblicklich stocksteif. Ein süßes Ziehen breitete sich in ihm aus, er spürte, wie ihm diese sanfte Liebkosung für einen Moment den Boden unter den Füßen wegzog, hatte sich aber recht schnell wieder im Griff.

Er wollte nicht so empfinden. Durfte nicht so empfinden. Und doch, die Berührung ihrer Hände und Lippen hatte ihn erschauern lassen. Ihr ganzes Sein hatte seine Seele getroffen. Das Begehren in ihrem stummen Blick ließ ihn innerlich erneut straucheln.

Verdammt!

Sie stand aufrecht vor ihm, den Rücken durchgedrückt, aber den Kopf gesenkt. Zärtlich betrachtete er ihre folgsam demütige Haltung und war in diesem Moment stolz auf sie.

Ja, er war stolz darauf, dass sie ihren Stolz so ohne Weiteres abgestreift hatte wie eine alte Haut. Sie war echt, steckte in keiner Rolle, legte ihre Gefühle offen und bewies damit mehr Stärke als er selbst.

Und nun? Lockend bot sie ihm ihre Hingabe auf einem Silbertablett an. Und statt zu triumphieren, fühlte er sich in diesem Augenblick nur leer … so unbeschreiblich leer.

„Was erwartest du?", flüsterte er fast tonlos und dennoch fragend in ihr Ohr, während sich seine Hand unter ihr Kinn legte und ihren Blick somit anhob.

„Ich weiß es nicht", gab sie ebenso leise zurück, entfernte sich einen Schritt von ihm, ließ sich zu Boden gleiten und rollte sich vor seinen Füßen zusammen.

„Was soll ich nur mit dir machen, mein Kleines?", murmelte er, während er in die Knie ging, um mit seiner Hand sanft über ihre Wange zu streichen. Schnell erhob er sich wieder. Die Gefühlsregungen, die ihn durchflossen, überforderten ihn.

Gedankenverloren stand er minutenlang einfach nur da. Sein Blick glitt über die Frau zu seinen Füßen, sein Gefühlsleben glich einem Trümmerfeld. Sich in irgendeiner Form auf eine Frau einzulassen, war nicht in seinem Lebensplan vorgesehen. Doch jede Faser von ihm sehnte sich nach Verschmelzung mit dieser Person.

Er genoss jede Sekunde mit ihr – mehr, als ihm lieb war.

Was also tun? Sie fortschicken wäre nach wie vor das Beste, jedoch gelang ihm das nun noch weniger als zuvor.

„Sieh mich an, Leah!"

Sie tat es. Die Intensität seines Blickes durchzuckte sie wie tausend Stromstöße.

Er hockte sich abermals zu ihr, berührte ihr Kinn und zwang sie, in seine Augen zu sehen. Augen, die sie verschlangen und ihr butterweiche Knie bescherten. Nichts kam gegen ihre Begierde an, diesem Mann zu gehören. Mit Haut und Haar. Mit allen nur erdenklichen Konsequenzen.

Noch immer erzwang seine unerbittliche Hand ihren Blick. Sanft streichelte sein Daumen über ihre Unterlippe, als er flüsterte: „Du willst mich?"

Sie schluckte, nickte.

„Was macht dich so sicher?"

„Du."

„Ich?"

Wieder nickte sie. „Du machst mich lebendig. Ich spüre mich wie nie zuvor."

In seinen Augen glomm etwas auf, das ihr Herz zum Stolpern brachte.

Er legte eine Hand auf ihre Kehle, schob ihren Kopf leicht in den Nacken.

„Du stellst eine Herausforderung dar. Du möchtest dich mir hingeben, dich mir dennoch widersetzen und mich gleichzeitig mit diesem süßen Kleinmädchenblick weichkochen." Seine Handfläche, die ihre Wirbelsäule entlangstrich, entlockte ihr ein Schaudern.

Er hatte Recht, hatte genau beschrieben, was sich in ihr abspielte. Sie wusste, dass sie sich, trotz ihrem Wunsch nach Hingabe, immer wieder auflehnen würde. Dennoch ließ er nicht ab von ihr, was bedeutete, diese Mixtur interessierte ihn. Nun, er sollte genau das bekommen, denn dieser Mix entsprach zu einhundert Prozent dem, was sie leben wollte. Eine anschmiegsame und ergebene Sklavin, die ab und an ihre Krallen und ihr Temperament zeigte und hier und da ihren kindlichen Charme für sich arbeiten ließ.

Sie wurde mutig. „Bevor die Nacht um ist, wirst du wissen, dass es sich lohnt. Ich werde deinen Ansprüchen genügen und dir die beste Sklavin sein, die du jemals hattest. Vielleicht nicht die folgsamste und berechenbarste, aber auf jeden Fall die, die dir am meisten sinnliches Feuer beschert. Ich gebe mich dir nicht nur folgsam hin, nein, ich verführe dich gleichzeitig auf einzigartige Weise, bis dein gesamter Körper täglich nach mir verlangt."

Sprachlos hatte er ihr zugehört, war dabei ein wenig von ihr abgerückt. Diesen Moment nutzte Leah, um sich ein kleines Stück aufzurichten, ihre Hand auszustrecken und unendlich behutsam über seine Lippen zu streichen.

Dominik zuckte kurz zurück, während in ihm drin ein Feuer loderte, das er kaum zu bändigen wusste.

„Du willst mich herausfordern?"

„Nenn es, wie du willst. Ich jedenfalls schmelze schon jetzt dahin, wenn ich daran denke, wie perfekt wir beide harmonieren werden." Sie lächelte ihn keck an.

Seine Mimik signalisierte pure Ablehnung, seine Körpersprache jedoch zeigte ihr, sie hatte ihn mit ihren Worten berührt. Ihre Augen funkelten vergnügt, als sie hinzusetzte: „Glaub mir, es wird uns eine Menge Spaß bereiten, und wenn du ehrlich zu dir selbst bist, weißt du das längst."

Dominik erhob sich, umrundete sie und blieb vor ihr stehen. Eindringlich sah er sie an. Was in ihm vorging, blieb ihr verborgen, denn sein Gesicht zeigte keinerlei Regung. Und auch seine Körpersprache hatte sich hinter Unnahbarkeit versteckt. Er begann sich zurückzuziehen, doch da hatte er die Rechnung ohne Leah gemacht.

Sie erhob sich ebenfalls, stellte sich dicht vor ihn, hob sich auf die Zehenspitzen und flüsterte: „Du willst dieser Herausforderung widerstehen, nicht zugeben, dass die Aussicht auf ein gemeinsames, sinnliches Liebesspiel dich jetzt schon erregt. Ist es nicht so?"

Er antwortete nicht, fluchte leise, packte sie und riss sie an sich.

Hörbar stieß er den Atem aus. Dieses kleine Luder machte ihn an – machte ihn so verdammt an.

Seine Handflächen gruben sich in ihre Gesäßbacken. Sie spürte diese Berührung süß wie Honig auf der Haut.

Er schloss für einen Moment die Augen. Ihr sinnlicher Körper erregte ihn immer wieder aufs Neue. Voller Begierde zog er sie noch enger an sich.

Leah genoss seine Nähe, stellte zufrieden fest, dass sein Atem schneller ging. Eine Welle der Liebe durchflutete sie. Sie stellte sich auf die Zehenspitzen, umfasste sein Gesicht mit beiden Händen und hauchte viele kleine zarte Küsse auf sein Kinn. Aufreizend langsam fuhren ihre Lippen seinen Hals abwärts, liebkosten seine Haut.

Leise fluchend schob er ihr das Kleid vom Körper. Sie war nackt darunter, eine Tatsache die ihn umso mehr erregte. Als ihre Finger die Knöpfe seines Hemdes öffneten, sie in die Hocke ging und ihre Lippen sich zärtlich auf seinen Unterbauch legten, stöhnte er lustvoll auf. Innerhalb kürzester Zeit hatte sie seine Hose geöffnet und über sein Gesäß hinabgeschoben. Ihr Zeigefinger tanzte verheißungsvoll über die schmale Spur seiner Haare, die vom Nabel abwärts führten.

Dominik genoss jede ihrer Berührungen und wartete angespannt auf das, was folgen würde. Leah sah kurz auf, um die Regungen in seinem Gesicht zu beobachten. Er hielt die Augen geschlossen. Dennoch konnte sie seine Erregung deutlich spüren. Sie lachte leise gurrend und begann, sanft und gefühlvoll seine Leisten zu massieren. Spielerisch umkreiste sie seine hoch aufgerichtete Männlichkeit, um im letzten Moment bewusst zurückzuzucken.

Er stöhnte laut auf. Sein ganzer Körper stand in Flammen. Immer dann, wenn er glaubte, ihre lockenden Finger würden seinen Schaft zu massieren beginnen, hielt sie inne und belehrte ihn eines Besseren. Stattdessen liebkoste sie seinen flachen Unterbauch und die Innenseiten seiner Schenkel.

Leah genoss es, diesen Mann so zu erregen, dass er zu keinem klaren Gedanken mehr fähig war. Als ihre Lippen sich schließlich um seine Eichel legten, spürte sie das Zittern, das seinen Körper durchfuhr.

Tief sog sie seinen herrlich männlichen Duft ein, saugte zärtlich an der heißen Spitze, küsste sich die ganze Länge hinab bis zur Wurzel, die von gekraustem schwarzen Haar bedeckt war.

Er tat nichts, stand nur da und hatte die Hände in ihrem Haar vergraben. Sie ließ ihn ihre Zähne fühlen. Ganz zart und vorsichtig nagte sie an der weichen glatten Haut, während ihre Hand über seine Hoden strich, sie sanft und sehr zärtlich massierte. Seine Finger wühlten sich in ihr Haar. Lustvoll stöhnend wand er sich unter ihren Berührungen. Den Mund leicht geöffnet, ging sein Atem unregelmäßig, als ihre Zunge in einem geraden Strich an seinem Phallus hinabfuhr, bis hin zu den samtigen Hoden, die weich in ihrer Hand lagen. Sie nahm die weichen Bälle abwechselnd in ihren Mund, saugte und leckte, bedachte seinen Schaft zwischendurch immer wieder mit kleinen, heißen Küssen. Ihre Lippen glitten höher, umschlossen die Eichel, und schließlich ließ sie seinen Schwanz tief in ihrem Mund verschwinden. Den Druck ihrer Lippen verstärkend nahm sie sich viel Zeit, spielte, leckte, neckte und saugte sich zärtlich fest. Als sie spürte, wie seine Lust überzukochen schien, hielt sie einen Augenblick inne, dann saugte sie sein Glied fest in ihren Mund, kostete jeden einzelnen Millimeter mit unendlicher Langsamkeit aus.

Er packte sie an den Haaren, dirigierte ihren Kopf, stöhnte und flüsterte immer wieder ihren Namen. Und dann kam er, am gesamten Körper bebend, entlud sich in ihrem Mund und bohrte seine Finger in ihre Kopfhaut. In seinen Augen brannte ein leidenschaftliches Feuer, als er sie nach einer Weile zu sich nach oben zog. Seinen Blick fest auf ihr Gesicht geheftet, legten sich seine Hände auf ihre Hüften, ertasteten sich einen Weg nach oben zu ihren Schultern und legten sich besitzergreifend um ihre Brüste. Seine Daumen kreisten um ihre steil aufgerichteten Nippel, spielten mit ihnen. Sie fühlte, wie seine Zunge ihre Ohrmuscheln liebkoste, dann ihren Hals, wo sie kleine Kreise zog. Als er seine Lippen auf die rosigen Spitzen legte, schrie sie leise auf. Seine Berührungen waren wie Feuer, das sie langsam zu verbrennen drohte. Sie spürte seine Zunge auf der linken Brustwarze, seine Lippen, seine Zähne. Ganz vorsichtig nahm er die rosige Knospe zwischen seine Zähne, zog sanft an ihr, ließ sie wieder los. Liebkoste sie mit seiner Zunge, saugte, neckte, küsste sie. Stromschlaggleich durchzuckte es ihren Körper, und voller Entzücken nahm sie wahr, wie der rechten Brustwarze dieselbe Behandlung zuteilwurde. Sie wand sich unter dem Spiel seiner Lippen, seiner Zunge und seiner Zähne. Das bittersüße Necken fand sein Echo im Pulsieren ihres Unterleibes. Und wenn er von ihr abließ, flehte sie ihn an, fortzufahren. Ihre Knie begannen zu zittern. Ein leiser, scharfer Schmerz, der sich mit süßer Lust zu wahrer Gier vereinte, als seine Zähne sich erneut in ihre Nippel vergruben.

Er legte seine Hand auf ihr Gesäß, dann glitten seine Finger von hinten zwischen ihre Schenkel. Langsam berührte sein Mittelfinger ihre Schamlippen, schob sich dazwischen und in kreisenden Bewegungen in sie hinein. Zärtlich rührte er in ihr, drückte sich gegen die Scheideninnenwand, während sein Zeigefinger ihre Klitoris rieb. Leah genoss sein Fingerspiel, spürte dem intensiven Pulsieren nach, das durch ihren Schoß zog. Sie taumelte, als die Wellen des nahenden Orgasmus sie überrollten, über ihr zusammenschlugen und ihren Körper erbeben ließen, als würde er von tausend kleinen Explosionen erschüttert.

Mühsam versuchte sie, ihren Atem unter Kontrolle zu bekommen, lehnte ihren Kopf wohlig erschöpft gegen seine Brust und flüsterte leise: „Ich bin aber noch lange nicht satt."

Sie spürte seine Lippen auf den ihren. Es war ein Kuss, der sie bis ins Innerste berührte. Sanft knabberte er an ihren Lippen, fuhr mit der Zunge über ihre Unterlippe, erforschte ihre Mundwinkel.

Wenn doch dieser Moment niemals vergehen würde.

Sie strich über seine nackten Schultern, spürte seine harten Muskeln, umschlang seinen Nacken, konnte nicht genug von ihm bekommen.

Von prickelnder Erwartung erfüllt und atemlos vor Verlangen schlang sie ein Bein um seine Hüften, während sein Mund nach wie vor fest und verlangend auf dem ihren lag. Seine Lippen saugten zärtlich an ihrer Unterlippe, seine Zungenspitze lockte die ihre. Und während ihre Körper miteinander zu verschmelzen schienen, spielten, kämpften und fochten ihre Zungen miteinander.

Leahs Brüste wurden unter seinen Händen zu Kostbarkeiten, ihre Hüften bogen sich ihm entgegen. Es war ein Gefühl, als würde sie unter seinen Berührungen zerfließen. Tausende kleiner Schauer rannen über ihren Rücken.

Ohne den Kuss zu unterbrechen, führte er sie zur Wand und presste sie mit dem Rücken dagegen. Leichter Schwindel erfasste sie.

Dominik entledigte sich seiner Schuhe und schob die herabgelassene Hose von seinen Füßen. Er lächelte, als er spürte, wie ungeduldig ihr Körper sich dem seinen entgegenwarf.

Sie schloss die Augen, sah Lichter vor ihren Lidern tanzen, wollte ihn in sich spüren, von ihm ausgefüllt sein, immer und immer wieder.

Er hob sie leicht an. Allein mit der Hand, die unter ihrem Po lag, gelang es ihm, sie gegen die Wand gepresst oben zu halten. Ihre Beine um seine Hüften geschlungen, den Kopf nach hinten gegen die Wand gelehnt, reckte sie ihm ihre Brüste entgegen. Lockend, auffordernd. Ihre Stimme ein brennendes Sehnen, als sie immer wieder: „Nimm mich. Bitte nimm mich!" hervorpresste.

Und dann drang er endlich in sie ein.

Nicht langsam, nicht zart und vorsichtig, sondern wild und ungestüm.

Sie krallte ihre Finger in seine Schultern, ihre Brüste wippten auf und ab, während sein Schwanz sich tief in sie hineinbohrte. Ihr gesamter Körper schien zu pulsieren, und ihre eigenen Lustschreie hallten noch in ihren Ohren wider, als er ihren schlaffen Körper auffing, während der Orgasmus sie überrollte.

Heftig atmend lagen sie sich in den Armen. Aber es war noch lange nicht vorbei. Langsam drehte er sie so, dass sie mit dem Gesicht zur Wand stand. Ihre Handflächen ruhten an der Wand, während Dominik dicht hinter ihr stand, ohne sie zu berühren.

Ein erwartungsvolles Kribbeln stieg in ihr auf. Endlos erschien ihr die Zeit, bis sie seine Finger spürte, die ihre Wirbelsäule entlangstrichen, während seine Lippen ihre Schultern und ihren Hals liebkosten.

Ungeduldig schob sie ihm ihr Hinterteil entgegen, rieb sich an ihm.

Er legte eine Hand über ihre Brüste, während die andere Hand ihren Bauch umfasste, langsam tiefer glitt und sich in ihren Schoß grub. Sein heißer Atem in ihrem Nacken, seine Härte an ihrem Gesäß, die Hände, die so genau wussten, was sie brauchte, machten sie trunken.

Ihre Nerven waren angespannt, ihr Körper reagierte auf jede noch so kleine Berührung.

Sie flehte ihn an, sie zu nehmen. Von hinten, hart und wild und schnell, und endlich drang er mit einer einzigen gleitenden Stoß in sie ein. Er bewegte sich kraftvoll, in gleichmäßigem Rhythmus, stieß wieder und wieder in sie hinein, während sein Finger sich um ihre pochende Klitoris kümmerte.

Ihr Atem beschleunigte sich. Mit geschlossenen Augen lauschte sie ihren eigenen Atemzügen, ihrem sehnsüchtigen Seufzen, ihrem pochenden Herzen.

Tief drang sein Phallus in sie ein, massierten die Innenwände ihrer Vagina, während seine Fingerkuppen nach wie vor auf ihrer Klitoris tanzten. Sie rieb sich an seiner Hand, warf sich in den Rhythmus seiner Stöße.

„Du fühlst dich gut an." Seine Stimme, ganz nah an ihrem Ohr, und die Hand an ihrem Schoß ließen sie erwartungsvoll erbeben. Als er spürte, sie war bald so weit, wurden seine Bewegungen langsamer.

„Noch nicht", raunte er ihr ins Ohr, begann an ihrem Ohrläppchen zu knabbern.

„Was machst du nur mit mir?" Ihre Stimme war nur ein Hauchen, atemlos und brüchig.

Dominik lachte leise. „Ich möchte dich in den Wahnsinn treiben, bis du alles um dich herum vergisst." Erneut stieß er kräftig zu, stöhnte dabei wohlig in ihr Ohr.

Sie presste sich ihm entgegen. Hungrig auf den erlösenden Orgasmus. Dieser Mann brachte sie um den Verstand. Laut schrie sie ihre Lust hinaus.

Ganz nah führte Dominik seine Lippen an ihr Ohr, raunte: „So ist es gut. Ich will, dass du alles rausschreist. Will, dass du vor Lust vergehst, nicht mehr weißt, wo oben und unten ist."

Die Finger seiner linken Hand rieben ihre Klitoris, während seine andere Hand die rechte Pobacke mit Klapsen versah. Klapse, die gezielt gesetzt wurden und mit jedem Mal an Schlagkraft zunahmen. Begierig empfing sie seine Schläge, streckte ihm ihr Hinterteil entgegen, nahm die Stöße seines Schaftes gierig in sich auf. Ihre Vagina umschlang seinen Schwanz, schien ihn in sich aufsaugen zu wollen. Das Kribbeln in ihrem Schoß kündigte den nahenden Orgasmus an. Leah seufzte leise, genoss das süße Ziehen in ihrer Klitoris und schrie laut auf, als die Lustwellen sich von dort durch ihren gesamten Unterleib zogen.

Geduldig wartete Dominik, bis sie fertig war, dann ließ auch er seiner Lust freien Lauf. Seine Stöße wurden wieder heftiger, seine Hände krallten sich in ihre Pobacken, und dann pumpte er seinen Saft laut stöhnend in sie hinein. Heftig atmend ließ er sich vornüber sinken, barg seinen Kopf erschöpft zwischen ihren Schultern. So blieben sie eine ganze Weile stehen, bis er sie zu sich drehte, ihr liebevoll das Haar zurückstrich und sie zärtlich küsste. Es war ein langer Kuss. Sie schlang die Arme um ihn, zog ihn ganz eng an sich, und Dominik staunte über die Glücksgefühle, die ihn durchströmten. Er inhalierte den Duft, der von ihr ausging, wollte sie nie wieder loslassen. Verdammt, wenn er nicht aufpasste, war er verloren.

Kapitel 15

Ein langer Flur führte geradeaus, ein weiterer nach links und dann ging es hinab in den Keller. Der Griff des Mannes, der Leah am Arm hier entlangführte, war grob.

Eine schwere Tür führte in den düsteren Gewölbekeller, in den sie lieblos hineingestoßen wurde. Mit einem Rumms fiel die Tür zu.

Noch ehe ihre Augen sich an das Dämmerlicht gewöhnt hatten und sie ausmachen konnte, ob sie allein in diesem Raum war oder nicht, vernahm sie den barschen Befehl: „Setz dich auf den Hocker, die Knie geöffnet, die Hände auf dem Rücken, den Blick gesenkt!"

Ihr Blick tastete sich durch das Halbdunkel. Nicht mehr als eine Kerze spendete äußerst spärliches Licht.

Hocker? Verdammt, wo war hier ein Hocker?

Leah seufzte leise. Sollte ihr Vorhaben, ihm zu beweisen, dass sie eine würdige Sklavin war, jetzt an diesem verfluchten Hocker scheitern? Zwei Tage waren vergangen, seit sie ihn überredet hatte, sie nicht fortzuschicken und sie sich so herrlich nah gekommen waren. Zwei Tage, in denen sie Dominik nicht zu Gesicht bekommen hatte. Und nun war sie aufgeregt wie ein Teenager vor dem ersten Date.

Endlich nahm sie den Hocker wahr, schritt langsam darauf zu, den Blick gesenkt. Sie nahm Platz, genauso, wie er es gewünscht hatte, fühlte das kühle Leder an ihrem nackten Po, öffnete zaghaft die Knie.

In diese Haltung legte sie sämtliche geballte Demut, zu der sie fähig war. Sie hob erst den Blick, als er dicht vor ihr stand, ihr die Hand unters Kinn legte und „Sieh mich an!" flüsterte.

Er nahm die Hand von ihrem Kinn, ging langsam wie ein Raubtier um sie herum.

Er sorgte für mehr Licht, indem er weitere Kerzen entzündete. Dann setzte er seine Runde um sie herum fort. Wortlos. Nur seine Schritte waren zu hören. Er musterte das kurze weiße Kleid aus Spitze, das jetzt, wo sie saß, nicht einmal ihr Gesäß bedeckte. Ließ seinen Blick über die Strapse und zarten Strümpfe gleiten, betrachtete ihre vollen Brüste, die blank unter dem dünnen Stoff hervorblitzten und sich hektisch hoben und senkten.

Leahs Atem ging stoßweise. Ihre Zungenspitze fuhr nervös über die trockenen Lippen. Sie spürte seinen Atem, als er sich zu ihr hinabbeugte. Erst an ihrem Nacken, dann an ihrem Ohr. Ihre Brustspitzen stellten sich hart auf. Sein heiseres Lachen intensivierte die brennende Sehnsucht in ihr.

„Egal wo wir uns in Zukunft aufhalten werden, du wirst genau diese Haltung einnehmen. Und zwar so lange, bis ich etwas anderes sage. Es ist ein Zeichen deiner Unterwürfigkeit, aber das muss ich *dir* ja nicht weiter erklären." Die letzten Worte trieften vor Hohn.

„Und du wirst den Mund erst dann aufmachen, wenn ich dich dazu auffordere. Hast du auch das verstanden?"

„Ja, Herr."

„Gut. Knie nieder. Die Hände bleiben auf dem Rücken, der Blick gesenkt."

Sie befolgte seinen Befehl.

„Und nun küss mir die Füße!"

Peng! Damit hatte er sie …

Für einen winzigen Moment vergaß sie alle ihre Vorsätze, ihr Streben, ihre Sehnsüchte und Wünsche, und begehrte laut auf. „Du herzloses Arschloch weißt ganz genau …" Erschrocken verstummte sie. Was würde nun passieren? Fest presste sie ihre Lippen zusammen, wagte nicht einmal, seine Schuhspitzen anzuschauen.

Im Handumdrehen packte Dominik ihre Handgelenke, zog sie auf die Füße und zerrte sie mit sich. Mit dem Gesicht zur Wand stand sie da, spürte, wie er sich von hinten an sie drückte. Sein rechtes Knie schob sich zwischen ihre Beine und diese auseinander.

Nah, ganz nah, führte er seinen Mund an ihr Ohr, zischte: „Das war das letzte Mal, dass du mich so genannt hast."

Seine Hand grub sich in ihren Nacken, mit der anderen strich er ihren Rücken entlang, gefährlich langsam.

„Meine Zeit ist zu schade, um sie mit deinen Frechheiten zu vergeuden. Also zügle dein Temperament."

Leahs Herz raste. Sie verfluchte sich für ihren Ausbruch, wünschte sich von Herzen, er möge ihr mit Nachsicht begegnen. Andererseits missfiel ihr, dass sie ihm erneut die Füße küssen sollte. Es gab so viel, das er ihr abverlangen könnte, wieso wählte er ausgerechnet diese Option? Wollte er sie provozieren? Oder etwa testen? Hin- und hergerissen jagten ihr innerhalb von Sekundenbruchteilen tausend Gedanken durch den Kopf. Sie wollte ihm die Meinung sagen und ihn zum Teufel wünschen, ersehnte gleichzeitig, er möge sie packen und mit ihr machen, was er wollte.

War sein Nackengriff bisher gnadenlos, so wohnte ihm nun die pure Unbarmherzigkeit inne. Wie Stahl lagen die Finger in ihrem Genick.

„Gerade eben hast du dich mir verweigert, Sklavin. Ich hoffe, du weißt, was das bedeutet."

Minutenlanges Schweigen.

Er zog sie am Arm von der Kellerwand weg, schritt um sie herum wie ein Panther. Mit langsamen Bewegungen, den erbarmungslosen Blick stets auf ihre Gestalt gerichtet.

Unbehagen hüllte Leah ein. Sie schloss die Augen, zuckte zusammen, als seine Stimme das Schweigen wie ein Kanonenschlag durchbrach.

„Antworte mir! Oder willst du dich erneut verweigern?"

Aus ihrem Unbehagen wuchs Trotz, gepaart mit wachsender Gier nach einem köstlichen Spanking. Es war himmlisch, Sklavin zu sein und sich danach zu sehen, das Hinterteil versohlt zu bekommen.

„Ja! Will ich!", erwiderte sie frech. „Und danach will ich gebührend von dir bestraft werden. Schließlich hast du einige Tage nachzuholen, also tu was für dein Geld." Ihre Worte krönte sie mit einem unverschämten Grinsen.

Dominik musste sich zusammenreißen, um nicht laut loszulachen, sie anschließend in die Arme zu nehmen, und ihr das entzückend freche Mundwerk mit Küssen zu stopfen. Er bemühte sich um Selbstbeherrschung und um eine strenge Haltung. Seine Wangenknochen arbeiteten, um seine Mundwinkel zuckte es, als er sie beim Arm packte.

„Du überspannst den Bogen gewaltig, Sklavin. Treib es nicht auf die Spitze!"

„Wieso? Versohlst du mir sonst den Arsch?" Gespielt unschuldig blickte sie ihn an.

„Nicht nur das", presste er zwischen seinen Zähnen hervor, kniff die Augen zu Schlitzen zusammen und begutachtete ihre steil aufgerichteten Nippel, die sich deutlich unter dem dünnen Stoff abzeichneten.

„Oh, ich hoffe, deine Strafe wird hart ausfallen." Der Liebreiz in ihrer Stimme war nicht zu übertreffen.

Für einen Moment war er sprachlos.

Dieses kleine Biest forderte ihn heraus.

Ein lustvoller Schauer durchlief seinen Körper. Er bekam Lust, sich ihre Brüste vorzunehmen, die sich ihm so erwartungsfreudig entgegenreckten. Gierte danach, ihren gesamten Körper mit Küssen zu übersäen und ihr Gesäß mit bloßen Händen zu bearbeiten, bis es rot glühte.

„Worauf wartest du?", begehrte Leah weiterhin auf. „Gib mir meine Strafe und schlag mich! Nicht nur fünf- oder zehnmal! Nein, gleich fünfzig- oder hundertmal! Und wenn es sein muss, küsse ich sogar das von dir eingesetzte Schlaginstrument. Aber eins werde ich sicher nicht tun: dir die Füße küssen."

Anerkennend und belustigt blitzte es in Dominiks Augen auf. Mit der flachen Hand gab er ihr einen festen Schlag aufs Hinterteil. Ihre Atemzüge beschleunigten sich, ihr Herzschlag trommelte in ihrer Brust. Seine Nähe erreichte sensible Punkte in ihrem Bewusstsein, die danach flehten, dass er sie übers Knie legte und ihr das Spanking ihres Lebens verpasste. Seine spürbare Dominanz sog sie auf wie ein Schwamm. Jede Berührung von ihm elektrisierte sie und erhöhte die Spannung bis ins Unerträgliche.

Ehe sie sich versah, zerrte er sie unter eine Eisenkette, die von der Decke herabbaumelte. Kurzerhand wurden ihre Handgelenke mit Manschetten versehen und an der Kette befestigt. Dann packte er in den Ausschnitt des Kleides und riss die zarte Spitze von oben bis unten entzwei.

Lang gestreckt hing sie mehr, als dass sie stand, denn ihre Füße hatten Mühe, Bodenkontakt zu halten. Ihre nackten Brüste baumelten verführerisch zwischen den Stofffetzen, aus ihren Augen schossen wütende Blitze. So hatte sie sich das nicht vorgestellt.

Dass Dominik Mühe hatte, sich das Lachen zu verkneifen, bekam sie nicht mit. Es amüsierte ihn gewaltig, dass sich zu ihrer Lust immer wieder dieser herrliche Trotz gesellte. Köstlich! Und genau das war es, was sie ausmachte. Sie sollte ihre Heißblütigkeit in jedem Fall bewahren, umso schöner war es anschließend, wenn sie sich fügte.

Er bemühte sich um einen strengen Gesichtsausdruck, nestelte an seinem Gürtel. Mit einer einzigen Bewegung zog er das Leder durch die Schlaufen und hielt das Schlaginstrument kurze Zeit später lässig in seinen Händen.

Leahs Atem stockte.

Auf Zehenspitzen tippelnd versuchte sie, die Balance zu halten, während Dominik den Gürtel gnadenlos laut gegen die Kellerwand knallen ließ.

Das war eine Ansage! Leah wusste genau, was ihr nun blühte. Und schon bald sauste der Riemen mit einem gut gezielten Schlag auf die Außenseiten ihrer Schenkel. Einmal, zweimal, dreimal.

„Das ergibt ein entzückendes Muster, du aufsässiges kleines Luder. Ich schlage vor, wir behalten unsere kleinen Machtkämpfe bei. Umso mehr Spaß macht die anschließende Bestrafung."

Die Stellen, an denen er sie getroffen hatte, brannten gewaltig. Ein weiterer Schlag folgte. Sie stieß einen kleinen Schmerzenslaut aus, hielt abermals die Luft an, als ein weiterer Hieb auf sie niedersauste. Ihre Nerven waren zum Zerreißen gespannt. Stöhnend zuckte sie zusammen, als der nächste Schlag ihre rechte Brustwarze küsste.

Ein weiterer Schlag.

Diesmal war es die linke Brustwarze. Ihre Augenlider flatterten.

Als der Gürtel ihr Schambein traf, zuckte sie zusammen, schrie auf und spürte, wie sich der Schmerz in ein sinnliches Prickeln verwandelte.

Wieder sauste das Leder auf ihre Brust nieder. Diesmal war es allerdings kein einzelner Schlag, sondern mehrere kurze Hiebe hintereinander, die quer über ihre Brust gesetzt wurden. Sie spürte, wie es auf ihrer Haut

brannte. Die nächsten Schläge trafen die Mitte ihres Bauches, ihr Schambein und die Schamlippen.

Eine Gänsehaut rieselte ihren Rücken herab und entflammte etwas in ihrem Innern, das über banale Lust hinausging. Vor Wonne bebend musste
sie zugeben, dass Dominik das Spiel meisterlich beherrschte. Ganz im Gegensatz zu ihr.

Erneut holte er aus. Diesmal war ihr Hinterteil an der Reihe. Grenzenlose
Lust setzte an, sie zu überrollen. Mit ganzer Willenskraft

widerstand sie der Versuchung, ihn anzuflehen, ihr auf der Stelle mit bloßen Händen den Arsch zu versohlen, bis sie schrie. Ihr Körper gierte danach, zuckte lustvoll unter den Küssen des Leders zusammen.

„Sieh mich an. Ich will sehen, wie die Demut in deinen Augen zunimmt
und von dir Besitz ergreift." Seine Stimme erfasste ihren Körper wie flüssiges Feuer, Adrenalin jagte durch jede einzelne ihrer Zellen. Ihr Körper, ihr
Geist, ihr ganzes Sein waren dazu gemacht, von Dominik geformt zu werden. Ihre Lider hoben sich flatternd, zögerlich. Schließlich blickte sie ihn
an.

Der Ausdruck in seinen Augen durchfuhr sie wie ein Schwert. Dunkle
Glut flackerte ihr aus seinem Blick entgegen, legte sich wie eine Droge um
ihre Sinne.

Dann sauste das Leder erneut auf sie ihr Hinterteil, hinterließ glühende
Spuren und rote Flecken.

Leah keuchte auf.

Dominik trat vor sie.

„Sieh mich an, während ich dich bestrafe… ich will deinen Blick sehen."

Die Zärtlichkeit in seiner Stimme legte sich wie Samt um ihre Sinne. Er
holte aus und ließ den Gürtel niedersausen – quer über ihren Bauch. Der
Schmerz war zunächst unerträglich und Leah schrie ihre Emotion laut aus
sich hinaus, schloss unwillkürlich die Augen.

Er hielt inne. „Sieh mich an!"

Sie sah ihn an, hielt dem Blick stand und schrie bei jedem Hieb, der ihre
Beine, ihre Waden oder ihren Leib traf. Tränen füllten ihre Augen, doch sie
schloss sie nicht wieder, seufzte leise auf, als Dominik genügend Pausen
zwischen seinen Schlägen ließ, damit die quälende Pein sich in herrlichen
Lustschmerz wandeln konnte. Der Blickkontakt zu Dominik wirkte dabei
wie ein Aphrodisiakum.

Wie aus weiter Ferne drang das Aufklatschen des Leders auf ihrer Haut zu
ihr durch - schenkte ihr köstliche Qual und süße Lust. Und der Dom ihres
Herzens sah ihr dabei stetig in die Augen. Ihr war, als blickte er ihr bis in
den hintersten Winkel ihrer Seele. Es gab nur noch ihn und sie und die ma-

gische Verbindung zwischen ihn. Leah glitt in einen samtigen Schwebezustand. Jeder Hieb hallte in ihrem Inneren wie eine Liebkosung nach.

„Wunderschön", flüsterte Dominik, hielt inne, umrundete sie und fuhr mit der Hand über ihren Po. „Ein Anblick, der mich immer wieder glücklich macht."

Sie stöhnte leise auf, als Dominik seine Handfläche auf ihr Hinterteil schnellen ließ.

Frei von Fesseln und nach Atem ringend lag sie kurze Zeit später in seinen Armen. Genoss, wie er ihr das Haar aus dem erhitzten Gesicht strich und wie liebevoll er sie dabei anblickte.

„Meine aufmüpfige kleine Sub", raunte er ihr zu, hob sie hoch und trug sie zu einem Sessel, der in einer Nische stand. Dort positionierte er sie so auf seinem Schoß, dass sie ihren Kopf an seine Schulter kuscheln konnte.

„Würdest du diesen Moment der Nähe zwischen uns ebenso genießen, wenn ich dich nicht zuvor bestraft hätte?", fragte er.

Sie hob den Kopf, empfing seinen Blick. Sein Gesichtsausdruck war so weich, warm und seine Augen strahlten pure Zuneigung aus. Der Anflug eines Lächelns glitt über seine Lippen, als sie ihn süß anlachte und als Antwort auf seine Frage den Kopf schüttelte und „Never!" hauchte.

Kapitel 16

Die nächsten Wochen vergingen rasend schnell. Es waren wunderschöne Tage und Stunden, die sie mit Dominik verbrachte, und Leah bewahrte die Erinnerung daran wie einen Schatz, tief in ihrem Herzen. Ihr war, als hätte sie nie an einem anderen Ort gelebt. Hätte sie einen Wunsch frei, sie würde sich wünschen, ihre Zeit hier – als persönliche Sklavin von Dominik – würde niemals enden.

Sie liebte ihn.

Ja, es war Liebe, was sie tief in sich spürte. So, wie er war, war er perfekt für sie.

Wie würde es weitergehen? Sie liebte diese Spannung, die Vorfreude und das Kopfkino, das ihr ständiger Begleiter war.

Dominik spielte auf ihrem Körper wie ein Meister auf seinem Instrument. Lotete ihre Grenzen aus, überschritt diese behutsam, quälte, dominierte sie. Dabei war er nie berechenbar. War er an einem Tag kühl und distanziert, verwöhnte er sie schon am nächsten mit einer Nähe, die ihr Hochgefühle bescherte. Gönnte er ihr heute ein zärtliches Liebesspiel, so war sie morgen wieder „nur" seine Sklavin, mit der er spielte. Gerade dieses Wechselbad war es, was es für sie so aufregend machte.

Das Feuer und die Kraft, die in jedem seiner Befehle und in seinem gesamten Sein lagen, nahmen ihr jedes Mal aufs Neue die Luft zum Atmen. Nicht zu wissen, wann er nach ihr verlangte und was er mit ihr vorhatte, erregte sie – ein fast schon unerträgliches Gefühl, welches ihre ohnehin schon grenzenlose Lust mehr und mehr schürte.

Wenn er nicht nach ihr verlangte, durfte sie sich im Club frei bewegen, mit ihrem Vater telefonieren und jederzeit in die Altstadt fahren. Jedoch waren ihr jegliche erotischen Handlungen untersagt. Er erwartete, dass sie ihm als seine persönliche Sklavin zur Verfügung stand, egal wann, wo und wie er es wollte.

Leahs Puls beschleunigte sich allein beim Gedanken an seinen harten Griff, seine Aura und seine alles überragende Dominanz. Er wusste genau, wie er ihr Demut abverlangen und sie dabei erregen konnte. Das Adrenalin, das in seiner Gegenwart durch ihren Körper jagte, brannte wie Feuer in jeder einzelnen Zelle ihres Körpers. Ein Safeword gab es nicht. Sie war seine Sklavin, war seinem Willen ausgeliefert. Eine Tatsache, die ihr butterweiche Knie bescherte, denn sie begann, ihm zu einhundert Prozent zu vertrauen, spürte, er wusste genau, was gut für sie war.

Freiwilliger Kontrollverlust – ein Zustand, der sehr befreiend war.

Sie verzog den Mund zu einem Lächeln.

Es war ihre Erfüllung, von ihm erzogen, bei Ungehorsam bestraft, aber auch ausgiebig belohnt zu werden, wenn sie es sich verdient hatte. Seine Erziehung war herrlich konsequent und gerecht. Er formte sie mit zärtlicher Dominanz zu seiner perfekten Liebesdienerin. Und sie liebte es!

Mit einem Kaffee saß Dominik in der Küche, blätterte in seiner Zeitung, konnte sich jedoch auf keinen der Texte konzentrieren. War Leah in seiner Nähe, konnte er nicht die Finger von ihr lassen, war sie nicht da, durchtränkte sie seine Gedanken. Sie war allgegenwärtig, ließ ihn nicht mehr los. Ein Umstand, der ihm wohlige Schauer bescherte. Er stellte sich Leahs entzückendes Hinterteil vor: rot und glühend, bearbeitet von seinen Händen. Die Lust, ihr den Hintern zu versohlen, rührte nicht nur von seiner sadistischen Ader her. Diese kleine Hexe reizte ihn auf jede erdenkliche Weise.

Er seufzte leise auf. Jeder ihrer Blicke und jedes ihrer geflüsterten Worte machte ihn trunken. Dabei faszinierte es ihn zu beobachteten, wie sie sich Schritt für Schritt selbst aufgab, ihm demütig zur Verfügung stand, sobald er nach ihr rief und unter seinen Händen zu Wachs wurde. Diese stolze Frau kniete aus Überzeugung vor ihm nieder, weil ihr Innerstes danach verlangte, nicht weil sie ein dressiertes Etwas war. Nicht aus Angst vor Strafe – nein, weil es ihr ein tiefes Bedürfnis war, ihren Kopf vor ihm zu senken, demütig ihren Blick zu Boden zu werfen. Dennoch musste er ihren stets vorhandenen eigenen starken Willen immer wieder bekämpfen, ihren kecken Trotz in gebührende Grenzen lotsen. Eine köstliche Mischung und leider Gottes auch ein Schritt zu seinem Herzen.

Was ihn aber am meisten beunruhigte: Allein der Gedanke daran, sie mit einem anderen zu teilen, ließ Eifersucht in ihm hochkochen. Und das, obwohl es für ihn stets eine Selbstverständlichkeit gewesen war, seine jeweiligen Sklavinnen mit anderen Doms zu teilen. Dabei zuzusehen, wie sie nach allen Regeln der Kunst von so vielen Händen wie möglich bespielt wurden, bereitete ihm normalerweise Lust.

Eifersucht hatte er das letzte Mal damals bei Cathérine verspürt. Jedoch nicht beim Spielen – dazu gehörten auch andere Männer –, sondern erst dann, als sie begann, ihn zu hintergehen und emotional zu erpressen.

Nun machte ihn allein der Gedanke an Leah und einen anderen Mann eifersüchtig. Daran musste er arbeiten, bevor es ihn innerlich zerfraß. Am besten würde dies gelingen, wenn er sich derartigen Situationen bewusst aussetzte.

„Wie lange bist du jetzt eigentlich schon bei uns?", fragte Valérie, während sie eine sündhaft teure Bluse gegen das Licht hielt, um sie genauer zu inspizieren.

Sie hatte Leah zu einer Shoppingtour überredet, und die beiden hatten bereits unzählige Boutiquen unsicher gemacht.

Leah überlegte kurz. „Mein Gott, es sind schon fünf Wochen."

Valérie lächelte. „Fünf Wochen, und du bist bis über beide Ohren verliebt."

Leah wich dem prüfenden Blick der anderen aus. Diese legte ihr eine Hand auf den Arm. „Leugnen nutzt nichts." Ihr Lächeln vertiefte sich. „Ich habe Augen im Kopf und kenne die typischen Anzeichen viel zu genau." Ihr Blick wurde ernst, als sie hinzufügte: „Bleib mit diesen Gefühlen aber lieber in Deckung. Ich kenne meinen Bruder. Jede Frau wird ihm über kurz oder lang langweilig. Das Ganze beschleunigt sich jedoch um ein Vielfaches, wenn er spürt, dass eine Frau mehr für ihn empfindet, als eine gute Sklavin empfinden sollte. Er will spielen. Mehr nicht. Alles, was auch nur ansatzweise über eine reine Dom/Sub-Beziehung hinausgeht, stößt ihn ab."

„Hat er das gesagt?"

„Was?"

„Dass es ihn zu langweilen beginnt?"

„Bisher nicht. Du solltest dich allerdings emotional nicht allzu sehr verstricken. Ich habe schon viele Frauen kommen und gehen sehen. Die Anzahl der gebrochenen Herzen säumt ein riesiges Areal."

„Ich werde dafür sorgen, dass mir das nicht passiert." In Leah stieg Trotz auf. „Auch wenn ich mich in ihn verliebt habe, bedeutet das noch lange nicht, dass ich mir naive Illusionen über die ewige Liebe mache." Sie hängte das Kleid, welches sie sich gerade näher angeschaut hatte, zurück, fügte leise hinzu: „Was ich jedoch weiß, ist, dass uns etwas Besonderes verbindet. Ich werde dafür sorgen, dass ihm mit mir nicht langweilig wird."

„Ich wünsche es dir. Cathérine war damals in einer ähnlichen Situation und ist nicht glücklich geworden. Und das, obwohl Dominik einen Narren an ihr gefressen hatte. Wie es für sie endete, weißt du."

Leah wusste nicht, was sie darauf sagen sollte. Am liebsten hätte sie Valérie nach Einzelheiten gefragt und auch, ob Cathérines Tod sie selbst bewegt hatte. Sie musste sie gut gekannt haben, also wäre das eine vollkommen akzeptable, logische Frage. Aber sie stellte ihr keine Fragen. Es wäre gut möglich, dass Dominik von diesem Gespräch erfahren würde, und dann würde es so aussehen, als hätte sie Valérie ausgehorcht.

„War Cathérine eigentlich mal Thema zwischen Dominik und dir?" Valéries Stimme riss Leah aus ihren Gedanken. „Ich meine, ihr kommt euch immer näher, da sollte ein so markanter Teil der Vergangenheit nicht totgeschwiegen werden."

Leah schüttelte den Kopf, wurde nervös, versuchte jedoch, so gelassen wie möglich zu erscheinen. „Mich interessiert die Vergangenheit nicht. Ich kümmere mich lieber um die Gegenwart."

Valérie stand neben ihr, schön und ausgeglichen wie immer, in einem makellos weißen Kostüm, die Arme locker verschränkt, die ausdrucksstarken Augen intensiv auf Leah gerichtet.

„Er hat dir also verboten, über sie zu reden? Das kann ich verstehen. Er war am Boden zerstört und hat sich bis heute nicht von diesem Schock erholt. Sie wirkten immer so glücklich und dann … alles aus. Ich hätte nicht damit gerechnet – niemand hätte das. Aber wenn man im Nachhinein darüber nachdenkt, hat es vielleicht immer schon Anzeichen für eine solche Verzweiflungstat gegeben."

Leah lief es kalt den Rücken hinunter. Gierig sog sie jede Information in sich auf, wollte gleichzeitig jedoch nichts darüber wissen.

„Dominik hat mir nicht verboten, über sie zu reden. Es war bisher nie ein Thema zwischen uns, und so soll es auch bleiben."

Das war nicht einmal gelogen, denn Leah hatte Angst davor, Details zu erfahren. Was man nicht weiß, macht einen nicht heiß. Jedes zusätzliche Wissen konnte letztendlich die Macht in sich tragen, ihr eigenes Wohlbefinden zu trüben. Ihr ging es gut. Nur das zählte. Egal was in der Vergangenheit geschehen war, sie hatte damit nichts zu tun.

Valérie legte ihre manikürte Hand auf Leahs Unterarm und schaute sie eindringlich an. „Ich wollte dir nicht zu nahe treten. Solltest du jedoch einmal Hilfe brauchen, ich bin für dich da." Ihr Blick glitt zur Armbanduhr. „Ich muss zurück in den Club. Kommst du mit?"

„Ich bleibe noch etwas und komme dann mit einem Taxi nach."

„Okay. Bis später dann."

Und so schlenderte Leah allein durch Nizza. Sie genoss die Aura der Stadt in vollen Zügen, dachte aber auch an Valéries Worte.

Verdammt, verdammt. Es war ihr also überaus deutlich anzusehen, dass sie verliebt war. Ob Dominik es ebenfalls bemerkt hatte? Wenn ja, würde dies zur Folge haben, dass er ihrer schon bald überdrüssig würde? Ihr Herz schlug Purzelbäume. Das dufte nicht geschehen. Tief atmete sie ein, nahm sich fest vor, das Ganze nicht mit negativen Gedanken aufzuladen. Sie mobilisierte ihre positiven Gedanken und beschloss, das Hier und Jetzt in vollen Zügen zu genießen.

Die herrliche Landschaft machte es ihr einfach, dies in die Praxis umzusetzen. Schon bald fühlte sie sich wieder besser. Das Panorama, welches sich ihr bot, war beeindruckend: die imposanten Alpen zur linken und das tiefblaue Mittelmeer zur rechten Seite der Stadt.

Hupende Autos, gut gelaunte Menschen entlang der Promenade, glitzerndes Meer, Sonne, Palmen, einladende Cafés. Außerdem genügend Zeit für sich. Herrlich. Ein Blick auf die Uhr zeigte, sie hatte noch mindestens zwei Stunden, bis Dominik sie zu sehen wünschte. In dieser Zeit wollte sie das Flair dieser Stadt intensiv in sich aufsaugen.

Der Wind bewegte für kurze Zeit die Zweige eines Mandelbaumes. Leah atmete tief ein, schloss die Augen und gab sich ganz dem Zauber des Augenblickes hin.

Die Sonne schien, die Vögel sangen, und während sie so vor sich hin schlenderte, hüpfte eine silbergraue Taube vor ihr über das Kopfsteinpflaster. Für kurze Zeit blieb sie stehen und schaute sie irgendwie fragend an. Dann trippelte sie weiter, schnappte nach den Brotkrumen, die eine vergnügt plaudernde Familie auf das Pflaster warf, wo weitere Tauben auf ihre Mahlzeit warteten.

Leah ließ sich treiben und schlenderte schon bald durch die verwinkelten Gassen der Altstadt. Buntes Treiben, Lachen, Cafés, Eisverkäufer, Maler, die ihre Bilder anboten, Musik und Marktstimmung. In einem dieser reizenden Cafés wollte sie Platz nehmen, von dem Kuchen kosten, der so verlockend in den Vitrinen darauf wartete, von einem Genießer ausgewählt zu werden. Sie kramte ihre Sonnenbrille aus der Tasche, setzte sie auf. Die rötlich gefärbten Gläser ließen die Umgebung fast unwirklich erscheinen, wie gemalt. Leah liebte Sonnenbrillen, besaß eine ganze Sammlung in den unterschiedlichsten Farben und Formen. Mit Sonnenbrille fühlte sie sich entrückt; ebenso entrückt, wie die Umgebung durch das bunte Glas auf sie wirkte. Mitmenschen ließen sich auf diese Weise prima beobachten, ohne dass diese es bemerkten und sich womöglich angestarrt fühlten.

Schon bald saß sie vor einem gemütlichen Café, bestellte einen Cappuccino, wählte einen üppig aussehenden Kuchen. Üppigkeit passte in den heutigen Tag, der schon jetzt angefüllt war mit einer Vielfalt an Sinneseindrücken.

Sie schlug die Beine übereinander und betrachtete die Bilder, die ein Künstler schräg gegenüber vor seinem kleinen Laden aufgestellt hatte. Großflächige Gemälde, Farbflächen in Blau- und Rosatönen, Farbwogen, die sie heiter stimmten.

Hier ließ es sich aushalten.

Als sie sich eine Stunde später auf die Suche nach einem Taxi machte, wehte ein sanfter, warmer Wind. Süßer Blütenduft hing in der Luft. Auf dem Weg zurück zum Club vermeinte sie noch immer, diesen herrlichen Duft zu vernehmen.

Kapitel 17

Ein schwarzes Cape umwehte ihren Körper, der darunter, bis auf ein Lederhalsband, nackt war. Eine vermummte Gestalt zog sie an der Kette, die am Halsband befestigt war, durch einen Gang. Es war still, nur ihre Schritte hallten deutlich im Gewölbe wider. Wirklich viel konnte man hier nicht erkennen, obwohl einige Fackeln Licht spendeten.

Eine starke Hand packte sie an der Schulter. Für einen Moment herrschte absolute Stille über dem Szenario in diesem Raum. Ihre Augen gewöhnten sich nach und nach an die Lichtverhältnisse. Herzklopfend schritt sie der dunklen Gestalt hinterher, wurde in einen großen runden Raum geführt. Die Gestalt schob sie hinein, verschwand lautlos. Leah zuckte zusammen, als die schwere Tür mit einem Knall zufiel.

„Nimm Haltung an", vernahm sie Dominiks Stimme, noch ehe sie ihn sehen konnte.

Leah gehorchte. Sie kniete sich aufrecht hin, Rücken durchgestreckt, Hände auf dem Rücken, Schultern nach hinten, den Kopf stolz erhoben, den Blick jedoch demütig gesenkt. Sie wusste, wie wichtig es ihm war, dass sie seine Wünsche schnell und zu seiner Zufriedenheit ausführte.

Minutenlange Stille. Sie hörte nichts, außer ihrem Herzen, das ihr bis zum Hals schlug.

Sie wollte wissen, wo er sich befand, wollte ihn sehen, eventuell abschätzen, ob er zufrieden mit ihr und der Situation war. Also wagte sie einen verbotenen Blick nach oben.

Dann setzte ihr Herz für einen Moment aus. Denn genau in diesem Augenblick fiel das Licht eines Spots auf sie. Ihr Blick traf genau den seinen, ganz so, als hätte er vorausgesehen, dass und vor allem *wann* sie ungehorsam sein würde. Das Lächeln verschwand aus seinem Gesicht und wich einer unnachgiebigen Strenge.

„Dieses Vergehen wird bestraft. Aufstehen. Zieh den Umhang aus und setz dich da hin."

Sie folgte seinem Blick, während sie sich erhob und den Umhang langsam von ihren Schultern gleiten ließ. Die Kette, die von ihrem Halsband herabbaumelte, klirrte leise.

Der Lichtkegel zeigte ihr einen Holzstuhl mit überdimensional großer Rücklehne. Mit zitternden Knien begab sie sich dorthin. Schon kurze Zeit später waren ihre Beine mit sehr starken Manschetten an die Stuhlbeine fixiert. Ein breiter Ledergürtel schlang sich um ihre Hüfte, hielt sie dort im

Zaum, während ihre Handgelenke ebenfalls in Manschetten gelegt wurden, die sich oberhalb ihres Kopfes an der Rückenlehne befanden.

Ein Blick in Dominiks Gesicht ließ sie erschauern. Er zeigte ein ungewohnt grausames Lächeln, kam näher, strich mit dem Zeigefinger die Linie ihrer Achsel entlang.

Sie hielt den Atem an, kostete für einen Augenblick das Gefühl aus, ihm ausgeliefert zu sein. Angst kroch in ihr hoch, ein köstliches Aphrodisiakum, das ihr leichten Schwindel bescherte. Mit gespreizten Beinen war sie seinen Blicken völlig ausgeliefert. Er trat dich vor sie, strich über die Innenseiten ihrer Schenkel und tauchte einen Finger in ihre Mitte.

„Eigentlich hatte ich vor, dich zu lecken, bis du schreiend unter meinen Lippen kommst. Ein Jammer, dass du es vermasselt hast."

Er seufzte theatralisch. „Ungehorsame kleine Sklavin."

Fast klang es so, als würde er sich mit dieser Konsequenz selbst bestrafen.

Leah schluckte schwer, als sie das Paddel erblickte, das in seinen Händen lag. Für einen Moment schloss sie die Augen, riss sie erschrocken auf, als ein beißender Schmerz die Innenseite ihres Schenkels traf.

Sie bemühte sich um Beherrschung. Biss, so gut es ging, die Zähne zusammen. Aber umsonst. Ein heiserer Schrei entrang sich ihrer Kehle, und kurz darauf brüllte sie aus vollem Halse, während Dominik weitere Hiebe auf ihre empfindlichen Schenkelinnenseiten niederregnen ließ. Sie schluckte schwer. Unzählige solcher Schläge musste sie ertragen, es kam ihr vor wie eine Ewigkeit.

Der nächste Schlag sauste auf sie nieder. Leah keuchte laut auf. Der Schmerz war schneidend, zerriss ihr Innerstes. Ihr kam es vor, als intensivierte Dominik mit jedem weiteren Schlag seine Kraft. Dabei ließ er ihr nicht die Zeit, dass sich der Schmerz in Lust umwandelte. Das hier war kein Lustspiel, sondern bittere Strafe. Sie hatte Strafe verdient, keine Frage. Aber musste er so grob vorgehen?

Sie sehnte sich danach, dass er sie peinigte, aber sie wollte Schläge, die süße Empfindungen in ihr freisetzten, lodernde Lust in ihr entfachten – doch davon war das, was hier und jetzt geschah, meilenweit entfernt. Oh Gott, wie leer ihr Kopf dabei wurde.

Dominik gab ihr keine Zeit, zwischen den Schlägen durchzuatmen. Sie japste nach jedem Schlag, keuchte und kämpfte mit dem Gefühl, zu ersticken. Aber er hörte nicht eher auf, bis buchstäblich jeder Quadratzentimeter ihrer Schenkel mindestens einmal das Paddel kennengelernt hatte. Sein dunkles Lachen wirbelte ihre Sinne zusätzlich auf. Schmerzende Pein trommelte auf sie nieder, mit einer Intensität, die ihr laute Schreie entriss, egal wie sehr sie sich auch zu beherrschen suchte. Heiße Tränen liefen ihr Gesicht hinab.

Ein weiterer Hieb folgte; Schmerz jagte durch ihren Körper, unbarmherzig und fordernd.

Als es vorbei war, hing sie wimmernd und schweißnass im Stuhl. Ihr war schwindelig.

Dominik tätschelte ihr brennendes Fleisch. „Nun? War dieser kurze Moment des Ungehorsams es wenigstens wert? Oder wirst du in Zukunft die abgesprochene Haltung bewahren, bis ich was anderes verlange?"

Sie nickte, senkte den Blick und antwortete demütig und erschöpft: „Ich werde in Zukunft gehorchen."

Zärtlich strich seine Hand durch ihr Haar, während er sich langsam niederkniete und ihre zuvor gepeinigte Haut mit kleinen Küssen übersäte.

„Meine süße, ungehorsame Sklavin", flüsterte er zwischen zwei Küssen und ließ seine Hände federleicht ihre Waden hinabgleiten. Seine Fürsorge und der vertraute, geliebte Tonfall schwemmten ihr Innerstes mit einer warmen Süße, in der sie zu vergehen glaubte. Jeder einzelne Schlag war es wert gewesen, wenn diese liebevolle Fürsorge darauf folgte. Seine streichelnden Hände, die herrlich weichen Lippen – all das brachte ihren gesamten Körper vor Lust zum Glühen.

Beruhigend und tröstend liebkosten seine Lippen immer wieder ihre Schenkel, während sich seine Hände um ihre Brüste legten, die harten Nippel verwöhnten, die weichen Halbmonde kneteten. Als seine Zunge zu ihrer Mitte glitt und ihre Schamlippen teilte, wimmerte sie lustvoll auf.

„Dein Stöhnen ist verführerisch", murmelte er in ihren Schoß und zog seine Zunge längs durch ihre Spalte.

Verdammt, wieso konnte sie jetzt nicht ihre Hände in sein Haar graben und seinen Kopf fester in ihren Schoß drücken? Viel Bewegungsfreiheit besaß sie nicht. Jeden Millimeter mühsam unter der durchdachten Fixierung erkämpfend, schob sie ihm ihren Schoß entgegen, versuchte sich an seiner Zunge zu reiben.

Das Leid ihrer immer noch brennenden Schenkel wurde zur Nebensache, war nichts im Vergleich zu dem kribbelnden, lustvollen Prickeln in ihrem Unterleib. Ihr Körper schrie nach Erfüllung.

Leah stöhnte ihre Lust laut hinaus, als seine Zunge ihre Klitoris verwöhnte und sie mehr und mehr bis an den Rand eines Orgasmus leckte.

Sanfte Hände kneteten ihre Brüste, und als ihre Brustwarzen zwischen Daumen und Zeigefinger gerieben und gezwirbelt wurden, keimte kurz ein ziehender Schmerz auf, der aber augenblicklich durch lustvolles Pochen ersetzt wurde.

„Gefällt dir das, meine süße Sklavin?", hörte sie ihn flüstern.

Im selben Moment zwickte er ihre Nippel erneut, und seine Lippen begannen an ihrer Klitoris zu saugen. Sie keuchte und bog die Wirbelsäule durch. Verdammt, fühlte sich das gut an.

Als er ihre Nippel freigab, schoss das Blut schmerzhaft zurück, und dann leckte er sie, bis sie schreiend an seinem Mund kam.

Dominik kostete jede einzelne Sekunde ihrer Lust aus. Er hatte sie nicht kommen lassen wollen. Jedoch hatte er selbst sich in der Süße ihres Schoßes verloren, ihn schließlich selbst brennend herbeigesehnt, ihren Orgasmus.

Herrlich, ihre pralle Klitoris im Mund zu spüren, während ihr Körper von Kopf bis Fuß zu beben begann. Viel zu köstlich war ihr Lustnektar, als dass er heute hätte konsequent sein können.

Diese Person brachte alles in ihm durcheinander. Es wurde Zeit, dass er sich damit abfand. Ändern konnte er ohnehin nichts mehr. Er durfte jedoch nicht zulassen, dass er vollends die Kontrolle verlor, musste sich vorsehen.

Zärtlich legte er seine Hände um ihr Gesicht, gab ihr einen Kuss auf die Stirn, erhob sich und begann sie von ihren Fesseln zu befreien.

Er ertrank förmlich in ihrem verklärten Blick, aus dem ihm pure Zuneigung und Hingabe entgegenflossen.

Innerlich unaufgeräumt ergriff er ihre Hand, zog sie auf die Füße. Er spürte nichts als Zärtlichkeit für diese Frau, als er sanft ihr Kinn umfasste, mit dem Daumen ihre bebende Unterlippe berührte.

„Ich liebe dich", hauchte Leah, erschrak jedoch, als diese herausquellenden Worte ihr Bewusstsein erreichten.

Dominik erschauerte. Für einen Moment schloss er die Augen.

„Ich weiß, was du für mich empfindest, meine süße Sklavin" brachte er schließlich leise hervor, hatte Mühe, seine Stimme nicht brechen zu lassen.

„Wirst du meiner jetzt überdrüssig?" Sie wäre fast in Tränen ausgebrochen, so mächtig stieg die unterdrückte Angst vor diesem Moment in ihr auf.

„Sollte ich?" Er lächelte sanft.

Sie schluckte, schüttelte den Kopf.

Es kostete ihn seine gesamte Anstrengung, sie nicht in seine Arme zu reißen und ihr die deutlich spürbare Angst einfach wegzuküssen. Stattdessen zog er sie mit sich zu einem Bett, das ihrer Aufmerksamkeit bisher entgangen war. Es stand im Halbdunkel und war so positioniert, dass ihr Blickwinkel es nicht hatte erfassen können.

„Ich werde dir jetzt eine Binde über die Augen legen. Genieße einfach!"

Die Augen mit einem schwarzen Seidenschal verbunden, lag sie kurz darauf auf dem Bett. Ihre Arme und Beine wurden auseinandergezogen, und sie spürte, wie Fesseln um ihre Gelenke gelegt wurden. Sie lauschte in die Stille und Dunkelheit.

Die Zeit floss zäh dahin, ohne dass etwas geschah. Nach wie vor war es vollkommen ruhig um sie herum. Nicht das leiseste Geräusch verriet, ob Dominik noch im Zimmer war oder es womöglich verlassen hatte. „Dominik?" Ihre Stimme verlor sich in der Stille, so leise hatte sie gerufen. Nichts passierte.

Sie begann zu frösteln, fühlte sich alleingelassen, und nach einer unerträglich langen Zeit vernahm sie ein leichtes Knarren des Holzbodens.

Da war jemand. Dominik. Er war noch da, hatte sie womöglich die ganze Zeit stumm beobachtet. Sich ihrer Nacktheit bewusst, gefiel ihr diese Vorstellung. Sie wusste, dass ihr Körper ihm gefiel. Und wenn es nach ihr gegangen wäre, hätte er sie gerne noch stundenlang stumm beobachten dürfen.

Ihr Herzschlag beschleunigte sich, als ein sanfter Luftzug und kaum wahrnehmbare Atemzüge zu vernehmen waren. Dominik stand also ganz nah vor dem Bett. Durch ihre Fesseln schutzlos ausgeliefert, ihres optischen Sinnes beraubt, stiegen Spannung, Lust und Neugier ins Unermessliche.

Was hatte er mit ihr vor?

Bis auf ihr eigenes Herzklopfen drang kein weiteres Geräusch an ihre Ohren, sodass ihr Kopfkino ungestört laufen konnte. Ihre Haut fühlte sich lebendiger an als sonst. Das Blut schoss heiß durch ihre Adern, zwischen ihren Schenkeln begann es verräterisch zu pochen. Nackt da zu liegen, Arme und Beine weit auseinandergezogen und ans Bett gefesselt, ihre Scham völlig entblößt, trug einen besonderen Reiz in sich.

Erwartungsvoll rekelte sie sich, in stummer Erwartung und der Hoffnung, diese Stille und Reglosigkeit mögen endlich ein Ende haben. Ihre Anspannung stieg, ihre Brüste hoben und senkten sich im Rhythmus ihrer Atemzüge. Eine plötzliche Berührung traf sie wie ein Stromschlag.

Er stand hinter ihr, berührte sie an der Schulter. Sie seufzte wohlig auf, als sich seine andere Hand auf ihre Stirn legte, langsam ihre Wangen und ihren Hals entlang und weiter abwärts glitt, bis sie warm und beruhigend auf ihrem Bauch lag.

Seine Hände legten sich auf ihre Brüste, massierten fest, spielten mit ihren erigierten Nippeln. Sie fühlte seine Zunge an ihrem Ohr, dann an ihrem Hals, stöhnte leise auf, als sie im geraden Strich ihren Hals abwärts züngelte, kurz ihr Schlüsselbein berührte und sich bald darauf ihren harten Nippeln näherte. Dort, wo seine Zunge sie liebkoste, schien ihre Haut zu versengen. Und in dem Augenblick, als seine Lippen ihre Brustwarzen umschlossen, hätte sie ihre Seele dafür verkauft, dass diese Liebkosungen niemals enden würden.

Alles, wirklich alles, war sie bereit zu geben, wenn er nur das unbändige Verlangen in ihr stillte.

Beherrsche mich! Zwing mir deinen Willen auf, aber bitte stille meine Sehnsucht. Hatte sie diese Worte ausgesprochen oder nur gedacht? Sie wusste es nicht.

Egal! Wichtig war nur, dass er sie endlich benutzte, ihr seine Hand zwischen die Schenkel legte, sie quer durch den Raum vögelte und zum Schreien brachte. Sie war diesem Teufel gnadenlos verfallen, wünschte sich, er möge endlos mit ihrer Geilheit spielen, ihre Begierde niemals enden lassen. Sie wollte, dass er ihr seinen Stempel aufdrückte, sie immer wieder nahm, dabei jedoch ihr Herz und ihre Seele behütete wie ein Heiligtum.

Die Kette, die vom Halsband herabhing, lag kühl im warmen Tal zwischen ihren Brüsten, mündete zwischen ihren nackten Schenkeln.

Des Sehens beraubt, elektrisierte sie jede seiner Berührungen. Das Spiel seiner Finger auf ihrem nackten Körper war köstlich, sanft rieb er die Kette in ihrem Schoß. Die Kälte der Glieder ließ sie erschauern, rasch war sie von Kopf bis Fuß in eine lustvolle Gänsehaut gekleidet. Zarte Küsse und leichte Bisse wechselten sich ab, sie wand sich unter den Liebkosungen.

Den Druck steigernd drückten sich die stählernen Glieder der Kette beinahe schmerzhaft gegen ihren Venushügel, teilten ihre Schamlippen und gruben sich kalt in ihr rosiges Fleisch. Leah musste nicht sehen können, um eine Vorstellung von dem Bild zu bekommen, das sie in dem Moment abgab.

Die Liebkosung seiner harten Zunge, die sich neben der Kette auf ihre Klitoris schob, elektrisierte sie. Leise seufzend schob sie ihm ihr Becken entgegen, schrie leise auf, als sich seine Hände fest um ihr Gesäß legten, einen sanften Rhythmus vorgaben, während seine Zunge sie fickte.

Seine Zunge noch in ihrem Schoß spürend, zuckte sie zusammen, als sich kühle Lippen um ihre beiden Brustwarzen schlossen.

Wer war das? Wer saugte und leckte an ihren Nippeln, ließ zusätzliche Lustschauer durch ihren Körper fließen? Und vor allem, welcher der drei Münder gehörte letztendlich Dominik?

Ihr Hirn arbeitete wie verrückt, während ihr Körper, wie losgelöst von jeglichem Denken, zuckend und windend die fortwährenden Liebkosungen genoss. Eigentlich hätte sie nun Panik bekommen müssen, denn dies war eine Situation, die für einen Moment die Erinnerung an den Jahre zurückliegenden Missbrauch hervorrief. Doch sie verspürte keine Angst, allenfalls ein temporäres Unbehagen, das sich allerdings schon bald in Luft auflöste. Begründet lag dies in dem zunehmenden Vertrauen, das Dominik in ihr entstehen ließ. An der stetig wachsenden Hingabe und ihrer tiefen Liebe zu diesem einen Mann, der so genau wusste, was sie brauchte – lange bevor sie es wusste.

Während eine Hand ihre Schamlippen teilte, bearbeitete eine andere ihre Klitoris, tippte sie sanft an, massierte sie, rieb sie zwischen Daumen und Zeigefinger und sandte auf diese Weise kribbelnde Wellen durch ihren Körper. Und immer wieder gesellte sich eine herrlich harte Zungenspitze dazu, während die anderen beiden Zungen nicht müde wurden, die empfindsamen Brustspitzen zu verwöhnen.

Dann ein plötzlicher, scharfer Schmerz – und noch einmal, diesmal auf der anderen Seite. Zähne knabberten an ihren Nippeln, bissen zu, bohrten sich mit einem Saugen in ihr Fleisch. Leah schrie lustvoll auf.

Ihr Körper brannte, wimmernd lag sie da, ergötzte sich am Lustschmerz und an den besänftigenden, zärtlichen Händen, die ihr über den Körper strichen.

Dominik ließ sie nicht aus den Augen, verfolgte jede ihrer Regungen. Wie sie dalag, den Berührungen der Finger nachfühlend, die langsam an der Innenseite ihrer Oberschenkel entlangstreichelten. Er spürte deutlich, sie genoss jede einzelne Berührung, obwohl sie längst wissen musste, er spielte nicht allein an ihr. Dachte sie dabei an ihn? Was ging in ihr vor? Diese und ähnliche Gedanken versuchte er zusammen mit der aufkeimenden Eifersucht zu verscheuchen. Doch es gelang ihm nicht.

Er dachte an ihr hinreißendes Hinterteil. Zu gern hätte er sich in diesem Moment darum gekümmert, seine flache Hand immer wieder darauf niedersausen lassen. Der Wunsch, ihr den Arsch zu versohlen – nie ließ er ihn los. Er träumte sogar davon. Leah hatte ihn verzaubert, verfolgte ihn sogar in seinen Träumen, und nun lag sie da und betörte ihn grenzenlos. Ein zärtliches Gefühl breitete sich in ihm aus. Am liebsten hätte er die anderen fortgeschickt, sich zu ihr gelegt und sich im Duft und in der Wärme ihres Körpers vergraben.

Jedoch lag ihm daran, seine lodernde Eifersucht zu zügeln und sich daran zu gewöhnen, Leah zu teilen. Er seufzte leise. Sein Blick ruhte auf der zarten Linie ihres Halses, ihrem leicht geöffneten Mund, der immer wieder lustvoll seufzte. Lippen, zum Küssen wie gemacht.

Leah erschauerte. Fingerkuppen strichen zart wie ein Wimpernschlag über ihren Bauch, ihre Brüste, ihre Schultern und Arme. Ihre Haut reagierte prompt, stellte alle Härchen auf und überzog den größten Teil ihres Körpers mit einer deutlichen Gänsehaut.

Und immer wieder diese weichen Lippen, die mit ihren Nippeln spielten, eine köstliche Stimulation, die zitternde Wellen durch ihren Körper jagte. Fordernde Hände umfassten ihr Gesäß, hoben es leicht an, und dann wurde sie ausgefüllt. Gefühlvoll stieß ein Schwanz in sie hinein. Das Tempo wurde gesteigert, die Stöße kraftvoller. Gierig passte sie sich dem Rhythmus der kraftvollen Stöße an, presste ihre Gesäßbacken zusammen, um so den Druck zu verstärken, die Penetration noch intensiver in sich spüren zu können. Ihre vaginalen Muskeln umschlossen den Schwanz, gaben ihn wieder frei und packten erneut zu. Gerne hätte sie ihre Hände in das Gesäß ihres Liebespartners gepresst, nachgedrückt, sich in das Fleisch gekrallt. Doch die Handfesseln ließen es nicht zu. Der Wunsch, ihre Beine um seine Hüften zu schlingen, blieb aus demselben Grund nur ein simpler Wunsch.

Sie hatte das Gefühl, als wären da unendlich viele kleine Explosionen, die in ihrem Körper tobten, ihn von innen glühen und explodieren ließen. Es war schön, es war Lust, und zugleich war es Qual, nicht zu wissen, wessen Lippen sie spürte, wessen Schwanz in ihr rührte und welche Rolle Dominik dabei spielte. Denn eigentlich wollte sie nur ihn. Eine Tatsache, die sich trotz der vielen Lustschauer nicht leugnen ließ.

Und immer wieder die sanften Hände, die ihre Brüste umfassten, Lippen und Zähne, die ihre Nippel stimulierten, einem Stromschlag gleich, der durch ihren Körper schoss. Eine wahre Reizüberflutung, denn Leah wusste nicht, auf welche Lustpunkte sie sich konzentrieren sollte, fühlte sich verloren in einem Strudel an köstlichen Empfindungen.

Ihr gesamter Körper wuchs zu einer einzigen erogenen Zone, und gerade, als sie sich vollkommen in den süßen Wellen verlieren wollte, als das ziehende Prickeln in ihrem Schoß einen Orgasmus ankündigte, war da plötzlich keiner mehr, der auf und in ihrem Körper spielte. Keine Hände, keine Lippen, keine Zungen und auch kein Schwanz, der sie ausfüllte.

„Heb deinen Kopf." Wie durch einen Nebel vernahm sie Dominiks Stimme. Sie gehorchte, und er nahm ihr die Augenbinde ab. Ein belustigtes Funkeln trat in seine Augen, als er ihrem verschleierten Blick begegnete. Ein Blick, der ihm einen tiefen Einblick in ihr Seelenleben gab. Alles konnte er darin lesen. Ihre Lust, ihre Gier, ihre Neugier, ihre Enttäuschung, aber auch ihre Empörung.

Um seine Mundwinkel zuckte es amüsiert. „Ich liebe es, wenn du mich auf diese Weise ansiehst." Kurz, ganz kurz fuhr sein Zeigefinger über ihre Lippen.

„Macht sie los", wies er seine beiden Begleiter an. Einen Mann und eine Frau, beide nackt, bis auf eine Augenmaske.

Wer hatte sie gefickt? Wer geleckt? Ach, eigentlich wollte sie es gar nicht wissen.

Während die Frau, eine gut gebaute Schönheit mit platinblonden kurzen Haaren, sich um ihre Handfesseln kümmerte, löste der Mann ihre Fußfesseln. Er war von kräftiger Statur, etwas kleiner als Dominik, aber nicht minder attraktiv. Doch ihr blieb keine Zeit, die beiden weiter zu inspizieren, denn Dominik griff nach ihr und warf sie sich kurzerhand über seine Schulter. Wie eine Beute schleppte er sie zur entgegengesetzten Raumseite und ließ sie wie einen Mehlsack auf ein großes Sitzkissen plumpsen.

Leah war empört. „Jetzt fehlen nur noch eine Keule, unartikulierte Laute, die du von dir gibst, und dass du mich an den Haaren in eine Höhle zerrst." Wütend blitzte sie ihn an.

Dominik brach in schallendes Gelächter aus. „Eine reizende Vorstellung, Weib!"

Leah hatte gehofft, von ihm in den Arm genommen und belohnt zu werden, nachdem sie sich vorhin so vorbildlich verhalten hatte. Folgsam hatte sie sich in die von ihm geplante Session hineinfallen lassen. Ohne Murren und Aufbegehren. Hatte mitgespielt, vertraut und sich hingegeben. Stattdessen hatte er sie hier gerade abgeworfen wie einen Putzlumpen, der ausgedient hatte.

Mit mürrisch zusammengezogenen Augenbrauen beobachtete sie, wie Dominik nach dem anderen Mann winkte, der sofort dazu eilte und eine Stange, die an zwei Ketten von der Decke hing, zu Boden ließ.

Dominik ließ sich zwei Manschetten geben. Leah hatte genug, wollte aufstehen, doch er packte sie, und sie hatte keine Chance, sich seinem Griff zu entziehen.

Aufsässig begann sie, nach Dominik zu treten, doch unbeeindruckt flüsterte dieser: „Liebes, ich weiß, dass du es nicht erwarten kannst, bis deine Fußgelenke mit Manschetten versehen sind. Keine Angst, ich sorge dafür, dass man sich sofort darum kümmert." Sein Amüsement machte sie noch wütender.

„Widerling!"

„Wiederhole das bitte noch einmal, wenn ich hier fertig bin, ja?" Das pure Vergnügen tropfte aus jedem seiner Worte. Obwohl er sich prächtig zu amüsieren schien, schlug seine Dominanz erneut gnadenlos auf sie nieder.

Ehe sie sich versah, wurden ihre Fußgelenke mit Manschetten versehen und an der herabgelassenen Stange fixiert. Langsam, ganz langsam wurde die Stange wieder nach oben gezogen, während ihr Oberkörper von dem anderen Mann gestützt wurde. Schon bald hing sie kopfüber im Raum, suchte Dominiks Blick und sandte ihm ein ärgerliches Funkeln, als sie sah, dass dieser sie immer noch mehr als belustigt beobachtete.

Langsam krempelte er die Ärmel des schwarzen Hemdes hoch, in dem er unverschämt gut aussah. Jede Bewegung von ihm versprach ihr, dass er sich seiner Macht mehr als bewusst war.

Unzählige Schimpfwörter rannten durch ihren Kopf, jedoch hielt sie es für besser, sie ihm in diesem Moment nicht entgegenzuschleudern. Das konnte sie später immer noch tun!

Dicht stellte er sich vor sie, ihr Gesicht befand sich nun in unmittelbarer Nähe seiner Lenden. Er packte ihre Haare, beugte sich leicht zu ihr hinab und raunte leise an ihr Ohr: „Wolltest du mir gerade etwas sagen?"

Verflixt, er konnte tatsächlich Gedanken lesen.

Das Funkeln in seinen Augen zeigte ihr, mit ihm würde nicht gut Kirschen essen sein, sollte sie es wagen, ihm erneut Schimpfwörter entgegenzuwerfen.

Sie sah, wie er sich eine Gerte reichen ließ. Sein kühler, berechnender Blick, der, wenn er es sich erlaubte, so liebevoll sein konnte, tastete ihren Körper ab. Wie ein Opferlamm fühlte sie sich – und er war die Bestie, die bereit war, sie in Stücke zu reißen. Ihr Henker, ihr Killer.

Er würde sie quälen, schlagen, sie peinigen. Das stand fest. Die Lust danach, sie zu züchtigen, stand förmlich auf seiner Stirn geschrieben. Sie sah, wie er sie umschritt, Stück für Stück, dann klatschte das Folterinstrument auf die Innenseite ihrer Schenkel, rechts, links, rechts, links. Er traf genau, kein Schlag ging daneben.

Eine andere Berührung traf sie wie ein Stromschlag. Langsam strich die Hand der Platinblonden über ihren Arm bis zu ihrem Hals und von dort quer rüber zu ihrem anderen Arm.

Ihr eigener Herzschlag schien laut in ihren Ohren zu dröhnen.

Während Dominik sie mit der Gerte züchtigte, spürte sie die Berührung der Frau von ihrem Hals abwärts bis zu ihren Brüsten. Ihre Nippel zogen sich süß schmerzvoll zusammen, als zarte Fingerkuppen sie kitzelnd umkreisten. Leise seufzte sie auf, doch dieser Lustlaut wurde augenblicklich durch einen Schmerzensschrei abgelöst, als die Gerte sie empfindlich nah ihrer Mitte traf.

Eine ihrer Brustwarzen wurde von sinnlichen Frauenlippen umschlossen, es wurde daran gesaugt und geleckt. Als der Mund des Mannes sich der anderen Brustwarze zuwandte, sie mit einem ebensolchen Spiel bedachte, konnte sie die Schmerzen, die die Gerte ihr bescherte, für einen Moment ausblenden. Doch dies war nicht von Dauer, denn jäh unterbrach ein beißender Schmerz das wohlige Gefühl. Der Schmerz rührte jedoch nicht von der Gerte. Scharf zog sie die Luft ein, als Zähne beidseitig immer wieder in ihre Nippel bissen.

Dominik unterdessen hatte von ihr abgelassen. Sie nahm wahr, dass er dem Mann etwas zurief und die Gerte den Besitzer wechselte, während die Frau mit Hingabe ihre Brüste knetete und ihre Zunge immer wieder über die rosigen Spitzen tanzen ließ.

Dominik trat ein paar Schritte zurück. Die Male auf ihren Oberschenkeln waren unübersehbar, ihre Brüste hoben und senkten sich unter ihrem hektischen Atem, ihre geröteten Wangen zeugten von der Lust, die das Zungenspiel der anderen Frau in ihr hervorrief.

Er lächelte. Da hing seine kleine Sklavin kopfüber im Raum, mit aufgelösten Gesichtszügen und einem herrlich bebenden Körper. Ein wunderschönes Bild. Er griff nach seiner Kamera, gab dem Mann ein Zeichen und drückte immer wieder den Auslöser, als Leah sich vor Schmerz und Lust zuckend in der Luft hängend wand.

Die Hiebe der Gerte näherten sich mehr und mehr ihrer Mitte. Zum stummen Schrei riss sie ihren Mund auf, ihr Blick glitt ins Leere.

Perfekt! Dieser Gesichtsausdruck war wie gemacht für Fotoaufnahmen.

Ein weiterer Schlag traf ihre äußeren Schamlippen. Sie stieß einen gellenden Schrei aus, schaute direkt in die Kamera, als Dominik ihr dies befahl. Das Feuer, das sich anschließend quälend in ihrem Schoß ausbreitete, ließ sie aufstöhnen.

Immer wieder blitzte es auf. Aus allen möglichen Perspektiven hielt Dominik ihre Mimik und Körpersprache fest. Dabei durchströmte ihn Zufriedenheit, denn obwohl er bei dieser Session von Eifersucht durchbohrt wurde, so hatte er doch beherrscht durchgehalten.

Kapitel 18

*V*alérie schob sich die hohen weißen Sandaletten von den Füßen, warf André einen verführerischen Blick zu, packte ihn bei der Hand und zog ihn mit sich in den Garten.

Gerade eben hatten sie sich im Wintergarten geliebt. Ein heißer Quickie zwischendurch. Er hatte ihr das Kleid hoch-, den Slip beiseitegeschoben und sie hart rangenommen. Nun schlenderte sie, eingehakt bei ihrem Begleiter, durch den Garten und genoss jeden einzelnen seiner bewundernden Blicke.

Die Temperaturen waren angenehm, und Valérie spürte so etwas wie temporären Frieden und Harmonie in sich. Ohne Anstrengung plauderten oder schwiegen sie, und Valérie stellte fest, dass sie sich wunderbar entspannt fühlte. In den letzten Wochen, in denen André regelmäßiger Gast im Club war, hatte es ihr in seiner Gegenwart gefallen. Sogar sehr. Nicht so, dass er ihr Herz berührte, denn dieses hatte sie schon vor Jahren bei jemand anderem gelassen, aber er erfrischte sie, schmeichelte ihrer Eitelkeit auf eine Weise, die ihr ein wenig unter die Haut ging.

Die Sonne zeigte ihr lieblichstes Gesicht, zarter Blütenduft lag in der Luft. Valérie blieb einen kurzen Moment stehen, streckte sich ausgiebig, reckte das Gesicht mit geschlossenen Augen der Sonne entgegen.

Bewundernd betrachtete André die schöne Frau an seiner Seite, legte ihr eine Hand unters Kinn und suchte ihren Blick.

„Wieso bekomme ich nicht genug von dir?" Lachend schob er eine Hand unter ihr Kleid und knetete ihr Gesäß. In der Tiefe ihrer wunderschönen Augen entdeckte er ein ebensolches Feuer, wie er es in sich selbst verspürte.

Eine Weile blickte er sie nur an. Voller Lust. Dann packte er sie unvermittelt, warf sie über eine seiner Schultern und lief mit ihr zu einer nahe gelegenen Bank.

Sie stieß einen kleinen dumpfen Laut aus, der jedoch alsbald zu einem lustvollen Stöhnen mutierte. Mit stählerner Sanftheit bugsierte er sie bäuchlings über sein Knie, vernahm ihr leises Seufzen und spürte instinktiv: Er tat gerade genau das, was sie sich ersehnt hatte.

Er griff nach einem Zweig, ließ diesen herabsausen, wieder und immer wieder. Er benutzte das Schlaginstrument mit großer Leidenschaft, bedachte Schenkel, Waden und immer wieder ihr prächtiges Hinterteil. Mit jedem Niedersausen wurden seine Schläge ein wenig schärfer. Valérie zappelte auf seinem Schoß. Schmerz flammte in ihr auf, vermischt mit süßer Wonne, und sie verlor die Übersicht über die Anzahl der Schläge.

Urplötzlich hörte André auf. Mit strenger, wenngleich liebevoller Konsequenz entzog er ihr die Wohltaten seiner Hand, befahl: „Setz dich."

Valérie war viel zu überrumpelt, um nachzuhaken. Sie strich sich ein paar Haarsträhnen aus dem Gesicht, als sie sich aufrichtete und neben ihm Platz nahm – mit einem riesigen Fragezeichen im Gesicht.

Versonnen wanderten seine Finger durch ihr zerzaustes Haar, bis hin zu ihrem Nacken. Doch sein Blick war streng und verwirrte sie.

„Ich muss mit dir reden. Und diesmal bitte keine Ausflüchte!" Kälte glomm ihr aus seinem Blick entgegen. Es war, als würden die Eiskristalle seiner Augen sich in ihre Seele fressen, um darin zu forschen.

„Es geht um Cathérine."

Ein unwilliger Laut kam über ihre Lippen, ärgerlich zogen sich ihre Augenbrauen zusammen. Sie wollte aufspringen, doch sein eiserner Griff hielt sie zurück.

„Du bleibst!" Die Härte in seiner Stimme übertraf alles, was Valérie bisher an Dominanz kennengelernt hatte. Ein Ring aus eisigem Stahl legte sich um ihre Brust, als sie seinem kalten Blick begegnete.

„Ich spüre, dass du etwas weißt. Und komm mir diesmal bitte nicht mit derselben Leier. Cathérine hat sich nicht umgebracht. Vielmehr hatte sie Angst um ihr Leben."

„Wie kommst du darauf?"

„Wie es der Zufall will, habe ich jemanden ausfindig machen können, der damals in sehr engem Kontakt zu ihr stand. Es gibt Briefe. Aus diesen Briefen ist zu erlesen, dass sie sich verfolgt und bedroht fühlte. Leider geht nicht daraus hervor, von wem."

Valéries Augen verdunkelten sich. Sie schwieg, und ihr Blick glich einem düsteren, glanzlosen See.

„Wie starb Cathérine? Was ist damals passiert?"

„Sie hat sich das Leben genommen. Wie oft soll ich …"

„Stopp!", unterbrach André sie mit schneidender Kälte. „Halt sofort den Mund, denn du beleidigst gerade meine Intelligenz."

Die Wut, die ihr entgegenschoss, verunsicherte sie mehr, als ihr lieb war. War sie zuvor verärgert und genervt von seinem ständigen Wühlen in dieser leidigen Geschichte gewesen, so fühlte sie sich jetzt beherrscht und in die Enge getrieben. Dies war bisher nur einem gelungen – ihrem Bruder Dominik.

Sie wollte nicht über damals nachdenken und schon gar nicht reden. Jedoch befand sie sich in einem eisernen Griff, dem sie nicht so leicht entkam. Wieso hatte André, der ihr bisher aus der Hand gefressen hatte, mit einem Mal so eine Macht über sie?

Sie wusste die Antwort: Er gehörte zu den ganz wenigen Menschen, die ihr ebenbürtig die Stirn bieten konnten und es bei Bedarf auch taten. Er fuhr auf sie ab, war aber kein willenloser Liebhaber, sondern ein Mann, der genau wusste, was er tat. In jedem einzelnen Augenblick. Ein Umstand, den sie allerdings erst in diesem Moment zu hundert Prozent erfasste.

Der Griff in ihr Haar war fest. Er zog ihren Kopf in den Nacken, ganz nah an ihrem Ohr raunte er: „Es wäre besser für dich, wenn du mich nicht weiter zum Narren hältst. Ich werde die Wahrheit so oder so herausbekommen. Also? Wen schützt du? Erzähl mir die Wahrheit, Valérie. Was ist damals wirklich passiert?“

„Ich … ich weiß es nicht. Wirklich. Ich war in dieser Nacht nicht bei ihr. Ich weiß nur, dass Cathérine Angst vor …“ Sie brach ab.

„Ja?“ Er zog fester an ihrem Haar.

Sie schwieg, schien mit den Gedanken weit weg.

„Ich will jetzt sofort erfahren, was du weißt. Vor wem hatte Cathérine Angst?“ Messerscharf drangen seine Worten zu ihr durch.

Sie sah auf, begegnete seinem Blick, und ihre zurechtgelegten Ausweichmanöver lösten sich in Nichts auf. Klirrend kalte und mächtige Dominanz lag im Ausdruck seiner Augen, so intensiv, dass sie beinahe auf der Stelle vor ihm auf die Knie gesunken wäre. Er nervte sie mit diesem Thema, jedoch fand sie ihn anziehender als je zuvor. Zugleich kroch eine unbändige Furcht in ihr hoch. Sie hatte ihn unterschätzt. Mit dieser Erkenntnis fiel ihr Wolkenschloss krachend in sich zusammen. Denn während sie sich einfach nur begehrt und verehrt gefühlt hatte – von ihm, einem manchmal etwas nervigen Detektiv, der aus Langeweile in der Vergangenheit stocherte – hatte er geradlinig ein bestimmtes Ziel im Visier gehabt. Und wusste ganz genau, wie er vorzugehen hatte.

Derb packte er sie am Handgelenk und zog sie unsanft auf die Beine. Vom Schockmoment getragen ließ sie es zu, dass er sie hinter sich herzog. Erst einige Meter weiter hatte sich ihre Atmung wieder beruhigt, und sie setzte zu einer ihrer gewohnten Schimpftiraden an. „Was fällt dir …“ Weiter kam sie nicht, denn er presste schmerzhaft ihr Handgelenk und zischte: „Ich werde dich jetzt nackt an diesen Baum binden und erst wieder losmachen, wenn du mir sagst, was du weißt.“

„Wage es ja nicht!“

Seine Wangenknochen arbeiteten, als er sie an der Kehle packte und rückwärts an den Stamm eines alten Olivenbaumes drückte. Mit der anderen Hand schob er ihr Kleid hoch.

„Ziehst du es freiwillig aus, oder soll ich es zerreißen?" Hohn tropfte aus jeder seiner Silben.

„Warte, ich …"

„Ja?"

„Ich weiß, dass Cathérine Angst vor Dominik hatte."

„Weiter."

„Mehr weiß ich nicht."

„War dein Bruder grob zu Cathérine?"

„Nicht mehr oder weniger als du gerade zu mir." Sie versuchte sich aus seinem Griff zu winden – erfolglos.

„Du weißt, was ich meine. Hat er sie bedroht? Hat er Machtmissbrauch betrieben? Die Kontrolle als Dom jemals verloren?"

„Nun, er kann sehr jähzornig werden. Ich möchte ihm dann nicht über den Weg laufen."

„Du würdest ihm also zutrauen, dass er bei einem Wutausbruch die Kontrolle über sich verliert?"

Sie senkte den Blick, nickte.

„Hat dein Bruder dir gegenüber eingestanden, dass er Cathérine schon mal …"

„Nein. Aber ich habe keinen Zweifel, dass dies hin und wieder geschehen ist."

„Woher kommt dieses Gefühl?"

„Ich las es in seinen Augen. Es stand jedes Mal, wenn er sich über sie ärgerte, deutlich darin geschrieben."

„Und wieso hast du das damals verschwiegen?"

Sie zuckte die Schultern, senkte den Blick. Dann sprudelte es aus ihr hervor. „Was hätte ich denn sagen sollen? Dass mein Bruder unberechenbar sein kann? Dass seine Wutausbrüche mir und auch anderen manchmal Angst machen? Ihn damit ans Messer liefern, obwohl ich doch überhaupt nicht weiß, was damals geschehen ist? Würdest du deinen Bruder in Misskredit bringen, nur weil er jähzornig ist? Das, was damals passierte, ist mir verdammt nahegegangen. Ich habe nächtelang nicht schlafen können."

Ein Schluchzen drang aus ihrer Kehle. André hob ihr Kinn. Ein paar Tränen hingen an den geschwungenen Wimpern ihres unteren Augenlides. Er hatte Lust, ihre Augen zu küssen. „Du hattest Angst, er könnte etwas mit Cathérine Tod zu tun haben, nicht wahr? Wolltest ihn schützen?", fragte er weich.

„Ja. Kannst du das wenigstens ein kleines bisschen verstehen?"

„Das kann ich. Sogar mehr, als du denkst. Kannst du denn auch verstehen, dass ich Cathérines Eltern zuliebe an der Wahrheit interessiert bin? Dass sie es verdient haben, endlich zu erfahren, was wirklich passiert ist?"

Sie nickte, wischte sich eine Träne fort. „Ich habe Angst davor, dass alles wieder aufgerollt wird und diese furchtbare Zeit von vorn beginnt. Die Verdächtigungen gegen meinen Bruder, die ständigen Befragungen – jeden Tag etwas Neues. Unsere Gäste blieben aus, mein Bruder war nur noch ein Schatten seiner selbst, und auch ich war seelisch und physisch vollkommen erschöpft."

„Wie gesagt, ich bin an der Wahrheit interessiert, jedoch werde ich nicht gleich zur Polizei rennen und den Fall neu aufrollen lassen. Mir ist im Moment wichtig, dass du ehrlich zu mir bist. Das bist du doch, oder?"

„Das bin ich. Ich habe dir alles gesagt, was ich weiß."

Valérie erschauerte, als er mit beiden Händen über ihr Gesicht fuhr, zart, sehr, sehr zart. Durch die intensive Befragung, die er ihr hatte angedeihen lassen, spürte sie diese Berührungen, als würde ihre Haut in flüssiges Feuer getaucht, in Feuer, das sie köstlich wärmend durchdrang.

Kapitel 19

Mit gesenktem Blick stand Leah vor ihm. Das zarte, kurze Kleid umschmeichelte ihre Kurven, die hochhackigen Pumps machten ihre Beine noch schöner und betonten ihre Weiblichkeit. Ihr Anblick raubte Dominik fast den Atem. Ihre Anmut, ihre Hingabe, ihre stolze Haltung, die sie niemals verloren hatte. Eine Frau, die selbstsicher und dominant sein konnte, sich auf sein Geheiß hin jedoch mehr und mehr zu einer perfekten Sklavin entwickelte. Diese Verwandlung erregte ihn fast schmerzhaft.

„Geht es dir gut?", fragte er sie leise.

„Ja", flüsterte sie zurück, blickte für einen kurzen Moment auf und ertrank in seinen Augen, die so warm und gefühlvoll auf sie niederblickten.

Er lächelte, als er ihren kurzen Blick spürte.

Wie es sich für eine gehorsame Sklavin gehörte, nahm Leah auf Kommando ihre Position ein. Sie kniete nieder, die Hände auf dem Rücken verschränkt, das Kreuz gerade gehalten und den Blick gesenkt. Allein diese Haltung ließ ihr Herz höherschlagen, denn sie spürte dabei stets den anerkennenden Blick von Dominik auf sich ruhen, auch wenn sie nicht zu ihm hinaufschauen durfte. Sie wusste, es stellte ihn zufrieden, wenn sie auf seinen Befehl hin in dieser Haltung verharrte, bis er etwas anderes sagte.

Leise seufzend genoss Leah, dass er sie diesmal nicht in einen der Themenräume des Clubs hatte bringen lassen, nein, er hatte sie in seine Privaträume bestellt.

Nur mit seiner Jeans bekleidet, schritt er auf sie zu. Leah konnte nicht erwarten, dass das Spiel aus Dominanz und Unterwerfung begann. Viel zu lange stand er nun schon bewegungslos einfach nur da und blickte auf sie hinab. Um das Ganze zu beschleunigen, beschloss sie, ihn ein wenig zu provozieren. Sie blieb nicht in der von ihm gewünschten Haltung, setzte sich auf, hob den Blick, gähnte demonstrativ und sah ihm direkt in die Augen.

„Habe ich dir erlaubt, mich anzusehen?"

„Nein." Sie schüttelte den Kopf, ihr Blick sank brav nach unten, ein erwartungsfrohes Lächeln umspielte ihre Lippen.

Er hatte sich *nur* darüber beschwert, dass sie ihn angeschaut hatte. Also dachte sie gar nicht daran, ihre Position wieder einzunehmen. Leise kicherte sie in sich hinein, gab erneut ein Gähnen von sich und beschwerte sich: „Mensch, das dauert heute. Willst du, dass ich mich langweile?"

Würde er sie jetzt bestrafen? Vor Vorfreude zogen sich ihre Nippel zusammen.

Doch nichts geschah – außer, dass er einmal langsam um sie herumschritt und hinter ihr stehen blieb.

Hätte Leah in diesem Moment Dominiks warmen, begehrlichen und auch amüsierten Blick wahrgenommen, ihr Herz wäre erfüllt gewesen. So bemerkte sie lediglich seine Reglosigkeit.

„Wieso tust du nichts?"

„Was sollte ich deiner Meinung nach tun?"

„Mich bestrafen."

„Das tue ich gerade."

„Tust du nicht."

„Doch, indem ich dich zappeln lasse."

„Ooooch, ich hab Zeit." Sie hob ihre Hand, betrachtete gespielt interessiert ihre Fingernägel und gähnte erneut.

Er lachte leise auf. „Ich auch."

„Okay, dann vertrödeln wir diese eben, statt zu tun, was uns Spaß macht."

„Und das wäre?"

„Das weißt du genau."

„Hilf mir auf die Sprünge."

„D O M I N I K!"

„Leah?!?"

„Während unserer Session darf ich dich nicht beim Namen nennen, sondern muss ‚Herr' sagen", erinnerte sie ihn.

„Ich weiß."

„Ich habe diese Regel soeben missachtet."

„Ich bin nicht taub."

„Aber ein Lahmarsch. Wieso tust du nichts?"

Nun konnte Dominik sein Lachen nicht länger unterdrücken. Lauthals brach es aus ihm heraus. Dieses entzückende Geschöpf schaffte es immer wieder aufs Neue, ihn zu amüsieren.

„Ja meinst du denn, ich habe nicht bemerkt, auf welch subtile Weise du versuchst, die Zügel in die Hand zu nehmen und mich zu manipulieren?"

„Ich? Ich bin eine gehorsame Sklavin und weiß, was sich gehört. Solltest du allerdings anderer Meinung sein, hätte ich eine doppelte Portion an Strafe verdient."

„Wann und ob ich dich bestrafe, bestimme noch immer ich, meine kleine Sub." Seine Hand legte sich unter ihr Kinn, hob ihren Kopf. „Jetzt darfst du mich ansehen."

„Jetzt will ich aber nicht." In ihr stieg Trotz auf.

Das süße Kribbeln in ihrem Bauch jedoch dehnte sich weiter aus, wuchs zu einem Pochen, das ihren Schoß durchzog. Auch Dominiks Selbstbeherrschung begann zu bröckeln. Er wollte dasselbe wie sie, konnte und wollte nicht länger warten.

„Komm her", flüsterte er, reichte ihr die Hand, zog sie zu sich nach oben und mit sich zu einem Stuhl.

Er setzte sich, legte sie bäuchlings über sein aufgestelltes rechtes Knie, schob ihr Kleid nach oben und gab ihr einen Klaps aufs Gesäß.

Leah seufzte leise.

Endlich.

„Dein Arsch gehört mir, in jeder erdenklichen Weise, die du dir nur vorstellen kannst. Glaub mir, ich werde mich um dich und dein entzückendes Hinterteil kümmern, bis du alles um dich herum vergisst."

Seine Worte verstärkten die brennende Lust, die in ihrem Innern kochte.

Über die Schulter warf sie ihm ein liebreizendes Lächeln zu, ihre Stimme übertraf diesen Liebreiz noch um ein Vielfaches, als sie säuselte: „Was du nicht sagst!"

Er packte grob und fest zu, begann kleine, feste Klapse auf ihr Hinterteil zu setzen. Aus den Klapsen wurden Hiebe, die ihr deutlich seine Kraft demonstrierten. Das Glühen auf ihrem Po nahm mit jedem Hieb zu, das wohlige Brennen wuchs zu einem Lustschmerz, der sie laut aufstöhnen ließ. Gierig strebte sie seinen Schlägen entgegen, indem sie ihr Gesäß anhob.

„Du bekommst den Hals wohl nicht voll?!", stieß er hervor, hielt inne, umschloss mit einer Hand ihre Kehle und hob ihr Gesicht. Sein Kopf beugte sich zu ihr hinab. Sie konnte seinen Atem spüren, als er flüsterte: „Ich werde deinen Arsch bearbeiten, dass dir Hören und Sehen vergeht."

Hitze durchlief ihren Körper, überall, wo seine flache Hand fest auf ihre Haut aufschlug, entflammte ihr Fleisch.

Dominik betrachtete Leah eindringlich, achtete auf jede Regung ihres Körpers. Sie stieß immer mal wieder leise Lustschreie aus, versuchte die meiste Zeit jedoch, stolz und bewegungslos zu verharren. Doch das Zittern verriet sie.

Er lächelte.

Seine Handflächen landeten weiterhin in regelmäßigen Abständen auf ihrem Hintern, der mittlerweile so brannte, dass es ihr den Atem raubte. Schmerzwellen rasten über ihre Haut, sammelten sich in ihrem Unterleib und verursachten ein lustvolles Pochen in ihrem Schoß. Seine Hiebe wurden sanfter, fast schon liebevoll. Und dann strichen seine Handflächen nur noch federleicht über ihr heißes Gesäß.

Die sanften Berührungen fühlten sich wie Nadelstiche an. Als er ihr zart durchs Haar strich, spürte sie, dass ihr Tränen über die Wangen liefen und von ihrem Kinn zu Boden tropften.

Die Spuren, welche seine Schläge auf ihrer weißen Haut hinterlassen hatten, weckten seine Lust, ihren Körper erneut zu fordern. Da ihm ihre Körpersprache signalisierte, sie war für eine Fortsetzung bereit, gab er seinem Sehnen nach. Gezielt und dosiert schlug er zu. Unterschiedlich harte Schläge trafen den prallen Po. Leah wimmerte, wand sich unter seinen Hieben. Sie wusste nicht, wie reizvoll sie aussah, dort, wo sie hingehörte: Über seine Knie geworfen, wo er ihr gehörig den Arsch versohlte.

Er konzentrierte sich intensiv auf seine niedersausenden Hände, die immer wieder klatschend auf ihrem bebenden Hinterteil landeten. Die Konzentration auf das rein Pragmatische verhinderte den wachsenden Wunsch, sie in seine Arme zu reißen, ihr glühende Worte ins Ohr zu flüstern und sie mit einer Leidenschaft zu nehmen, die ihn sicherlich vernichten würde.

„Ich will dich", flüsterte sie genau in diesem Augenblick, warf ihm über die Schultern einen bettelnden Blick zu und seufzte sehnsuchtsvoll.

Dominik stieß hörbar den Atem aus. Ein Glühen breitete sich in ihm aus, die Lust auf diese Frau raubte ihm schier den Atem. Er stöhnte.

Gott, sie sah hinreißend aus! Die helle Haut trug die Zeichnung seiner Hiebe, die sanfte Linie ihres Nackens entlockte ihm ein kaum wahrnehmbares Seufzen, und ihre Wangen waren herrlich gerötet.

Sie beide waren auf einer Achterbahn der Begierden gelandet, es war zu spät, um auszusteigen, und zu spät, die geweckten Begierden zu leugnen.

Er rang um Ruhe. Ihre Augen hatten ihn bei ihren letzten Worten so süß, lockend und vertrauensvoll angeschaut, dass es ihn tief berührte. Er zog sie mit sich in den Stand, strich eine feuchte Haarsträhne aus ihrem Gesicht.

Seine Lippen, so dicht an ihrem Gesicht, weckten die Sehnsucht nach einem Kuss in ihr. Sie konnte ihn riechen, wollte seinen Lippen fühlen, schmecken, daran saugen. Übermächtig wurde der Wunsch danach.

Sie legte den Kopf schief, lächelte ihn kokett an. Ihre Augen schlug sie nicht nieder, auch dann nicht, als sie die funkelnde Warnung in seinem Blick las.

Dicht – ganz dicht – trat sie an ihn heran, hob die Hand und ließ ihren Zeigefinger die Kontur seines Gesichtes entlangstreichen.

Dominik wollte ihre Hand packen, ihr Einhalt gebieten, doch er schloss stattdessen die Augen, war hilflos gegen die Flut an süßer Zärtlichkeit, die ihn durchströmte.

Als ihr Daumen zart über seine Unterlippe tanzte, öffnete er die Augen, ertrank in ihrem liebevollen Blick.

Er verlor sich in diesem vernichtend süßen Gefühl. Ohne den Blick von ihr abzuwenden, ließ er es zu, dass ihre Hände über seinen Hals, seine Schultern und seine Arme glitten. Sie begann, kleine Küsse auf seine nackte Brust zu setzen.

Warm wurde ihm ums Herz. Sehr warm.

Verrücktes Luder, schimpfte er sie gedanklich, während sich der kalte Zug um seinen Mund unwillkürlich glättete und sich ein warmer Glanz in seine Augen schob.

Leise seufzte er auf, zog sie fest an sich, sodass er ihr schnell pochendes Herz spüren konnte.

Als er die Hand hob und sich sein Zeigefinger langsam und leicht ihre Wange hinabbewegte, schloss sie für einen Moment die Augen.

Leah spürte seiner zärtlichen Berührung nach, ließ sich in seine Liebkosungen hineinfallen. Sie schmolz dahin und mutierte von der koketten kleinen Verführerin zu einer liebeshungrigen, sehnenden Seele.

Er lachte leise, seine Hand legte sich sanft unter ihr Kinn, der Daumen liebkoste ihre Unterlippe. Sie genoss das süße Sehnen, das ihren gesamten Körper mit einem Kribbeln überzog, schnurrte wie ein Kätzchen. Langsam fuhren seine Finger durch ihr Haar.

Sein Atem auf ihrem Gesicht ließ sie erschauern. Wann küsste er sie endlich? Sie verzehrte sich danach, war ihm nah, aber nicht nah genug. Sein Gesicht nur wenige Zentimeter von dem ihren entfernt, starrte sie wie hypnotisiert auf seinen sinnlichen Mund, begegnete seinem wissenden Blick. Ein Blick, der ihre Knie zum Zittern brachte. Sie schloss die Augen, ihre Lippen öffneten sich erwartungsvoll, das Herz drohte ihr zu zerspringen.

Und dann, endlich, kamen seine Lippen näher. Als sich sein Mund hauchzart auf den ihren legte, begann ihr Körper unkontrolliert zu zucken.

Er nagte zärtlich an ihrer Unterlippe, saugte daran, und dann suchte seine Zungenspitze die ihre. Mit einer Hand hielt er ihr Gesicht umfangen, während die andere sich feste zupackend um ihr Hinterteil kümmerte.

Das Zittern, das ihren Körper durchlief, lag außerhalb ihrer Kontrolle, sein Zungenspiel brachte sie um den Verstand. Sie tauchte in ein Meer aus blinkenden Sternen und hatte Mühe, sich auf den Beinen zu halten, denn ihre Knie waren mittlerweile butterweich und drohten unter ihr nachzugeben.

Auch Dominiks Lust stieg an, begann ihn zu überwältigen. Seine Augen waren dunkel vor Verlangen, sein Atem ging unregelmäßig. Er brannte darauf, sie zu lieben, doch er zwang sich, seine Leidenschaft im Zaum zu halten. Er küsste ihren Hals, seine Finger strichen ihre Wirbelsäule entlang. Er genoss, zu spüren, wie ihre beiden Körper nach einander verlangten. Zärtlich öffnete er den Reißverschluss ihres Kleides, schob es ihr von den

Schultern, bis es an ihrem Körper hinabglitt und zu ihren Füßen landete. Ihre Brüste streckten sich ihm lockend entgegen, die rosigen Spitzen hart aufgerichtet. Federleicht berührte er ihre Brüste zunächst mit seinen Händen. Dann neigte er den Kopf und liebkoste sie mit seiner Zunge.

Leah spielte mit seinen Nackenhaaren, genoss jede einzelne Sekunde. Sie war vor Begierde zu keinem klaren Gedanken mehr fähig, nahm voller Vorfreude wahr, wie Dominik sich seiner Hose entledigte, sie erneut in seine Arme zog und zärtlich zu dem Schreibtisch, der in der Nähe stand, schob.

Er hob sie hoch, und schon spürte sie die kühle glatte Oberfläche der Tischplatte unter sich. Eine köstliche Mischung – die Hitze ihres Körpers und die Kühle ihrer Sitzunterlage. Nackt saß sie vor ihm, die Beine leicht gespreizt, die Wangen gerötet, und die Augen vor Erregung verklärt und glänzend.

Die Hände auf ihre Oberschenkel gestützt stand er da und schaute sie einfach nur an. Er spürte, er hatte eine Frau vor sich, die dazu in der Lage war, ihn ganz tief in seiner Seele zu berühren. Leichte Schauer durchliefen seinen Körper, sammelten sich in seinem Schoß, und er schob sich gierig zwischen ihre Schenkel. Bereitwillig öffnete sie sich ihm und grub ihre Finger in sein weiches Haar. Er seufzte auf, barg sein Gesicht an ihrem Hals, ließ seine Hände über ihren Körper gleiten und bewegte sich zwischen ihren bebenden Schenkeln.

Alles in ihm verzehrte sich nach ihr. Er wollte sie spüren – von innen und außen, wusste, ihr Körper sehnte die Vereinigung ebenso herbei. Doch noch wollte er diese köstlichen Minuten der Vorfreude ausdehnen.

„Lehn dich zurück." Seine Stimme war sanft, aber dennoch verführerisch fordernd.

Leah stützte sich nach hinten auf ihre Ellbogen ab und tauchte ins Reich der Ekstase, als seine flachen Handflächen hauchzart und kaum spürbar über ihren erwartungsvollen Körper strichen. Dominik ließ keinen Zentimeter aus. Er führte seine Hände über ihre Waden, verweilte in ihren Kniekehlen und glitt schließlich an den Außenseiten ihrer Schenkel Stückchen für Stückchen zurück nach oben. Diese sinnlichen Liebkosungen dehnte er über einen geraumen Zeitraum aus, wurde nicht müde, sie in Verzücken zu versetzen und ließ schließlich seine Zunge der Spur seiner Hände folgen.

Ihr Körper begann unkontrolliert zu zucken, als er sein Gesicht in ihrem Schoß vergrub. Sinnlich fuhr seine Zungenspitze in einem geraden Strich durch ihre Spalte, umkreiste hart und fordernd ihre Klitoris, bis etwas in Leahs Schoß förmlich explodierte. Den erlösenden Orgasmus jedoch ließ er ihr nicht zukommen. Stattdessen hob er sie mit Schwung auf seine Arme und trug sie zum Schlafzimmer. Liebevoll legte er sie auf seinem Bett ab und betrachtete sie mit einem Blick, der ihr durch und durch ging. Ein

Schauer rann durch ihren Körper, als er sich zu ihr legte, sein Gesicht an ihrer Brust rieb und „Du kleine Hexe bringst mich um den Verstand", flüsterte. Sanft massierten seine Hände ihren Nacken, ihren Rücken, ihr Gesäß, die Innenseiten ihrer Schenkel. Sie stand in Flammen, wusste nicht, wie sie ihre Lust kanalisiert bekommen sollte und drängte sich ihm ungestüm entgegen.

Doch Dominik ignorierte ihre stumme Aufforderung. Er ließ seine Hände unverschämt langsam zu ihren Waden gleiten. Von dort aus strich er an der Außenseite ihres Körpers entlang bis zu ihrem Nacken. Dann endlich erbarmte er sich ihrer. Sanft legte er sich auf sie, schob mit dem Knie ihre Schenkel auseinander.

Durch sein Gewicht wurde sie tiefer in die weiche Matratze gepresst. Sie schlang ihre Arme um seinen Nacken und blickte ihm fest in die Augen.

Er küsste sie zart, und dann drang er in sie ein. Eine Woge des Verlangens überschwemmte Leah, als sie sich dem Rhythmus seiner sanften Bewegungen anpasste.

Wie verführerisch er sich in ihr bewegte, während er gleichzeitig ihr Gesicht, ihre Schultern und ihre Brüste mit kleinen Küssen übersäte. Zwischendurch hob er immer wieder den Kopf, um ihr in die Augen zu schauen, die deutlich ihre Erregung und ihre Lust widerspiegelten.

Das, was er in ihrem Blick las, heizte ihn an, seine Bewegungen nahmen an Tempo zu.

Leah gab sich ihm vollkommen hin, wünschte sich, ihm immer so nah zu sein, mit ihm zu verschmelzen, ihm alles zu schenken.

Die Welt um sie herum verschwamm, sie klammerte sich an ihn wie eine Ertrinkende und schlang ihre Beine um seine Hüften. Ihre Körper bewegten sich im Einklang, bekamen nicht genug voneinander. In der Sekunde höchster Ekstase schloss sie unwillkürlich die Augen, öffnete sie wieder. Ihr Blick verschmolz mit dem seinen, und als sie schließlich gemeinsam den Höhepunkt erreichten, liefen Leah Tränen über die Wangen, die Dominik ihr zärtlich wegküsste.

Es war mitten in der Nacht. Nachdenklich betrachtete Dominik die friedlich schlummernde Frau an seiner Seite. Er hätte sie auf ihr Zimmer schicken, sich nach der Sitzung mit anderen Dingen beschäftigen sollen – um den nötigen inneren Abstand wieder zu erlangen. Doch nun lag sie hier.

Der Wunsch nach ihrer Nähe hatte ihn gnadenlos verschlungen. Die Gier, sie in sein Bett zu verfrachten, um jeden Zentimeter ihres Körpers zu erforschen, ihn anzusehen, zu ertasten, zu schmecken, war stärker gewesen als alles andere. Dies war seit einer Ewigkeit die erste Frau, die er nach gemeinsamen erotischen Stunden nicht weit weg wünschte.

Er betrachtete ihren leicht geöffneten Mund, die zarte Linie ihres Halses und musste erneut lächeln. Diese bezaubernde Person hatte doch tatsächlich eine Saite in ihm zum Klingen gebracht, die ihn tief im Innern berührte. Leise seufzend schüttelte er den Kopf, blickte erneut voll Staunen auf die schlummernde Leah.

Dann setzte er behutsam seine Hände links und rechts neben ihrem Kopf auf, begann mit der Zunge die Linie ihres Halses nachzufahren, züngelte sich zu ihrem Schlüsselbein, weiter hinab zu ihren Brüsten. Die rosigen Nippel reagierten sofort, zogen sich zusammen, standen alsbald hart wie Diamanten ab. Langsam zog seine Zungenspitze kleine Kreise, seine Lippen legten sich erst um die eine, dann um die andere aufgerichtete Spitze. Und dann biss er leicht zu.

Er lächelte, denn sie stellte sich schlafend, dabei hatte er bemerkt, dass seine Liebkosungen sie geweckt hatten.

„Leg dich auf den Bauch.“

Leise seufzend rekelte sie sich – und gehorchte.

Den Kopf in ihr Kissen gedrückt, lag sie schwer atmend da, konnte es nicht erwarten, von ihm berührt zu werden.

Mit Schwung zog er ihr die Decke weg. Sie konnte seine Blicke förmlich spüren. Spüren, wie sie über ihren Rücken, ihr Gesäß und ihre Schenkel wanderten.

Sie lag einfach nur da. Ganz so, als hätte er einen Zauber über sie geworfen. Sanft landete sein Zeigefinger in ihrem Nacken, spielte kurz mit einer ihrer Haarsträhnen und fuhr dann zart wie eine Feder ihr Rückgrat hinab. Seine Berührung umschlang Leah wie ein köstlicher Balsam. Ihr Körper vibrierte. Sie sehnte sich nach seinen Händen, seinen Berührungen, nach seinem Duft, seiner Haut und seiner sinnlichen Stimme.

Seine Hand bewegte sich nun von ihren Waden aufwärts, bis sie an den Innenseiten ihrer Oberschenkel angekommen war. Sie hob ihr Gesäß an, gurrte wohlig, als sie seine Finger zwischen ihren Schenkeln spürte. Doch es reichte ihr nicht. Atemlos warf sie sich herum, schlang ihre Arme um seinen Körper, barg ihr Gesicht an seinem Hals und rieb sich an ihm.

Dort, wo sich ihre nackten Körper berührten, schrie ihre übersensibilisierte Haut in zügelloser Gier nach noch engerem Kontakt. Ihre tastenden Finger erfühlten die Wölbung seiner Schulterblätter, so als wären es die ersten Schulterblätter, die sie jemals ertastet hätte. Immer wieder formten ihre Fingerspitzen Erhebung und Vertiefung nach, nicht fähig und willens, ruhig liegen zu bleiben. Sie inhalierte seinen Geruch, ließ ihn mit ihrer Atemluft in ihre Lungen strömen. Wohlig seufzend umschlangen ihre gespreizten Schenkel seine Hüften.

Bauch an Bauch klebten sie aneinander. Seine Finger umspannten ihr Gesäß. Als er in sie eindrang, bäumte sie sich auf, ließ sich wieder sinken, wollte nichts, als an ihrer Gier zu ertrinken. Heißer Atem, sinnlicher Schweiß, leise Schreie bis zu den letzten Stößen, animalisch und einen reißenden Vulkan entfachend.

Erfüllt von einer Zufriedenheit, die ihr Herz warm und weit werden ließ, lag sie wenig später in seinen Armen. Sie gähnte wohlig, streckte sich und genoss es, nackt in seinem Bett unter der Decke zu liegen.

Hätte sie gekonnt, sie hätte die Zeit angehalten. Nicht mehr weg wollte sie von hier, wollte mit seinem Körper verschmelzen, in ihn hineinkriechen. Wolke sieben konnte nicht himmlischer sein. Eine ganze Weile lagen sie aneinander gekuschelt da, in harmonisches Schweigen gehüllt und in die Dunkelheit lauschend.

Leah war kurz davor, erneut in einen Dämmerschlaf zu sinken, als er flüsterte: „Es ist schon spät. Findest du allein zurück zu deinem Zimmer oder soll ich dich bringen?"

Dieser eine Satz ließ sie schlagartig aus ihrem Glückstaumel in die Realität fallen. Wie dumm war sie eigentlich? Hatte sie wirklich geglaubt, er würde sie bei sich übernachten lassen? Sie war eine dumme, verträumte Gans.

Ohne ihn anzublicken, schob sie die Decke von sich, schwang ihre Beine aus dem Bett.

Am Arm hielt er sie zurück, zog sie kurz an sich, gab ihr einen Kuss auf die Stirn. „Du bist seit sehr langer Zeit die erste Frau, die in meinem Bett liegt. Es fühlt sich schön an mit dir! Aber ich muss mich erst daran gewöhnen. Schlaf gut!"

Mitten ins Herz trafen sie seine Worte. Versöhnten sie mit seiner Abfuhr. Mit Tränen in den Augen sah sie ihn an, schlang kurz die Arme um seinen Hals, löste sich mit einem erstickten Laut von ihm und stieg aus dem Bett. Als sie nach ihrem Kleid und den Schuhen suchte, schlug ihr Herz unregelmäßig und schmerzhaft.

Als Leah den Raum verlassen hatte, atmete Dominik tief aus. Minutenlang lag er einfach nur da und starrte sehnsuchtsvoll und nachdenklich auf die Tür, durch die sie soeben verschwunden war.

Kapitel 20

Drei Tage lang hörte und sah Leah nichts von Dominik. Dann, am vierten Morgen, entdeckte sie auf dem Servierwagen, den man ihr brachte, drei Manschetten. Eine größere für den Hals und zwei kleinere für die Handgelenke.

Sie beschwerten ein weißes Blatt Papier – eine Nachricht für sie.

Hallo, meine kleine Sklavin. Leg die Manschetten an. Trag dazu schwarze High Heels, das beigelegte Kleid und nimm die Gerte an dich. Du wirst zu gegebener Zeit abgeholt.

Die kaum leserliche Unterschrift ließ sich mit viel Fantasie als *Dominik* entziffern.

Erst jetzt entdeckte Leah auf der unteren Ablage des Tablettwagens eine dünne Gerte mit kurzer, verknoteter Schnur am Ende und ein sorgsam zusammengelegtes schwarzes Kleid aus Spitze. Ihr Herz begann unkontrolliert zu klopfen. Endlich würde sie ihn wiedersehen. Sie beeilte sich, und schon kurze Zeit später stand sie frisch geduscht und an jeder Körperstelle blank rasiert vor dem Spiegel und begutachtete ihr Erscheinungsbild.

Ihr gewagtes Outfit und die Vorfreude setzten unzählige Endorphine in ihr frei. Sie hatte Schmetterlinge im Bauch. Trunken vor Abenteuerlust drehte sie sich vor dem ausladenden Spiegel und nickte zufrieden. Gut sah sie aus in dem schwarzen, eng anliegenden Kleid aus grob gewebter Spitze. Ihre Rundungen kamen darin vorteilhaft zur Geltung. Das Kleid war tief ausgeschnitten – sehr tief – und so kurz, dass man bei bestimmten Bewegungen den Ansatz ihrer Pobacken erahnen konnte. Ihr Haar hatte sie sorgfältig hochgesteckt und ihren Teint mit Glanzpuder zum Leuchten gebracht. Wäsche trug sie keine, dafür ein süßes Lächeln, das von ihrer brennenden Vorfreude erzählte. Sie schlüpfte in die hochhackigen Pumps. Einen Fuß graziös vor den anderen setzend durchschritt sie ihr Zimmer, in sich eine Erregung spürend, die ihr sündige Gedanken zuflüsterte. Eine Erregung, die nicht mehr auszubremsen war. Jede einzelne Zelle ihres Körpers vibrierte, als sie die Manschetten anlegte

Sie versuchte, ihre Nervosität in den Griff zu bekommen, denn sie wollte einen ruhigen und gefassten Eindruck vermitteln. Devot und zur Unterwerfung bereit, aber weder verunsichert noch nervös. Ganz so, wie Dominik sich eine Sub vorstellte.

Ihre Schuhe klackten bei jedem ihrer Schritte auf dem Fußboden. Die Minuten flossen träge und zäh dahin, und dann endlich klopfte es an der Zimmertür. Sie nahm die Gerte an sich, öffnete die Tür und ließ sich von einer Sklavin durch diverse Gänge in einen prunkvollen, quadratischen Saal führen. Es gab keine Fenster. Die Zimmerdecke war hoch, mit kunstvollem Stuck verziert. Die Wände mit golddurchwirktem Seidenstoff bespannt. Der Saal war in ein schummriges Licht getaucht. Auf einer Seite hingen verschiedene Käfige und Bondage-Halterungen von der Decke. Überall standen edle Sitzgruppen mit geschwungenen Armlehnen, gedrechselten Stuhlbeinen und schweren Polstern, auf denen es sich spielfreudige Gäste bequem gemacht hatten. Der Saal war gut gefüllt. Ein breit gefächertes Publikum, das sich bereits bestens amüsierte.

An Wandhalterungen hingen ringsherum verschiedene Lederpeitschen, Klammern, Fesseln, Gerten, Paddel und vieles mehr.

Sie betrachtete die Folterwerkzeuge, ließ ihren Blick zu einem gläsernen schmalen Schrank wandern, in dem Manschetten, Knebel, Ketten und Masken lagen. Der Raum offenbarte seinen Zweck sehr deutlich. Eine Tatsache, die Leah wohliger Schauer bescherte. Im Hintergrund war ein Podest aufgebaut, auf dem eine Domina gerade einen Sklaven kunstvoll fesselte. Eine Bar und gemütliche Couches luden ebenso zum Verweilen ein wie die plüschigen Nischen, in denen man durch edle Vorhänge vor Blicken geschützt war. An der Bar und in den Nischen tummelten sich halbnackte Frauen und Männer. Sie vergnügten sich miteinander, schlürften ihre Cocktails, ließen sich treiben und durch das Liebesspiel der anderen anregen. Langsame, schwere Musik verbreitete eine Atmosphäre von bedeutungsvoller Erwartung. Leah trat von einem Fuß auf den anderen, konnte nicht stillstehen.

Ihr fiel ein großer Spiegel auf, und anhand der schweren Brokatvorhänge links und rechts davon war sie sich sicher, dies war ein Einwegspiegel. Genau darunter stand ein breites französisches Bett mit edlen champagnerfarbenen Laken und einer Decke aus kupferfarbenem Satin. Daneben thronte in einem wuchtigen Ledersessel ein gut gekleideter Mann im hellen Anzug. Bei genauerem Hinsehen erkannte Leah in ihm André. Als hätte er ihren Blick gespürt, sah er in ihre Richtung. Er hob sein Glas wie zum Gruß in ihre Richtung, nahm einen Schluck, und der Hauch eines Lächelns huschte über seine Miene, als er ihr zuzwinkerte.

Leah zwinkerte zurück.

Auf dem runden Tisch neben seinem Sessel stand ein Eiskübel mit einer Flasche Champagner. André schenkte ein weiteres Glas ein, reichte es Valérie, die hinzugetreten war. Sie stießen an, als hätten sie sich aus feierlichem Anlass getroffen.

Leah beobachtete, wie Valérie sich auf dem Bett ausstreckte, laszive Trägheit ausstrahlend. Sie wirkte unglaublich entspannt, fast glücklich. Ihr stets etwas unruhiger Geist schien von wohltuendem Frieden durchtränkt. Ihre

Erscheinung war pure Verlockung. Sie trug einen Ganzkörperanzug aus Lack, welcher an den Brüsten und im Schritt offenherzig Einblick gewährte. Ihre Scham war komplett rasiert. Andrés Aufmerksamkeit war voll und ganz auf Valérie gerichtet, als er sich neben ihr niederließ.

Leah lächelte. Was für ein sinnliches Paar.

Sie ließ ihren Blick weiterschweifen, auf der Suche nach Dominik, und ein wohliger Schauer durchrieselte ihren Körper, als sie ihn endlich erblickte. Er war in Begleitung eines gut aussehenden, dunkelhaarigen Mannes. Beide standen in der Nähe eines Champagnerbrunnens. Als Dominik Leah ebenfalls erblickte, kamen sie langsam auf sie zu. Der tiefgründige Ausdruck seiner Augen, die unverwandt auf sie gerichtet waren, ließ sie innerlich dahin schmelzen. Sie biss sich auf die Unterlippe, um nicht laut vor Verlangen aufzuseufzen. Egal was dieser Mann vorhatte, wenn er sie zwischendurch mit diesem Blick bedachte, würde sie alles für ihn tun. Selbst wenn es bedeutete, dem Leibhaftigen in der Hölle entgegenzutreten.

Sorgfältig und graziös setzte sie einen Fuß vor den anderen, den Rücken durchgestreckt, sich ihrer körperlichen Vollkommenheit durchaus bewusst.

Ein wenig enttäuscht stellte sie fest, dass Dominik nicht darauf reagierte.

Sie schob ihre Brüste nach vorn, die Geilheit wollte aus ihnen herausfließen. Nur das kurze Hochziehen seiner Augenbraue zeigte an, dass sein Gesicht nicht aus Stein gemeißelt war. Seine kurze Geste befahl Leah, sie möge sich vor ihm drehen.

Sie tat es, sich in jeder Sekunde darüber bewusst, dass er sie dabei von oben bis unten betrachtete.

„Ist sie nicht entzückend?" Mit Besitzerstolz legte er seine Hand unter ihr Kinn, als er diese Worte an seinen Begleiter richtete.

Dieser nickte. „Wirklich hübsch. Ich hoffe, du hast sie gut erzogen."

„Probiere es aus."

„Nimm Haltung an!", befahl der Mann, und das bisherige Lächeln verschwand binnen einer Sekunde aus seinem Gesicht, wich einer unnachgiebigen Strenge.

Leah warf Dominik einen trotzigen Blick zu, hätte sich am liebsten wütend auf ihn gestürzt. Doch sie gehorchte, kniete sich aufrecht hin, Rücken durchgestreckt, Hände auf dem Rücken, Schultern nach hinten, den Kopf stolz erhoben, mit demütig gesenktem Blick.

Der Mann schien zufrieden. Sie spürte seinen Blick, als er sie langsam umrundete. Jede Faser ihres Körpers war auf Hochspannung.

„Steh auf." Seine Stimme war schneidend.

Leahs Körper versteifte sich.

„Ich sagte, du sollst aufstehen. Ich erwarte von meiner Sklavin Gehorsam, respektvolles Verhalten und Bewegungen, die anmutig sind. Und heute Abend bist *du* meine Sklavin."

Eine eiskalte Hand umfasste ihr Herz. Sie war drauf und dran, Dominik um Gnade zu bitten, unter seinem kühlen, unerbittlichen Blick jedoch erstarben ihre Worte.

Mistkerl.

Widerwillig erhob sie sich, wohl wissend, dass es durchaus sinnvoll war, ihren Trotz, ihre Wut, ihre Traurigkeit und ihre Fassungslosigkeit tief in ihrem Inneren zu vergraben. Sie wollte Dominik gehören. Niemandem sonst. Doch sie wusste zu gut, dass es durchaus dazugehörte, dass ein Dom seine Sklavin mit anderen Doms teilte.

„Das ist Master Simon", vernahm sie Dominiks Stimme. „Heute Abend wirst du seine Befehle entgegennehmen. Enttäusche mich nicht, meine kleine Sklavin."

Simon drehte sie zu sich, hob ihr Kinn mit einem Finger und küsste sie auf den Mund. Dann nahm er ihre rechte Hand und steckte ihr einen Silberring an den Ringfinger. Eine kleines „S" war daran befestigt.

„Solange du diesen Ring trägst, wirst du meine Sklavin sein. Und wenn auch du etwas von diesem Spiel haben möchtest, solltest du tun, was ich verlange. Schließlich habe ich dich zu meinem persönlichen Vergnügen ausgeliehen und wünsche keine bösen Überraschungen."

Aus dem Augenwinkel bemerkte sie, wie Dominik in der Menge verschwand. Seine Abwesenheit schmerzte sie schon jetzt und hinterließ ein klaffendes Loch in ihrer Seele.

Langsam nahm Simon ihr die Gerte aus der Hand. Er griff ihr in den Nacken, zog sie zu sich heran, küsste sie hauchzart auf den Mund.

Damit hatte sie nicht gerechnet. Tief atmend blickte sie ihm für einen winzigen Moment in die Augen.

Simon beugte sich vor, flüsterte ihr ins Ohr: „Ich hoffe, wir werden viel Spaß miteinander haben."

Sein Zeigefinger fuhr vom Haaransatz die Wirbelsäule hinab zu ihrem Gesäß. Er gab ihr einen zärtlichen Klaps auf den Po, zog sie mit sich zu einem Sessel, legte die Gerte ab, sich ein Kissen auf die Beine und klopfte darauf.

„Über meinen Schoß!", befahl er.

Ohne ihn anzublicken und stocksteif legte sie sich über seine Schenkel. Sie spürte, wie er sie zurechtrückte, ihr das Kleid über die Hüften schob und wie seine Hand zärtlich über ihre Pobacken strich.

In Erwartung einer Züchtigung verkrampfte sie sich unter seinen Berührungen. Diese Zärtlichkeit war für sie wie die Ruhe vor dem Sturm. Sie kannte ihn nicht, wusste ihn nicht einzuschätzen.

Aber es folgten keine Schläge. Stattdessen streichelte er sie weiter, nicht nur ihr Hinterteil, sondern auch Rücken und Schenkel. Ihr verkrampfter Körper begann sich ein kleines Stück zu entspannen. Himmlisch fühlten sich seine Hände an.

„Entspann dich", befahl er leise und fuhr fort, sie zu streicheln. Dann gab er ihr einen ersten leichten Klaps auf ihr Gesäß, ein weiterer folgte. Die Schläge wurden ganz langsam schneller, fester, ließen kein Stückchen Haut aus. Schon bald begann ihr Hinterteil zu glühen, ihre Haut wurde immer heißer. Es fühlte sich gut an. Die intensiver werdenden brennenden Schläge ließen genug Raum, damit die Pein sich in Lustschmerz wandeln konnte.

Es fiel ihr schwer stillzuhalten. Beim nächsten Niederschnellen seiner flachen Hand zuckte sie aufstöhnend zusammen und versuchte instinktiv, seinem Schlag auszuweichen.

„Halt still! Das Rot auf deinem Arsch ist noch nicht intensiv genug."

Ihr Verlangen wuchs, sie wollte mehr! Mit geschlossenen Augen begann sie sich hinzugeben.

Seine Hiebe hinterließen einen Flächenbrand auf ihrem Hinterteil. Unter seiner kundigen Züchtigung hatten sich ihre Nippel lustvoll verhärtet, rieben an der Spitze ihres Kleides. Leise stöhnte sie auf, während seine Hand mal ihre linke, mal ihre rechte Pobacke bearbeitete. Simon züchtigte sie hart. Hieb um Hieb ließ sie heiser aufschreien, bis sie nur noch matt über seinen Schenkeln hing.

Er richtete sie auf, ließ sie langsam auf die Beine kommen, vollkommen aufgelöst.

„Sieh mich an!" Gehorsam hob sie den Blick, sah Bewunderung und Zuneigung in seinen Augen. Herrliche Glückseligkeit durchströmte ihren Körper.

„Und nun zieh dein Kleid aus."

Sie tat, was er verlangte, und stand kurz darauf mit nichts als High Heels und Manschetten vor ihm.

Zärtlich streichelte er ihre Brüste, zupfte sanft an ihren Nippeln. Sie vergaß fast zu atmen, so köstlich waren seine Berührungen. Sein warmer Atem streifte ihr Ohr. Sie hielt die Luft an, als er hinter sie trat und warme Atemluft in ihren Nacken blies.

„Die Beine auseinander!"

Sie gehorchte, keuchte auf, als sie seine Hand von hinten zwischen ihren Schenkeln spürte.

Dann bückte er sich, ergriff die Gerte.

Als sie hinter sich ein sirrendes Geräusch in der Luft vernahm, spannte sie in Erwartung eines harten Schlages die Pobacken an.

„Locker lassen", flüsterte er, gab ihr mit der Hand einen Klaps auf ihr Hinterteil.

Zart malte die Gertenspitze kleine Kreise auf ihren Po, tanzte die Innenseiten ihrer Schenkel hinab und wieder aufwärts. Und dann spürte sie den ersten Kuss der Gerte auf ihrem Rücken, nicht besonders fest, aber spürbar.

Der kurz darauf folgende Schmerz war diabolisch. Leah war so überrascht von der schneidenden Intensität, dass sie laut aufschrie.

Er stand seitlich vor ihr, sie sah, wie er den Arm etwas hob, hörte das Surren der Gerte, im nächsten Moment standen ihre Schenkel in Flammen.

„Hübsch siehst du aus, wie ein Engel. Beim Spiel mit der Gerte seid ihr Sklavinnen besonders schön."

Hieb um Hieb setzte er, brannte ihr die Male auf, die sie als Sklavin auswiesen. Sie schloss die Augen, öffnete sie erschrocken, denn Simon hatte einen Schlag auf ihr Hinterteil platziert, der ihr die Tränen in die Augen trieb. Umringt vom zunehmenden Publikum bäumte sie sich unter den harten Hieben auf, mit verzerrtem Gesicht. Tränen rannen über ihre Wangen, erstickte Schreie wehten aus dem aufgerissenen Mund.

Zu ihrer Verblüffung zog er sie urplötzlich an seine Brust, drückte mit einer Hand sanft ihren Kopf an sich und streichelte mit der anderen beruhigend ihren Rücken. Tiefe Sehnsucht suchte sie heim. Sie ersehnte Geborgenheit, schmiegte sich an ihn. Seine zärtliche Dominanz war beeindruckend und hypnotisierte ihr Denken. Sie war verwirrt, denn das Spiel hatte doch gerade erst begonnen und schon jetzt wurde sie belohnt.

Er schob sie ein Stück von sich, nahm ihre Brüste in die Hand, streichelte die zarten Knospen.

„Schau mich an!"

Wie gebannt hob Leah den Blick. Ein lustvolles Seufzen perlte von ihren Lippen, als Daumen und Zeigefinger ihre Brustspitzen zu zwirbeln begannen, ihr Seufzen erfüllte den Raum. Sein herausforderndes Streicheln brachte ihren Schoß zum Kribbeln. Als er den Kopf neigte und sich seine Lippen ihren Brüsten näherten, schob Leah sie ihm lustvoll entgegen. Ihr Körper war in einer Spannung gefangen, als bestünde jeder einzelne ihrer Muskelstränge aus Starkstromleitungen. Das Streichen, Kreisen und Stupsen seiner Zungenspitze fand sein Echo im Pulsieren ihres Unterleibes. Und dann ließ er sie seine Zähne spüren. Ein leiser, scharfer Schmerz, welcher sich in süße Lust verwandelte. Sie wand sich unter seinem zärtlichen Lippen- und Zungenspiel, und als sie für einen Moment ihre Augen öffnete, nahm sie Dominik inmitten der Schaulustigen ganz in der Nähe wahr. Ihr verschleierter Blick traf den seinen, ihre Lider begannen zu flattern.

Dominik.

Sein Blick riss sie kurz aus dem sinnlichen Taumel, doch Simon verstand sein Handwerk so perfekt, das sie alsbald erneut ins Reich der Ekstase eintauchte. Er biss ihr spielerisch in den Hals, griff ihr ins Haar und zog ihren Kopf leicht nach hinten. Dabei wurden seine Bisse energischer.

Leah erschauerte. Sie atmete so heftig, dass sich ihre Brust deutlich hob und senkte.

Dann packte er sie mit beiden Händen an den Hüften und drehte sie so, dass ihr Hinterteil sich an seinen Unterleib schmiegte. Er schob sie zur Rückenlehne des Sessels, auf dem er zuvor ihr Gesäß bearbeitet hatte.

„Stütz deine Hände ab."

Sie gehorchte, spürte, wie er hinter ihr in die Knie ging. Dabei hielt er ihr Gesäß umfasst und knetete ihre Pobacken. Seine Finger hinterließen eine glühende Spur auf ihren Oberschenkeln, schoben sich kurz von hinten zwischen ihre Schenkel, um sich zu ihrem Leidwesen langsam wieder in eine andere Richtung zu bewegen.

Leah gierte förmlich nach mehr.

Nach einer für sie unerträglich langen Wartezeit führte er seine Fingerspitze endlich für einen kleinen Moment zwischen ihre Schamlippen, ließ sie allerdings viel zu kurz auf ihrer Klitoris ruhen.

Ein unwilliger Laut entfuhr ihr, als er seinen Finger wieder zurückzog; sie gurrte erlöst, als seine Hand sich erneut in ihren Schoß grub. Jeder Stoß seines Fingers, jede Liebkosung seines Daumens, der zart auf ihrer Klitoris ruhte, durchzuckte sie köstlich süß. Sie gierte danach, von ihm in den Wahnsinn getrieben zu werden, atmete flach, bog sich seiner Hand entgegen und verlor sich im Rausch der Empfindungen.

Er biss ihr zärtlich in ihr Gesäß, während Leah mit zitternden Beinen am Sessel lehnte und vor Lust fast wahnsinnig wurde.

„Beug dich weiter vor, die Beine auseinander – ich möchte dich schmecken."

Mit wackligen Knien machte sie ein paar Schritte zurück, stützte sich auf die Sessellehne.

Und schon war Simon unter ihr, umfasste ihre Schenkel und leckte sie mit seiner harten Zunge. Dieser Mann verstand es wahrlich, eine Frau zu berühren und zu befriedigen. Seine Hände auf ihrem Hinterteil liegend, vergrub er das Gesicht zwischen ihren zitternden Schenkeln, leckte sie unermüdlich und ließ keinen Millimeter aus. Seine Zunge lockte, spielte, liebkoste. Umkreiste ihre Klitoris. Leahs Knie waren butterweich, sie begann heftig zu zittern. Sie befürchtete, ihr würden die Beine wegsacken.

In ihrem Innern begann es zu kribbeln, in ihren Ohren rauschte es, nicht mehr lange und sie würde in einen herrlichen Orgasmus fallen.

Nicht weit entfernt stand Dominik. Er beobachtete das Liebesspiel regungslos und kämpfte seine Eifersucht nieder. Das, was er sah, gefiel ihm ganz und gar nicht. Leah schmolz unter der Flut an Zärtlichkeit ja förmlich dahin.

Verdammt noch mal, der Kerl sollte sie züchtigen, stattdessen bettete er sie gerade auf Rosen und tat mit ihr, was Dominik selbst gerne tun würde – sich heute aber verwehrte. Schließlich konnte er seine nervtötende Eifersucht in Bezug auf Leah auf Dauer nur bekämpfen, wenn er sich derartigen Situationen immer mal wieder aussetzte – statt sie als seine alleinige Sub zu betrachten. Es gehörte für ihn schließlich zum Spiel dazu, seine jeweilige Sklavin zu teilen. Zumindest bisher! Spielregeln waren dazu da, dass man sie ändern konnte. Und wenn diese verdammte Eifersucht trotz Bemühungen eher stärker wurde, statt dass sie abnahm, dann würde er ernsthaft über eine Abwandlung der eigenen Regeln nachdenken,

Er hasste Leah in diesem Moment. Für diese verflixte Eifersucht, für sein Begehren, dafür, dass sie sich einem anderen so hingab. Und sich hasste er erst recht.

Innerlich verbrannte es ihn förmlich. Er hatte die Situation einfach unterschätzt!

Eine Hand legte sich auf seine Schulter. Valérie war neben ihn getreten, blickte ihn besorgt an.

„Was ist los?"

„Nichts."

„Ach komm schon. Ich spüre doch, wenn es dir nicht gut geht."

Sie folgte seinem grimmigen Blick, seufzte leise. Das also war es. Sie kannte die Anzeichen. Es war ähnlich wie damals – bei Cathérine. Mit dem kleinen Unterschied, dass Cathérine damals ein böses Spiel gespielt hatte, während Leah ihrem Bruder tatsächlich verfallen war.

Doch das änderte nichts an der Gesamtsituation.

Es begann gefährlich zu werden. Wahrscheinlich gefährlicher als damals, denn sie spürte echte Gefühle bei Dominik. Das Pulverfass begann zu brodeln und musste in Schach gehalten werden.

„Sie ist mehr für dich als eine Sklavin?"

„Wer behauptet das?"

„Ich sehe es dir an."

„Blödsinn. Sie ist meine Sklavin, und heute habe ich sie verborgt. Allerdings versaut dieser Idiot meine komplette Erziehung. Er sollte sie züchtigen, nicht wie eine Prinzessin behandeln."

In der Hand hielt Dominik eine zusammengerollte Peitsche. Fest umschlossen seine Finger das Leder, ganz so, als wollte er gerade eine Zitrone ausquetschen.

Mit lautem Fluchen pfefferte er die Peitsche in eine Ecke, dann stürmte er mit großen Schritten in Richtung Leah.

Mit entsetzt aufgerissenen Augen blickte Valérie ihm nach.

Kapitel 21

*L*eah unterdessen befand sich in einem Sinnestaumel. Sie war nur noch einen Wimpernschlag vom Orgasmus entfernt, als jemand sie grob an ihren Handgelenken nach oben riss.

Simon war nicht weniger perplex, verstand aber innerhalb kürzester Zeit, was in Dominik vorging. Er erhob sich, grinste wissend und überließ ihm das Feld.

Leah versuchte sich von Dominik loszumachen.

„Du bleibst hier. Bei mir", zischte er. „Oder willst du deinem Galan hinterherrennen wie eine läufige Hündin?"

„Ach! Erst verhökerst du mich, und urplötzlich meldest du Besitzansprüche an? Du solltest dir demnächst vorher überlegen, was du willst." Die Hände zu Fäusten geballt warf sie ihm diese Worte höhnisch entgegen.

Sein ohnehin schon finsterer Gesichtsausdruck verdunkelte sich noch mehr. Klirrendes Eis tauchte in seine Augen.

Er packte sie am Handgelenk und zerrte sie quer durch den Raum zur Tür hinaus, weiter durch mehrere Gänge bis zu einer Tür, die in den Garten führte. Unbarmherzig zog er sie mit sich hinters Haus, presste sie mit dem Rücken gegen die Hauswand.

„Lass mich los."

Er schob die Finger seiner freien Hand in ihr Haar und zog ihren Kopf leicht in den Nacken. Sein Blick fiel auf ihren lilienweißen, ungeschützten Hals.

„Ich denke nicht daran. Mir fällt nämlich so einiges ein, was ich mit dir anstellen könnte, Prinzessin."

„Nenn mich nicht Prinzessin. Und jetzt lass mich los."

Dominik lachte rau auf.

„Du hast dich eben wie eine Prinzessin behandeln lassen, also nenn ich dich auch weiterhin so."

Mit aller Macht stemmte sie sich gegen ihn, wütende Blitze schossen aus ihren Augen. Der Griff in ihrem Haar verstärkte sich. Als seine Finger ihren Hals umfassten, beschleunigte sich ihr Atem. Dominik drückte ihre Kehle leicht zu, schließlich etwas fester, bis sie zu keuchen begann. Langsam ließ er locker, fuhr mit dem Zeigefinger ganz leicht über ihren Hals, ihre Schultern, umrundete ihre Brüste, deren Knospen sich hart aufgestellt hatten. Je enger er die Kreise seines Fingers in Richtung Brustwarze zog, umso tiefer wurde ihr Sehnen. Jede ihrer Nervenbahnen schien unter seinen behutsamen Berührungen zum Leben zu erwachen. Ihre Haut prickelte, glühte dort, wo er sie berührte.

Die Luft hüllte sie ein, legte sich um sie wie ein seidiger Mantel. Leahs Sinne waren geschärft, hungrig, neugierig und unendlich gierig.

Hart wie Diamanten rieben sich ihre Nippel an seinem Handballen, er drückte zu, ließ locker. Sie spürte seine Zunge auf der linken Brustwarze. Das Streichen, Kreisen, Saugen und Stupsen seiner Zungenspitze fand sein Echo im Pulsieren ihres Unterleibes. Als sie seine Zähne spürte, keuchte sie laut auf. Der leise, scharfe Schmerz vereinte sich mit süßer Lust. Die rosige Knospe zwischen seinen Zähnen haltend, zog er an ihr, ließ sie los, begann erneut an ihr zu nagen. Kleine, helle Schreie waren die Antwort auf sein bittersüßes Spiel.

„Leg deine Handgelenke aneinander."

Ihn nicht aus den Augen lassend, gehorchte sie. Dominik packte sie bei den Handgelenken, zog diese hoch über ihren Kopf. Dort befestigte er die Ösen der Manschetten an Karabinerhaken, die an einem Balken befestigt waren, der über ihr aus der Hausmauer herausragte. Ihre Füße konnten gerade noch so den Boden berühren.

Straff gestreckt und auf Zehenspitzen stand sie vor ihm, mit bebendem Atem, erhitzten Wangen und herrlich runden Brüsten, die sich in dieser Haltung wundervoll spannten.

„Nun kann ich mit dir machen, was ich will."

Sein Atem fühlte sich kühl und prickelnd an ihrem Ohr an. Seine Stimme war rau und streng.

Wie sie sich vor ihm wand, immer um Bodenkontakt bemüht, wirkte wie ein Aphrodisiakum auf ihn. Er suchte ihren Blick, spreizte ihre Beine, sodass ihre Füße den Halt verloren ... ihn schließlich wiederfanden, strauchelnd, aber erfolgreich.

Wie süß gequält sie ihn anblickte. Hinreißend! Für diesen Blick würde er meilenweit gehen.

„Hat dir gefallen, was Simon mit dir getrieben hat?"

Sie antwortete nicht.

„Ich habe dich was gefragt!"

Sie aber wollte nicht darüber reden. Er hatte ihr befohlen, Simon zu gehorchen, und das hatte sie getan. Mehr gab es dazu nicht zu sagen. Trotzig streckte sie ihr Kinn vor, schwieg weiterhin.

„Antworte mir!" Diesen Befehl presste er zwischen den Zähnen hervor, unterdrückte Wut lag darin.

Sie hielt seinem Blick stand.

„Fangen wir etwa wieder ganz von vorn an? Ich dachte, du hättest mittlerweile gelernt, dass es besser ist, meinen Befehlen zu gehorchen."

Als Dominik in seine Hosentasche griff und ein Taschenmesser zum Vorschein kam, begann sie zu zittern. Sie konnte ihre Augen nicht von dem Messer abwenden, dessen Klinge langsam näher auf sie zukam. Vor Schreck wie gelähmt, vergingen Sekunden, ehe sie sich regte.

„Was ...?!"

„Psssssst. Du verdirbst die Magie des Augenblicks." Dominiks Ton war ihr fremd.

Die Klinge war nur noch wenige Millimeter von ihrer Haut entfernt – die Spitze des Messers mahnend auf ihren Mund gerichtet.

Sein Zeigefinger strich über ihre bebende Unterlippe. Leah rang nach Luft, als sie den Druck der Klingenspitze an ihrer Kehle spürte. In ihren Ohren begann es zu rauschen. Zu keiner Bewegung fähig, lauschte sie dem lauten Pochen ihres Herzens. Sie schloss die Augen und wünschte sich ganz weit weg, Wollte gleichzeitig jedoch genau dort bleiben, wo sie war: bei Dominik, dem sie eigentlich doch blind vertraute, egal welche Spielchen er im Sinn hatte.

Eigentlich – und genau da lag ihr Problem! Wie konnte sie sich zu einhundert Prozent auf ihn einlassen und ihm vertrauen, wenn er sie mit dieser Fremdheit verunsicherte? Leah fühlte sich in diesem Moment sehr einsam.

Ihre Mimik faszinierte Dominik. Er konnte in ihr lesen wie in einem Buch, spürte den inneren Kampf, den sie gerade ausfocht. Als er sah, wie Tränen ihre Wangen herabliefen, pressten sich seine Lippen auf die ihren, erst fest, dann unsagbar zärtlich.

Leah hielt ganz still. Ein eigenartiges Gefühl machte sich in ihr breit. Sie wollte ihn abgrundtief hassen, doch es gelang ihr nicht. Sie wollte auf der Stelle fort von ihm, doch ihr Körper sprach eine andere Sprache, reagierte auf ihn wie ein trockener Schwamm auf Wasser. Anstelle von Unsicherheit stellte sich Neugier ein. Und wachsende Erregung. Sie genoss die Liebkosungen seiner Lippen. Gefühlvoll liebkosten sie die ihren, zart, noch zarter – wie ein Hauch. Sie streichelten ihren Mund, als wäre er etwas ganz kostbares, wanderten über ihre Wangen, liebkosten ihre Augenlider, ihre Stirn, den Rücken ihrer Nase und erneut ihren Mund, während das Messer nach wie vor kitzelnd an ihrer Kehle ruhte.

Sie gab dem leichten Druck seiner Zunge nach, öffnete ein wenig ihren Mund. Seine Zunge nahm Kontakt mit ihrer züngelnden rosigen Spitze auf. Sie spürte ein Ziehen in ihren Brustwarzen. Ihre Lippen bebten unter seinem sinnlichen Kuss, ihr verschlug es den Atem – ja, sie war im wahrsten Sinne des Wortes atemlos. Adrenalin durchpeitschte ihren Körper, die ungebändigte Panik, gepaart mit dem herrlichen Kribbeln, das seine Liebkosungen verursachten, war ein Cocktail, der wie eine Droge wirkte. Sanft strich er ihr durchs Haar, dann löste er sich von ihr, und sie fühlte sich erneut so schrecklich allein.

Wie durch Watte drang seine Stimme zu ihr durch: „So, jetzt darfst du sprechen. Also? Wie war Simon?"

Sie erschauerte, als die Spitze des Messers genau zwischen ihren Brüsten landete, diese umrundete und ebenso mit ihren Brustwarzen zu spielen begann wie zuvor seine Zunge.

Ihr wurde mulmig, und dennoch erregte sie die Ohnmacht, in der sie sich befand.

„Dominik, bitte …", presste sie mühsam hervor und verstummte augenblicklich, als er die Messerspitze ihren Bauch abwärts bis zu ihrem Venushügel tanzen ließ, bis sie das spitze Metall schließlich auf ihrer Klitoris spürte. Leah atmete nur noch flach.

„Du zitterst ja", flüsterte er. „Schade, dass ich meine Kamera nicht dabei habe. Deine Mimik ist perfekt."

„Wieso bist du so kalt? So fremd? So wütend?"

„Bin ich das?"

„Ja!"

„Du kennst meine Facetten. Man bin ich hart, mal bin ich zart! Und heute werde ich deine Grenzen ausdehnen. Dir zeigen, wer dein wahrer Herr ist. In den Händen von Simon wurde dir zu sehr viel Zucker in dein entzückendes Hinterteil geblasen."

Die Messerklinge zog kleine Kreise um ihre Klitoris.

Leah erschauerte. Egal, was er auch tat, es löste einen Sturm der Erregung in ihr aus. Sie versuchte, seine subtile Fremdheit zu verdrängen, ihre gefühlte Einsamkeit an die aufsteigende Lust abzugeben.

Das Metall an ihrer Knospe kitzelte wohlig. Süße Wellen durchzogen ihren Schoß. Sie empfand keine Angst, sah in dieser Situation keinerlei Gefahr für ihr Wohl, denn egal was auch war und was passierte – sie vertraute Dominik zu einhundert Prozent. Dieser Teufel bewohnte ihr Herz und ihre Seele und wenn es sein müsste, sie würde ihm in die Hölle folgen, nur um bei ihm zu sein.

Sie hörte, wie nach ihr gerufen wurde. Valérie, es war Valérie. Ihre Stimme wurde lauter, und dann sah sie diese um die Ecke des Gemäuers eilen.

„Hier seid ihr", rief sie und warf ihrem Bruder einen prüfenden Blick zu. „Wieso seid ihr nicht drin bei den anderen geblieben?"

„Weil wir allein sein wollten. Und wieso schleichst du uns nach?" Dominiks Stimme klang gelangweilt.

„Ich … nun, plötzlich wart ihr verschwunden."

„Nicht ungewöhnlich für einen Herrn und seine Sklavin, meinst du nicht?"

Er befreite Leah aus ihrer Halterung, gab ihre Hände wieder frei. Ohne eine Antwort abzuwarten, ließ er die beiden Frauen allein.

„Sei vorsichtig! Sonst wirst du eines Tages erfahren, wie streng und unerbittlich Dominik sein kann." Valéries Worte drangen wie durch Watte zu ihr durch.

Dankbar nahm sie die schwarze Samtstola entgegen, die Valérie ihr reichte, um die Nacktheit ein Stück weit zu verbergen.

„Gerade eben war er mir fremd", gestand sie der anderen.

„Was meinst du?"

„Da war etwas, das ich nicht einordnen konnte. Wie er sein kann, wenn er wütend auf mich ist, weiß ich mittlerweile zu gut. Aber heute war da etwas …" Sie brach ab, fuhr dann fort: „Es hat ihm wohl überhaupt nicht gefallen, was zwischen mir und dem anderen Dom abgelaufen ist. Dabei hat er selbst mich doch an ihn ausgeliehen."

„Stimmt, ich habe gesehen, wie grimmig er euch zugesehen hat. Deshalb behielt ich euch im Auge. Als ihr plötzlich wie vom Erdboden verschluckt wart, habe ich euch gesucht. Ich weiß, wie furchterregend Dominik sein kann, wenn er seine Beherrschung verliert."

„Du hast dir Sorgen gemacht?"

Valérie nickte. „Damals bei Cathérine hat er häufiger die Selbstbeherrschung verloren. Ich habe mir bis heute nicht verziehen, dass ich nicht eingeschritten bin, als …"

„Ja?"

„Ach nichts."

„Wieso beginnst du mit dem Thema, wenn du sowieso nicht vorhast, es zu Ende zu führen?"

Valérie schwieg eine ganze Weile. Dann seufzte sie und erwiderte leise: „Sorry, aber ich werde auch heute noch von meinen Gefühlen überrollt, wenn …" Sie brach ab.

Leah hob die Hand. „Schon gut! Ich will es ja auch gar nicht wissen. Das alles war lange vor meiner Zeit. Für mich zählt nur die Gegenwart. Und egal was damals auch war, egal, was geschieht, meine Gefühle für Dominik werden sich dadurch sowieso nicht ändern."

Valérie zog sie mit sich ins Gebäude.

„Liebst du ihn?"

„Ja."

Verständnisvoll blickte Valérie ihr entgegen, lächelte warm und sagte leise: „Ich freue mich für meinen Bruder, dass er aufrichtig geliebt wird. Da ich dich jedoch mag, halte ich es für meine Pflicht, dich daran zu erinnern, dass das Wort Liebe im Zusammenhang mit Dominik niemals passen wird. Wie schon einmal erwähnt, habe ich im Laufe der Zeit viele gebrochene Herzen gesehen. Es gibt wohl keine Sklavin, die ihm nicht erlegen ist."

Ein Nadelstich durchzuckte Leahs Herz. Vor ihrem inneren Auge lief ein Film ab: Sklavinnen, die ihm ebenso zu Willen waren, ihn fürchteten, verehrten wie sie. Die ebenso auf Liebe hofften, ihm den köstlichen Mix aus Furcht, Verehrung und Gehorsam entgegenbrachten.

Valérie geleitete Leah zu ihrer Zimmertür und umarmte sie herzlich. „Pass auf dich auf."

Sie wandte sich zum Gehen, machte auf halbem Absatz jedoch kehrt.

„Du sagst, für dich zählt nur die Gegenwart? Nun, dann solltest du dir auf jeden Fall ein Bild davon machen, wie Dominik ist, wenn alle seine Masken fallen. Ich führe ich dich morgen Abend an den Ort, wo er seine dunkelste Seite auslebt. Mit armen Kreaturen, denen nichts bleibt, als zu beten, dass sie heil aus der Sache herauskommen. Dir wünsche ich, dass du dies nie am eigenen Leib wirst erfahren müssen."

Kapitel 22

*D*ie Nacht war vorübergegangen, der Tag angebrochen. Leah hatte nur wenig geschlafen, bestenfalls ein wenig geschlummert.

Der Abend zuvor war ihr nicht aus dem Kopf gegangen.

Hätte er nicht diesen merkwürdigen Zug an sich gehabt, sie hätte die gesamte Situation um ein Vielfaches mehr genossen. Trotz Messer! Sie wusste um die anregende Wirkung von aufflackernder Angst beim Liebesspiel und um das herrliche Gefühl, seinem Dom dennoch zu einhundert Prozent zu vertrauen. Am Tag zuvor jedoch war er ihr wie ein Fremder erschienen. Etwas, das sich mit Grenzen überschreitenden Spielen nicht gut vertrug.

Was genau war schief gelaufen? Was hatte dieses fremde Flackern in Dominiks Augen zu bedeuten gehabt? Sie hatte ihn schon mehrfach zur Weißglut getrieben, ihn in der ersten Zeit ihres Aufenthaltes hier im Club gar rasend vor Wut gemacht, aber das, was sie gestern bei ihm gespürt hatte, konnte sie nicht einordnen. Zumal sie gehorsam getan hatte, was er von ihr verlangte, obwohl sie sich am liebsten trotzig dagegen gesträubt hätte.

Es hatte ihm nicht gefallen, dass Simon so sanft zu ihr gewesen war, aber dafür konnte sie doch nichts. Er war ihr als Dom für diesen Abend an die Seite gestellt worden, und sie als seine Sklavin hatte ihm zu gehorchen gehabt, oder etwa nicht?

Sollte Dominik etwa ...

Leah wagte es nicht, diesen Gedanken zu Ende zu spinnen. Nein, das konnte nicht ... oder doch? War der über alles erhabene Dominik ganz simpel eifersüchtig gewesen?

Das würde erklären, wieso er sie so derbe von Simon weggezerrt hatte und ihr so fremd erschienen war. Denn diese Facette hatte sie bisher nie bei ihm erlebt.

Quatsch. Du dumme Gans!, schalt sie sich innerlich.

Dominik und Eifersucht passten zusammen wie eine Kuh zum Mond – nämlich gar nicht.

Da war aber noch was, was sie nicht losließ: Valéries Andeutungen über eine dunkle Seite an Dominik.

Am Abend wolle Valérie sie zu einem geheimen Ort führen, an dem Dominik alle Masken fallen ließ. Sollte sie sich wirklich darauf einlassen? Vielleicht war es ja besser, nicht alles über ihn zu wissen, denn verfallen war sie ihm so oder so. Außerdem würde er sicherlich fürchterlich wütend sein, wenn er herausbekam, dass sie ihm hinterherschnüffelte. Und das konnte sie wahrhaftig nicht gebrauchen – zumal sie am Abend zuvor eher unschön auseinandergegangen waren.

Sie wälzte sich in den Decken, fiel in einen leichten Dämmerschlaf. Erst am Nachmittag erwachte sie. Dunkle Wolken trieben über die Dächer, rissen hier und da auf, blaue Flecken blinkten hindurch, es regnete leicht. Das Fenster ihres Zimmers stand offen, frischer Wind wehte herein und vertrieb die angestaute stickige Wärme. Sie fühlte sich noch immer wie erschlagen, war lustlos, erschöpft und hin- und hergerissen zwischen der Neugier in Bezug auf Valéries Worte und dem Bedürfnis, Dominik auf gar keinen Fall hinterherzuschnüffeln.

André klopfte an die Tür von Valéries Suite und lächelte, als sie ihn hereinrief.

Sie wusste, dass er es war, denn sie waren verabredet. Uneingeladen durfte niemand hier sein. Ihr Reich diente Valérie als Rückzugsort vor dem Rest der Welt, und den gedachte sie nur zu teilen, wenn es ihr beliebte.

Als er eintrat, lag sie quer über dem ausladenden Bett, das sich mitten im Raum befand. Sie war makellos schön, wie immer. Ihr Körper in einen weißen Spitzenbody gekleidet, an den Händen weiße Dreiviertelhandschuhe aus Seide und an den Füßen sündige High Heels. Sie rekelte sich einladend, als sie ihn erblickte. Als er in ihre Augen sah, wusste er, dass ihn heute ein besonderes Stelldichein erwarten würde.

„Ich habe heute das Sagen", flüsterte sie verführerisch, glitt elegant vom Bett und schritt zu ihm herüber.

Ganz dicht stellte sie sich vor ihn, begann seine Hemdknöpfe zu öffnen, ihm das Hemd vom Oberkörper zu streifen. Dann trat sie hinter ihn, presste ihren Körper dicht an den seinen und ließ ihre Hände wandern, bis die seidigen Handschuhe den Bund seiner Hose berührten.

Sie bewegte sich nun wieder vor ihn und begann seine Hose zu öffnen, zog sie ihm über die Hüften und ganz nach unten. Als sie sich wieder aufrichtete, legte sie ihre Hände auf seine Schultern, übte so weit Druck aus, bis er verstand, was sie wollte – nämlich, dass er sich zu Boden sinken ließ.

Er sah das Glitzern sexueller Erregung in ihren schönen Augen, als er langsam zu Boden glitt. Valérie befreite ihn von Schuhen, Strümpfen und der heruntergelassenen Hose. Reglos lag er da, als sie mit gespreizten Beinen über ihn trat und den Absatz ihres Schuhs für einen Moment in die Stelle knapp unter seinem Bauchnabel bohrte.

Dann ließ sie sich auf seinen Körper sinken.

Als er ihr Gesäß leise stöhnend umfassen wollte, zischte sie: „Fass mich nicht an!"

Ihr Blick zeigte deutlich, es war ihr verdammt ernst.

Sie rieb sich an seinem Körper, aalte sich auf ihm wie eine Schlange, und es kostete ihn einiges an Selbstbeherrschung, seine Hände still zu halten. Am liebsten hätte er sie gepackt und grob genommen.

Geschmeidig wand sie sich, schob sich aufwärts, drehte sich um und platzierte ihren Körper so, dass ihr Schoß genau auf seinem erigierten Schwanz aufkam. Die Hände hinter dem Kopf verschränkt rieb sie sich auf seinem Phallus vor und zurück.

André genoss den Anblick, der sich ihm bot. Ihr geiler Arsch, der vor- und zurückschnellte, der Body, der sich mehr und mehr in ihre Ritze drückte, und der wohlgeformte Rücken, geschmückt von dem prächtigen Haar, das voll und glänzend bis zur Mitte fiel. Kurz, nur ganz kurz, berührte er ihr schaukelndes Gesäß und erschrak. Denn ruckartig schob sie sich von ihm, erhob sich, während ihn wütende Blitze aus ihren Augen trafen.

„Ich sagte, fass mich nicht an."

Sie bückte sich, sammelte seine Kleidung ein, warf sie in seine Richtung und zischte: „Geh!"

Dass Valérie ihre Launen hatte, war kein Geheimnis. Nicht immer war gut Kirschen essen mit ihr. Konnte sie in einem Moment das anschmiegsame Kätzchen sein, so mutierte sie im nächsten Augenblick schon zum Raubtier, sofern ihr etwas gegen den Strich ging.

Diesmal jedoch war etwas anders. Irgendetwas beunruhigte sie, das spürte er genau. Momentan würde er nicht in Erfahrung bringen können, was sie beschäftigte, aber er beschloss, es zu gegebener Zeit herauszufinden.

Ihm den Rücken zugewandt stand sie am Fenster. Ihre Körperhaltung signalisierte ihm deutlich, es war besser, sie vollkommen in Ruhe zu lassen. Wortlos kleidete er sich an und verließ schon kurze Zeit später ihre Suite.

Draußen war es stockdunkel, als Leah Valérie durch den Garten zu einer verborgenen Kellertür im hinteren Gebäudetrakt folgte. Das flackernde Licht einer Taschenlampe wies ihnen den Weg.

Die Tür quietsche, als Valérie diese mit einem altertümlichen Schlüssel öffnete. Leah staunte, als sie den Kellerraum betrat. Ringsherum waren Regale mit antiken Büchern zu sehen.

„Jetzt sind wir auf dem Weg zu Dominiks Reich. Wer ihn wirklich kennenlernen will, sollte wissen, welcher Art von Vergnügen er sich in Gewölben tief unter der Erde hingibt. Ich mag dich, Leah, und ich möchte nicht, dass du endest wie damals Cathérine."

Was hatte Cathérine damit zu tun? Ständig diese Andeutungen über Cathérine. Leah wollte so wenig wie möglich über sie und ihre Zeit mit Dominik wissen. Das war Vergangenheit, und jegliches Wissen würde sie in Bezug auf Dominik nicht weiterbringen, sondern stattdessen blockieren.

Leah begann zu frösteln, sah, wie Valérie zu einem der Regale ging und dort prüfend ihre Finger über die Buchrücken gleiten ließ.

Dann schien sie gefunden zu haben, wonach sie suchte, denn sie gab einen zufriedenen Laut von sich. Als Valérie eines der Bücher herauszog, löste sich wie von Zauberhand eine Tür aus der Flut an Büchern. Ein kalter Luftzug kroch ihnen aus dem Dunkel, das sich dahinter verbarg, entgegen.

Leah trat näher, blickte in das dunkle, schwarze Loch hinab. Als Valérie den Lichtkegel der Taschenlampe dorthin führte, sah sie die Stufen, welche in die geheimnisvolle Finsternis führten.

Ohne zu zögern folgte sie Valérie die Stufen hinab. Ein Schauer durchlief sie, ihr Herz klopfte bis zum Hals. Nichts – kein Geräusch war zu hören.

Es gab kein Geländer, und die Steintreppe war uneben. Beide Frauen stützten sich mit der Hand an der kalten Gewölbemauer ab. Leah zählte zweiundvierzig ausgetretene Stufen, bis sie unten ankamen. Vor ihnen lag ein quadratischer Raum, und bis auf eine schwarze Tür gab es hier nichts als kaltes Mauergestein.

Umständlich öffnete Valérie die hohe, schwere Tür. Weitere Stufen, die in eine undefinierbare Tiefe führten, es wurde kälter und feuchter.

Am Fuße der Treppe verzweigten sich mehrere Gänge, die ins Felsengestein gehauen waren. Durch eine scharfe Linksbiegung ging es weiter, es folgte eine weitere Tür, und bevor Valérie diese vorsichtig öffnete, raunte sie ihr zu: „Wenn du die Wahrheit erfahren willst, bewahre Ruhe, egal, was du siehst."

Leise, ganz leise drückte Valérie die Tür auf. Heiße Luft schlug ihnen entgegen, Fackeln warfen flackerndes, dämmriges Licht gegen die Steinwände. Langsam schoben sie sich hinein, und Valérie gelang es, die Tür lautlos zu schließen.

Nach Weihrauch riechender Rauch stieg aus der Glut dreier Kohlebecken auf. In der Mitte des Raumes stand ein überdimensionaler Käfig, in dem sich eine Sklavin befand. Arme und Beine waren gespreizt, Hände und Füße per Manschetten an die Gitterstäbe gekettet. Röchelnd hing sie in den Ketten, mit zerzaustem Haar, zitternd wie Espenlaub, die geschundene Haut glänzte vor Schweiß, die Brüste waren benetzt von herabgekullerten Tränen und ihrem Speichel.

An ihren Brustwarzen klemmten metallene Klammern, von denen dünne Kettchen hinabschwangen. An sich kein ungewöhnliches Bild für Leah, doch die Tatsache, dass die junge Frau blutverschmiert war, entsetzte sie. Und dann sah Leah, dass auch der Käfigboden Blutlachen aufwies.

Ihr stockte der Atem.

In einem Sessel neben dem Käfig entdeckte Leah Dominik, der an einem Whisky nippte. Er konnte sie nicht sehen, denn er saß seitlich mit dem Rücken zu ihr.

Valérie zog Leah in eine Nische in der Nähe der Tür. So konnten sie alles sehen, wurden aber nicht bemerkt.

Um den Käfig herum waren auf Stativen Kameras aufgebaut, die unentwegt aufnahmen, was im Käfig vor sich ging.

Dominik erhob sich, zog die Käfigtür auf und betrat den Käfig. Er war dunkel gekleidet. Schwarze Hose, schwarzes Oberteil und ein dunkler Umhang mit einer spitzen Kapuze, die locker in seinen Rücken fiel.

Er nahm einen Knebel zur Hand, näherte sich der Sklavin. Diese wandte abwehrend den Kopf zur Seite, was ihr aber nichts nützte, denn Dominik war unerbittlich. Schon bald steckte der Knebelball in ihrem Mund. Die Schnallen der Riemen wurden von Dominik seitlich am Kopf stramm verschlossen.

Er nahm eine Peitsche zur Hand. Im nächsten Moment rasselte der Lederriemen auf sie nieder, traf ihre Schenkel, ihren Bauch, ihre Brüste. Ihr geschundener Körper zuckte, ihre Hände rissen an den Ketten, fest gruben sich die Zähne in den harten Ball, der ihre Schreie zum Röcheln dämpfte. Und während die Schläge immer unbarmherziger wurden, bäumte sich ihr Körper inmitten der Kameras immer erschöpfter auf.

Dominik warf die Peitsche in eine Ecke, trat nah vor seine Sklavin und löste die Ketten, die sie an den Käfig fixiert hielten. Er führte sie zur Mitte, zog ihre Arme nach oben und ließ die Karabinerhaken der Handmanschetten in die Ösen einer herabhängenden Kette einschnappen. Die Frau warf den Kopf in den Nacken, um nach oben zu schauen. Die Kette bewegte sich schwingend, während sie um ihr Gleichgewicht kämpfte.

Dominik begann sie zu fesseln, umschlang ihren Körper mit einem groben Seil, hob eines ihrer Beine zum Winkel an und verschnürte es wie ein Paket an ihrem Leib. Eine weitere Kette wurde von der Käfigoberseite herabgezogen, und schon bald schnappte ein Karabinerhaken in einem Stück Seil ein, das ihren Bauch schmückte. Per Seilzug, mit dem man die Länge der herabhängenden Ketten regulieren konnte, schwebte sie in der Luft. Bedächtig schritt er um sie herum, griff in die Gesäßtasche seiner Lederhose, und zum Erschrecken von Leah blitzte kurz darauf die Klinge eines Messers auf. Leicht, ganz leicht setzte er es immer wieder an, machte kleine Schnitte, und schon bald rannen rote Rinnsale über ihren Körper und von dort in Tropfen auf den Käfigboden. Die Frau hing eingeschnürt im Käfig, drehte sich leicht, wie ein Opfer im Netz der Spinne. Dominik malte mit der Messerklinge Muster in die Blutspuren, die ihren verschränkten Leib bedeckten. Dann griff er ihr ins Haar, legte ihren Hals frei, setzte das Messer an ihre Kehle. Blut begann zu fließen. Dominik brachte seinen Kopf näher an sie heran und fing das quellende Blut mit seiner Zunge auf. Laut lachend warf er den Kopf in den Nacken, den Mund blutverschmiert.

Leah würde übel. Die Beine drohten ihr wegzusacken, in ihren Ohren begann es zu rauschen. Leise schrie sie auf, bemerkte, wie Dominiks Kopf herumfuhr, sah seinen undefinierbaren Blick.

Sie musste hier weg. Nur ein paar Schritte bis zur Tür, sie begann zu straucheln, schaffte es, sie zu öffnen, drückte sich durch den Spalt nach draußen.

Kapitel 23

*W*ie in Trance hatte Leah nach einigen Irrwegen den Weg zurück nach oben gefunden und lief hinaus in die Dunkelheit. Sie war nicht mehr Herr ihrer Sinne, konnte nicht fassen, was sie soeben gesehen hatte. Dominik trank Blut, peinigte sein Opfer auf eine Weise, die ihre persönliche Grenze bei Weitem überschritt. Hatte er mit ihr dasselbe vorgehabt, als Valérie sie am Vortag gesucht – und gefunden – hatte?

Was, wenn die junge Frau dabei verblutete? Oder gehörte das Ausbluten ebenso zu dem grausigen Spiel wie die Kameras, die diese abscheulichen Szenen aufgenommen hatten?

Wie weit ging seine Vorliebe für derartige Grausamkeiten?

Sie atmete flach, setzte sich auf eine Bank ganz in der Nähe und versuchte ihre Gedanken zu ordnen. Die Zeit verstrich. Hatte sie zunächst noch die Hoffnung, Dominik würde ihr vielleicht folgen und ihr eine simple Erklärung für das schaurige Spiel geben, so legte sie diese schon bald nieder. Regungslos saß sie da, in sich zusammengesunken, versuchte erfolglos zu verarbeiten, was sie gesehen hatte.

Immer wieder schüttelte sie den Kopf, strich sich fahrig durchs Gesicht, erhob sich schließlich. Da sie in der Nacht sowieso keine Ruhe mehr finden würde, beschloss sie, sich in der Gartenanlage die Beine zu vertreten. Groß genug war das Areal, sodass sie sich müde laufen konnte.

Sollte sie die Polizei verständigen? Was, wenn die Frau in ernsthafter Gefahr war? Hatte er sie entführt und sie fristete dort unten ein elendiges Dasein, bis er genug von seinen Grausamkeiten hatte und sie aus dem Weg räumte?

Ihre Gedanken spielten verrückt, quälten sie, bargen Raum für die absonderlichsten Möglichkeiten.

Nach einer Weile spürte sie, dass jemand sie verfolgte.

Sie lauschte.

Ja – da war jemand hinter ihr her.

Sie musste sich verstecken. Vor ihrem geistigen Auge sah sie Dominik mit gezücktem Messer, blutverschmiertem Mund und wie er sich im Blutrausch auf sie stürzte.

Wilde Panik erfasste sie.

In geduckter Haltung weiterlaufend, lauschte sie hinter sich, hastete umher, kauerte sich immer wieder in den Schatten eines Gebüschs.

Die Nacht war finster, der Mond versteckte sich hinter Wolken. Nur Sterne lugten vereinzelt zwischen Wolkenformationen hervor.

Geheimnisvoll leise war es, bis auf ihren Atem und das näher kommende Knacken war nichts zu hören.

Dann raschelte es direkt neben ihr.

Sie schrie auf, stolperte, verfing sich im Gestrüpp, bis sie spürte, es war ein Vogel, den sie wohl aufgeschreckt hatte. Flatternd stieg er aus einer Hecke auf und flog davon. Panisch sprintete Leah weiter.

Ein Geräusch dicht hinter ihr ließ sie herumfahren. Ihr war schwindelig, und sie fühlte sich elend. Am liebsten hätte sie sich auf den Boden gekauert und losgeschluchzt, aber gebracht hätte ihr das rein gar nichts.

Irgendwo ganz in der Nähe hörte sie eine Katze schreien, der silberne Mond verschwand hinter einer Wolke, tauchte wieder auf und ließ seinen Schimmer weiter vorn auf ein Gartenhäuschen fallen. Sie musste ungesehen dorthin gelangen. Dort konnte sie sich unter Umständen verstecken, denn die vereinzelten Sträucher um sie boten nur wenig Schutz. Aber wie – wo man sie doch aus dem Hinterhalt beobachtete? Die Augen aus dem Dunkel konnte sie förmlich auf ihrer Haut spüren. Sie brannten sich in ihr Fleisch, jagten ihr Angst ein.

Sie war aber auch zu dumm gewesen! Was hatte sie sich dabei gedacht, hinaus in die Dunkelheit zu fliehen, wo sie doch im Club Schutz unter den zahlreichen nachtaktiven Gästen gefunden hätte.

Die innere Unruhe nahm mit jeder Minute, die sie im Schutz der Sträucher weiter voranschlich, zu. Ihr war, als würden die Pflanzen ringsherum immer näher auf sie zu rücken – und sie schon bald zerquetschen.

Ihr Herz pochte schmerzhaft. Sie hörte ein lauter werdendes Rascheln.

Erneut erschienen Horrorszenarien vor ihrem geistigen Auge.

Im schwachen Mondlicht hockte sie sich hinter ein Gebüsch. Augenblicklich verstummte auch das Rascheln.

Zäh krochen die Sekunden dahin. Irgendwann hielt sie es nicht mehr aus, schoss empor und rannte wie vom Teufel geritten auf das schemenhaft erkennbare Gartenhaus zu. Noch bevor sie die Tür öffnen konnte, wurde sie von hinten gepackt, spürte ein Tuch, das sich auf ihren Mund und ihre Nase legte. Sie vernahm einen beißenden Geruch – und sah eine dunkle Gestalt, dann fiel sie in ein dunkles Nichts.

Als Leah zu sich kam, wurde sie von Schwindel und Übelkeit erfasst.

Sie blinzelte, Erinnerungsfetzen drangen an die Oberfläche ihres immer noch schläfrigen Bewusstseins. Ihr Verstand kämpfte sich durch graue, schwere Watte. Dann erneut ein beißender Geruch, der sie in tiefe Benommenheit fallen ließ.

Mit zusammengekniffenen Augen beobachtete die Gestalt das Heben und Senken von Leahs Brüsten. Vor sieben Jahren hatte es eine ähnliche Situation gegeben: Cathérine!

Und nun war es Leah, die da auf dem Rücken lag und sich nicht wehren konnte.

Die Klinge eines Messers blitzte für einen Moment auf. Zart, ganz zart, strich die Messerspitze die Umrisse ihrer Lippen nach. Glitt zu ihrem Kinn, tiefer zu ihrer Kehle und verharrte dort einige Sekunden. In kleinen kreisenden Bewegungen ging es weiter abwärts, zwischen ihre Brüste. Unter dem zarten Baumwollstoff zeichnete sich die Kontur deutlich ab, und es war eine skurrile Situation, dass sich die Brustspitzen verhärteten, als wäre dies der Auftakt eines süßen Liebesspiels.

Böses Lachen zerbrach die Stille.

Dies war kein Spiel, sondern verdammter Ernst. Niemand hatte Dominiks Leben durcheinanderzubringen, niemand durfte dafür sorgen, dass er die Selbstkontrolle verlor und zu einem armseligen Liebeskasper mutierte.

Die scharfe Klinge wurde an den Ausschnitt des Kleides gesetzt, ein kurzes Ratschen, und der Stoff klaffte vorn weit auseinander. Ein paar Blutstropfen begannen aus Leahs heller Haut hervorzuquellen, als das Messer zwischen ihren Brüsten hinabglitt.

„Ich werde dir jetzt das Messer in die Hand legen, und schon bald wird so viel Lebenssaft aus deinen Handgelenken laufen, dass dein Ende nicht mehr weit ist. Dann ist es vorbei, endgültig vorbei. Und alles kann wieder in vertrauten Bahnen verlaufen."

Kurz darauf lag der Griff des Messers in Leahs schlaffer, rechter Hand. Ihre Finger wurden zusammengedrückt und beide Hände zueinander geführt.

„Du hast dich zu weit vorgewagt. Dafür wirst du büßen." Scharf und gellend hallten die Worte durch das Gartenhaus.

Die Klingenspitze wurde präzise auf der Pulsader platziert. Gleich war es so weit. Irres Lachen begleitete jede Bewegung.

Dann ein fester Griff von hinten, ein Schlag gegen das Messer, und selbiges flog in hohem Bogen durch die Luft, landete klirrend in einer Ecke. Der Griff um den Oberarm wurde unbarmherziger, laut ertönte eine schneidende Stimme: „Was um Himmels willen tust du da?"

Valéries Kopf fuhr herum, ihr Blick war fassungslos. Wie ein Film lief noch einmal vor ihr ab, was geschehen war, als Leah geflohen war:

Dominik war zu ihr herumgewirbelt, mit blanker Wut in seinen Augen. Er war aus dem Käfig gestürmt, hatte sich das Cape vom Leib gerissen und sie wie ein Wahnsinniger geschüttelt.

Und nun das!

Wieso war sie so unvorsichtig gewesen? Sie hätte alles genauer planen müssen, statt ihrem ersten Impuls nachzugeben. Sie war allerdings nicht mehr Herrin ihrer Sinne gewesen, nachdem Dominik sie mit Vorwürfen überschüttet hatte.

„Was führst du im Schilde?", hatte er gebrüllt. „Wieso bringst du Leah hierher? Willst du einen Keil zwischen uns treiben? Aber das wird dir nicht gelingen, weil sie etwas ganz Besonderes für mich ist – weil ich sie liebe."

Diese Worte hatten nicht nur gesessen, sie hatten ihr das Herz und die Seele aus dem Leib gerissen und bewirkt, dass sie nur noch von einem Gedanken beseelt war: Leah so schnell wie möglich zu vernichten.

Ihr flackernder Blick glitt zu Andrés Schuhen. Er stand seitlich hinter ihr, wie ein Schraubstock hielt seine Hand ihre beiden Arme hinter ihrem Rücken in Schach.

Dabei hatte alles so gut begonnen. Sie hatte von dem Kunstblut-Shooting gewusst und lediglich eines im Sinn gehabt: Dass Leah dachte, alles wäre echt, und sich deshalb von Dominik distanzierte. Nie wäre Valérie auf die Idee gekommen, dass alles so anders verlaufen und er am Ende noch seine Liebe zu dieser Frau hinausposaunen würde.

Brennendes Schluchzen drang aus ihrer trockenen Kehle.

„Wieso?" Andrés Stimme drang wie durch dunkle Nebelwände zu ihr durch.

Was verstand er schon? Was wusste er?

Gar nichts!

Er verstärkte seinen Griff. „Was hat Leah dir getan?"

„Sie wollte mir Dominik wegnehmen", brach es mit einem Mal hysterisch aus Valérie heraus. „Hätte sie sich nicht damit begnügen können, ihn nur anzuschmachten und sich von ihm bespielen zu lassen, wie alle anderen Frauen auch? Nein, sie musste ja testen, wie weit sie gehen kann und ihre dämlichen Gefühle ins Spiel bringen. Damit hat sie Dominiks Genialität vollkommen durcheinandergebracht." Sie kicherte irre.

„Deinen Bruder hättest du nie verloren. Egal welche Rolle eine Frau in seinem Leben spielt."

„Idiot", zischte sie. „Seit ich denken kann, ist er der einzige Mann, den ich liebe. Ich werde nicht dulden, dass eine dahergelaufene Gans mein Leben kaputt macht. Ich habe viel zu viel riskiert und auch investiert."

„Aber er ist dein Bruder."

„Mein Stiefbruder", erwiderte sie schneidend.

„Dein Stiefbruder?"

„Ja. Dominiks Vater hat sich in meine Mutter verliebt, da war ich noch ein Kind. Seitdem teilen wir unser Leben. Niemand macht das kaputt."

„Und weil du ihn liebst, wolltest du Leah töten – und hast Cathérine auf dem Gewissen?"

„Im Krieg und in der Liebe ist alles erlaubt", zischte sie.

In dem Moment, als er etwas lockerer ließ, wirbelte sie wie eine Furie zu ihm herum und schlug mit den Fäusten auf ihn ein. „Aber du musstest es mir ja vermasseln. Was fällt dir überhaupt ein, mir hinterherzuschnüffeln?"

Es dauerte, bis André wieder Herr der Lage wurde. Mit einem Griff, den er bei einem seiner Selbstverteidigungslehrgänge gelernt hatte, gelang es ihm, sie zu bändigen.

„Ich habe dir nicht einfach nur neugierig hinterherspioniert, sondern mir ernsthafte Sorgen um dich gemacht. Du wirktest bei unserem letzten Treffen so leer, so traurig und rastlos. Da es in meiner Natur liegt, den Dingen auf den Grund zu gehen, habe ich dich heute ein wenig beobachtet und folgte euch. Zum Glück, wie sich im Nachhinein herausstellte."

Langsam kam Leah zu sich. Ihr Kopf schmerzte, sie hatte Mühe, ihre Lider offen zu halten. Schemenhaft erkannte sie zwei Gestalten, vernahm Wortfetzen.

Das Letzte, was sie hörte, bevor sie erneut das Bewusstsein verlor, war: „Ich rufe jetzt die Polizei."

Als Dominik Leahs Krankenzimmer endlich gefunden hatte und herzklopfend davorstand, musste er sich einen Augenblick an die Wand lehne n, denn seine Beine drohten unter ihm wegzusacken. Er atmete ein paarmal tief durch, klopfte leise an die Tür und trat ein.

Meine Güte, in seiner Aufregung hatte er nicht einmal daran gedacht, ihr Blumen mitzubringen. Er zögerte zunächst. Als er schließlich an ihr Bett trat, machte sich ein Ameisenhaufen in seinem Magen breit.

Leah schlief.

Übergroß war seine Sorge um diese Frau. Und das, was geschehen war, setzte ihm gewaltig zu.

Nachdem André das Schlimmste verhindern konnte, hatte er für Leah einen Krankenwagen gerufen und die Polizei informiert. Diese hatte Valérie mit aufs Revier genommen.

Dominiks Magen krampfte sich zusammen. Er dachte an den Moment, als er von all dem erfahren hatte, und an den Schockzustand, in den er danach gefallen war. Beamte hatten unzählige Fragen gestellt und jeden verhört, der in der letzten Zeit Kontakt zu Leah und Valérie gehabt hatte. Auch die Geschichte mit Cathérine wurde neu aufgerollt, denn schließlich ähnelten die jüngsten Ereignisse den Umständen von damals. Fast wäre ein zweiter Mord im Club geschehen. Kein Wunder, dass die Beamten hellhörig wurden.

Ihn schauderte. Valérie war eine Mörderin. Eiskalt hatte sie zugesehen, wie er vor Jahren als Hauptverdächtiger immer und immer wieder vernommen wurde. Hatte mit angesehen, wie er unter den damaligen Geschehnissen litt und innerlich immer mehr verhärtete.

Seine Gedanken glitten zurück zu der Zeit, als er nur für Cathérine und ihre Bedürfnisse lebte, als er ihr jeden Wunsch von den Augen ablas, ohne sie jemals zufriedenstellen zu können. Immer mehr und mehr hatte sie gewollt Am Ende war nichts mehr von seiner Persönlichkeit übrig geblieben.

Als er irgendwann endlich voll und ganz erkannte, in welch emotionaler Abhängigkeit er sich befand, hatte er begonnen, sich mit aller Macht zu sich selbst zurückzukämpfen. Je näher er sich selbst kam, umso mehr begehrte er gegen die Egozentrik Cathérines auf. Er stellte sie gar vor ein Ultimatum – und kurze Zeit später war sie tot. Nach monatelangen Verhören und massiven Verdächtigungen schloss man die Akte irgendwann, es hieß: Suizid.

Ein Freitod, an dem er die Schuld haben sollte.

Mörderin. Valérie ist eine Mörderin.

Wieder und wieder rasten diese Worte durch seinen Kopf.

Dass Valérie hier und da schwärmerisch zu ihm aufgesehen hatte, war ihm bewusst. Dass sie sich jedoch in einem krankhaften Liebeswahn befand und zu solchen Taten fähig war, hätte er nie und nimmer für möglich gehalten.

Dominik atmete tief aus, straffte seine Schultern. Es war an der Zeit, sich seinen Schatten zu stellen, sie nicht mehr zu verdrängen, sondern aufzuarbeiten. Schließlich gab es da nun eine Frau, die ihm gefühlsmäßig verdammt nah war und für die er innerlich frei sein wollte.

Er trat noch ein Stück näher auf Leah zu. Zärtlich beugte er sich über sie und küsste sie sanft auf ihre Wange. Wenn sie wieder bei Kräften war, würde man auch sie befragen. Denn nur sie konnte Auskunft darüber geben, was genau geschehen war.

Er seufzte gequält auf, griff nach ihrer Hand. Als er bemerkte, dass ihre Augenlider zu flattern begannen und sich schließlich hoben, musste er sich ein paarmal räuspern. „Leah."

Diese blinzelte. Ihr war, als würde sie schwerelos dahinschweben. Dann spürte sie die Matratze, warm und weich. Und ein Laken über sich, bis hinauf an die Brust.

Sie öffnete den Mund, atmete tief ein. Ihre Lunge füllte sich schmerzhaft mit Sauerstoff, und sie musste husten. Fest presste sie die Augen zusammen, stöhnte gequält auf. Ihren rechten Arm konnte sie bewegen, den linken nicht richtig, sie begann ihn zu schütteln.

Und vernahm eine vertraute Stimme, weit entfernt, hallend und nur langsam zu ihr durchsickernd.

„Vorsicht, Leah. Nicht daran ziehen. Du hängst an einem Tropf. Leah? Kannst du mich hören?"

Sie blinzelte, alles war weiß, blendete sie. Sie schloss die Augen wieder, wollte zurück in den wohligen Dämmerzustand, in die Dunkelheit, wo sie nichts denken, fühlen und spüren musste. Sie nahm wahr, wie jemand ihr die Haare aus dem Gesicht strich, wie sich eine kühle Hand auf ihre Wange legte. „Leah, bitte sag was. Wie geht es dir?"

Sie öffnete die Augen erneut, verzog das Gesicht zu einer Grimasse, flüsterte: „Mein Kopf tut weh." Langsam wandte sie ihm ihr Gesicht zu, erkannte Dominik schemenhaft, flüsterte: „Wo bin ich? Was ist passiert?"

„Du kannst dich nicht erinnern?"

Sie verneinte, indem sie leicht ihren Kopf von links nach rechts drehte. Dann riss sie ihre Augen auf, krächzte: „Doch. Oh nein ... ich kann mich erinnern ... Valérie ... wieso hat sie? Oh Gott ... ich ..." Ihre Stimme brach ab.

Beruhigend legte ihr Dominik eine Hand auf die Stirn.

„Möchtest du etwas trinken?" Er griff nach der Saftflasche, die auf dem kleinen Tisch neben dem Bett stand.

Sie schüttelte den Kopf. „Schmerzmittel ... bitte ... mein Kopf zerspringt gleich."

„Ich werde der Schwester Bescheid geben."

Stunden später saß Dominik noch immer an ihrem Bett. Leah fühlte sich körperlich bereits besser, den Tropf hatte man ihr entfernt. In der Zwischenzeit hatte sie sich von Dominik erzählen lassen, was dieser bisher wusste, und ihre eigenen Erinnerungsfetzen mühsam zusammengefügt.

Beide hingen ihren Gedanken nach, ihre Hand ruhte in der seinen.

Dann brach Dominik die Stille, mit brüchiger Stimme und einem Unterton, der deutlich signalisierte, wie geschockt er noch immer war. „Ich darf gar nicht darüber nachdenken, in welcher Gefahr du dich befunden hast. Dass meine Schwester ..." Er brach ab, setzte dann erneut an: „Nie hätte ich für möglich gehalten, dass sie zu so etwas fähig ist."

„Sie hat die Abgründe ihrer Seele gut kaschiert." Leah atmete tief aus. „Hast du Cathérine geliebt?"

Er nickte, gab ihr einen Kuss auf die Stirn.

„Hat sie dich geliebt?"

„Auf ihre Weise schon. Oder besser gesagt, sie war verliebt in das Gefühl, dass ich sie geliebt habe. Und hat das bis aufs Äußerste ausgereizt und ausgenutzt. Ich war ihr verfallen, obwohl ich wusste, wie sie war."

Hatte Leah bisher nicht den Wunsch verspürt, Dominik auf das Thema Cathérine und seine Vergangenheit anzusprechen, so änderten die jüngsten

Geschehnisse alles. Sie wollte mehr wissen. Über seine Kindheit, seine Eltern, über Valérie und über Cathérine.

„Erzähl mir mehr. Von damals … über dich!"

„Das werde ich. Aber nicht heute. Hab Geduld mit mir, ja?"

„Okay."

Wieder schwiegen sie. Nach einer ganzen Weile, in der jeder für sich gegrübelt hatte, seufzte Leah hörbar auf. „Valérie gab sich so besorgt um mich, wollte mir gar dein wahres Gesicht zeigen, als sie mich in die Kellerräume führte. Was hast du mit der Frau im Käfig gemacht?"

Obwohl sie selbst nur knapp dem Tod entkommen war, war dies eine Frage, die sie mehr beschäftigte als alles andere.

Dominik legte seine Hand unter ihr Kinn. Tief tauchte sein warmer Blick in den ihren. „Das, was du unten in den Gewölben gesehen hast, war ein harmloses Shooting mit Kunstblut. Nichts weiter."

Leah fielen Tonnen an Steinen vom Herzen. Sie drückte seine Hand und flüsterte: „Schade. Ich hatte gehofft, einem blutrünstigen Vampirgrafen begegnet zu sein."

Dominik musste schmunzeln. Trotz dieser Umstände hatte sie ihren Humor nicht verloren.

In dramatischer Manier näherte er sich, flüsterte zurück: „Du hast ein Faible für Vampirgrafen? Nun, für dich verwandle ich mich gern in einen Blutsauger."

Sie versuchte ein Lächeln, was ihr nicht ganz gelang.

„Du warst mir fremd. So ganz anders."

„Wann? Im Kellergewölbe? Nun, ich war in meine Arbeit vertieft."

„Da auch. Ich dachte, es wäre echtes Blut. Aber ich meine den Tag zuvor."

Er seufzte. „Wie du dich Simon hingegeben hast, hat mir nicht gefallen."

„Aber du selbst hast mir doch befohlen, ihm zu Willen zu sein."

„Ich weiß. Aber es hätte mir besser gefallen, wenn ich gespürt hätte, du tust dies mit merklich weniger Entzücken."

„Aha, du warst also eifersüchtig?!"

„Und wie!"

„Der stets kontrollierte Dominik und Eifersucht? Wie passt das zusammen?"

„Das frag ich mich auch." Er seufzte, fuhr dann fort: „Es war übrigens nicht das erste Mal, dass ich mit dieser verdammten Eifersucht zu kämpfen hatte. Ich bekam meine Emotionen jedoch recht schnell wieder unter Kontrolle. Im Gegensatz zu besagtem Abend. Ich war regelrecht außer mir vor Eifersucht."

Ein Meer an Gefühlen lag in seinen Augen, als er ihren Blick suchte. Dann küsste er sie. Zärtlich und intensiv. Leah wurde heiß und kalt zugleich. Jeder ihrer Nervenstränge stand unter Strom, gierte nach seiner Nähe. Als sich ihre Lippen voneinander lösten, waren sie atemlos, ertranken im Blick des jeweils anderen.

„Ich habe deinen Vater informiert", murmelte Dominik schließlich an ihrem Mund, bevor er diesen erneut mit seinen Lippen bedeckte.

Leah rückte ein Stück von ihm ab.

„Du hast Kontakt zu ihm aufgenommen?"

„Natürlich. Seine Tochter befand sich schließlich in Lebensgefahr."

Leah nickte, wusste nicht, was sie sagen sollte.

„Was denkst du?" Dominiks Stimme war leise.

„Ich habe darüber nachgedacht, dass ..."

„Ja?"

„Es ist mir unangenehm, was mein Vater getan hat."

„Du kannst nichts dafür."

„Aber ..."

„Schscht. Dein Vater hat tiefe Reue gezeigt und wird mir jeden Cent zurückzahlen. Mit ehrlicher Arbeit."

„Und weiter?"

„Nichts weiter. Euer Club läuft gut. Dafür habe ich durch entsprechendes Marketing gesorgt. Als fünfzigprozentiger Teilhaber will man ja schließlich nicht auf Sand bauen, nicht wahr?" Sein Zeigefinger stupste ihre Nasenspitze. „Dein Vater führt den Club in meinem Sinne, sodass er genug Ertrag abwirft, und glaube mir, ich halte ein wachsames Auge darauf."

„Und damit bist du ausgesöhnt?"

„Ich gebe mir Mühe. Dir zuliebe."

Ein befreites Lächeln umspielte ihre Mundwinkel. Dominik betrachtete zärtlich, wie sich ihr trauriges Gesicht erhellte. Am liebsten hätte er sie in diesem Augenblick leidenschaftlich geliebt, jeden Millimeter ihres Körpers genossen. Doch das hatte Zeit – sie brauchte Ruhe.

„Du musst jetzt schlafen."

Leah verzog schmollend ihren Mund. „Ich wüsste da etwas Besseres."

Er blickte ihr lange in die Augen, registrierte schmunzelnd ihren Wunsch, mit ihm zu kokettieren.

„Du musst dich ausruhen. Schlaf jetzt."

„Ich kann nicht schlafen."

„Wieso nicht?"

„Weil ich weiß, dass du dann gehst."

„Ich werde bleiben. Versprochen."

„Ganz nah?"

„So nah es geht."

„Dann komm zu mir."

„Du kleine verrückte Person sollst jetzt schlafen."

„Tu ich ja. Aber nur, wenn du neben mir liegst."

Er seufzte leise, befreite sich von Sakko und Schuhen und gab ihr die Anweisung, ein Stück zu rutschen.

Leahs Herz machte tausend Hüpfer. Er hatte tatsächlich vor, neben ihr einzuschlafen. Zum ersten Mal. Dass dies ausgerechnet in einem Krankenzimmer passierte, scherte sie keinen Deut. Hauptsache er war nah - ganz nah.

„So, zufrieden?

Sie seufzte leise. „Selbst wenn du der grausigste Blutsauger aller Zeiten wärst, gäbe es keinen Ort der Welt, an dem ich jetzt lieber wäre."

Sein sanfter Kuss auf ihrer Wange ließ sie erschauern.

„Und nun mach die Augen zu und schlaf."

„Wenn du neben mir liegst, denk ich aber an etwas ganz anders als an schlafen."

„Leah!"

„Ja?" Sie blickte ihn gespielt unschuldig an.

„Du raubst mir den letzten Nerv."

„Na, das will ich doch stark hoffen."

In Dominiks Lächeln lag seine ganze Wärme, seine Zuneigung, aber auch seine Dominanz. Nirgendwo anders wollte sie in dieser Sekunde sein.

Er streckte die Hand aus und strich ihr zart über die Wange.

Leah schmolz unter dieser federleichten Berührung dahin. Herzklopfend senkte sie ihre Lider und genoss seine Hand auf ihrer Wange.

Dominik nahm ihr Gesicht in beide Hände. „Ich bin so froh, dass du unversehrt neben mir liegst!"

„Das hast du aber nett gesagt."

„Oh, ich kann noch viel nettere Dinge sagen."

„Wirklich? Dann tu es doch."

„Du bist eine Frau, die mich tief in meiner Seele berührt hat."

Sie schluckte, Tränen traten ihr in die Augen.

Dominik beugte sich über sie und küsste ihre Tränen fort. „Ich will dich nicht zum Weinen bringen. Es sei denn, du liegst über meinen Knien und ich versohle dir dein entzückendes Hinterteil."

„Ich freu mich darauf." Sie lächelte, wagte sich weiter vor. „Möchtest du, dass ich auch in Zukunft deine Sklavin bin und dir zur Verfügung stehe, wenn es dir nach mir verlangt?"

„Nein."

Ihr Magen zog sich schmerzhaft zusammen.

Er will mich fortschicken!, hämmerte es immerfort in ihrem Kopf.

„Nein?"

„Nein."

„Du willst also, dass ich zurück..." Ein Kloß in ihrem Hals verhinderte, dass sie den Satz zu Ende führte.

„Nein."

„Was willst du denn?"

„Ich möchte dich ständig um mich haben, nicht nur als meine Sklavin. Könntest du dir vorstellen, bei mir zu bleiben? Den Club in Zukunft gemeinsam mit mir zu führen? Möchtest du in jeder Beziehung meine Partnerin sein? Meine Seelenpartnerin?"

„Und wenn nicht?" Sie lachte ihn schelmisch an.

„Dann werde ich dich so lange hier festhalten, bis du mir die Antwort gibst, die ich hören möchte." Geschickt rollte er sich so über sie, dass sie unter ihm lag.

„Das ist Erpressung! Pure Erpressung." Leah lachte glücklich auf, zog seinen Kopf zu sich hinab und presste ihre Lippen auf die seinen.

„Meine süße kleine Sklavin, weißt du eigentlich, dass ich dich liebe?"

Leahs Herz drohte zu zerspringen vor Glück. Sie schüttelte den Kopf, senkte den Blick. „Du hast es mir bisher nicht gesagt."

„Dann tue ich es jetzt. Ich liebe dich, du verrückte, herrlich aufmüpfige Person. Mehr als ich in Worte fassen kann. Du machst mich glücklich, Leah."

„Warte. Ich kann das noch steigern."

Sie löste sich aus seinem Griff, schwang ihre Beine aus dem Bett, sank anmutig vor ihm auf die Knie und legte ihre Hände auf den Rücken. Das Kinn stolz nach vorn gereckt, senkte sie demütig den Blick, hauchte: „Ich liebe dich ebenfalls, Herr."

Kurz, ganz kurz, sah sie zu ihm. Der Stolz und die Begierde in seinem Blick liefen wie warme Schokolade über ihren gesamten Körper.

Ende

Autorin:

Astrid Martini ist eine hungrige Leseratte, die mit Vorliebe Bücher sammelt. Immer, wenn sie ein gutes Buch zu Ende gelesen hat, ist es, als müsse sie Abschied von einem Freund nehmen. Der Film „Bitter Moon" von Roman Polanski versetzte sie in den 90er Jahren so in Erstaunen, dass sie mehr über das Thema „Dominanz & Unterwerfung" wissen wollte.

Sie begann, erotische Romane zu lesen. Als 2005 ihr erster Roman entstand, hatte sie das große Glück, mit ihrer Romanidee gleich im ersten Anlauf beim Plaisir d'Amour Verlag unterzukommen. 2006 folgte dann ihr erster Roman, „Zuckermond", der mittleweile als moderner Klassiker des Genres gilt.

Neben Büchern liebt sie Katzen, Kerzen, Lachen, Tanzen, Situationskomik und weiße Schokolade.

Website: www.astrid-martini.de
Facebook: www.facebook.com/astrid.martini

Ebenfalls von Astrid Martini erhältlich:

Zuckermond
Roman

Mondkuss
Roman

Feuermohn
Roman

Wenn es dunkel wird im Märchenwald … Der Schneekönig
Novelle (erhältlich als eBook sowie in der Taschenbuch-Anthologie „Wenn es dunkel wird im Märchenwald …")

Schwanensee
Erotisches Märchen-Bilderbuch

Engel der Schatten
Erotisches Hörbuch, gelesen von Jaron Löwenberg

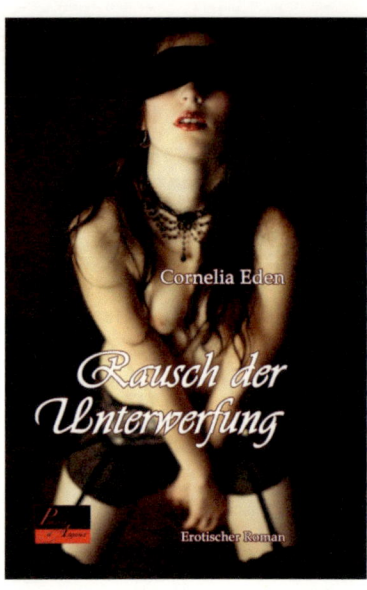

Cornelia Eden
Rausch der Unterwerfung

ISBN Taschenbuch: 978-3-86495-037-7
ISBN eBook: 978-3-86495-038-4

Anne folgt der Einladung eines Fremden, ihm drei Tage lang als Sklavin zu dienen. Miguel scheint der Richtige zu sein, sie in die Welt der tabulosen Lust einzuführen. Doch schon kurz nach ihrer Ankunft wird Anne klar, dass der unnahbare Bondage-Künstler mehr von ihr erwartet, als sklavischen Gehorsam. Was als erotisches Abenteuer beginnt, entwickelt sich schnell zu einem Tanz auf dem Seil, der zunehmend gefährlicher wird, nicht nur für Annes Herz.

Ivy Paul
Lustnebel

ISBN Taschenbuch: 978-3-86495-072-8
ISBN eBook: 978-3-86495-073-5

Einmal ausbrechen aus dem starren Korsett der Konventionen und viktorianischer Moral ...

Für Claire Salinger endet der Ausflug zu einer Sexorgie im berüchtigten Hells Fire Club mit dem Tod, während ihre Begleiterin Rowena sich in der Ehe mit dem sinnlichen Chayton Bannister, Marquis of Windermere, wiederfindet. Chayton weckt ihre Lust, doch gleichzeitig zweifelt Rowena an seiner Integrität. Nach einem Anschlag auf Rowenas Leben verfrachtet Chayton sie auf seinen heruntergekommenen Landsitz am Lake Windermere. Unter den Dorfbewohnern gilt er als Dämon und Rowenas Freundin Alice fürchtet Chayton. Wird Rowena die Rätsel um Chayton und den Mord an Claire aufklären? Oder verfolgt der Mörder sie nach Windermere - ist ihr bereits nah? Näher gar, als ihr lieb sein kann?

Verlagsprogramm, Leseproben, Buch-Trailer & Autoreninfos:

www.plaisirdamour.de

Facebook:

Plaisir d'Amour Verlag

YouTube-Kanal:

Plaisir d'Amour Verlag